A.M. Héuard

UNE RENTRÉE LITTÉRAIRE

Du même auteur

Autobiographies

J'ai quinze ans et je ne veux pas mourir (Grand Prix Vérité, 1954), Fayard.
Il n'est pas si facile de vivre, Fayard.
Embrasser la vie, Fayard.

Romans

Dieu est en retard, Gallimard.
Le Cardinal prisonnier, Julliard.
La Saison des Américains, Julliard.
Le Jardin noir (Prix des Quatre-Jurys), Julliard.
Jouer à l'été, Julliard.
Aviva, Flammarion.
Chiche !, Flammarion.
Un type merveilleux, Flammarion.
J'aime la vie, Grasset.
Le Bonheur d'une manière ou d'une autre, Grasset.
Toutes les chances plus une (Prix Interallié), Grasset.
Un paradis sur mesure, Grasset.
L'Ami de la famille, Grasset.
Les Trouble-Fête, Grasset.
Vent africain (Prix des Maisons de la Presse), Grasset.
Une affaire d'héritage, Grasset.
Désert brûlant, Grasset.
Voyage de noces, Plon.
Une question de chance, Plon.
La Piste africaine, Plon.
La Dernière Nuit avant l'an 2000, Plon.
Malins plaisirs, Plon.
Complot de femmes, Fayard.
On ne fait jamais vraiment ce que l'on veut, Fayard.
Aller-retour, tous frais payés, Fayard.

Recueil de nouvelles

Le Cavalier mongol (Grand Prix de la Nouvelle de l'Académie française), Flammarion.

Lettre ouverte

Lettre ouverte aux rois nus, Albin Michel.

Pour plus d'informations concernant les œuvres de Christine Arnothy (résumés, années, éditions étrangères, etc.) consultez son site : **www.arnothy.ch**

Christine Arnothy

Une rentrée littéraire

roman

Fayard

Les personnages et les entreprises de ce roman, comme leur nom, leur description ou leur caractère sont purement imaginaires et leur identité ou leur ressemblance avec tout être réel, vivant ou mort, ne pourrait être qu'une coïncidence non voulue ni envisagée par l'auteur. Quelques personnalités, incontournables dans le monde médiatique, sont mentionnées dans le récit ; seuls leur nom et leur fonction sont réels, les actes ou propos qui leur sont prêtés sont le fruit de l'imagination de l'auteur et n'ont aucun rapport avec des fait ou des événements réels.

© Librairie Arthème Fayard, 2004.

À tous ceux qui veulent écrire et publier un roman et surtout à ceux qui ne s'y aventurent pas.

Chapitre 1

Géraldine franchit la porte cochère et traversa la cour pavée. Au fond de cet espace clos se trouvait le quartier général des éditions Éberlé. Pour aider la jeune femme, un complice avait laissé ouvert le portail de l'immeuble. Selon la rumeur, afin de montrer l'exemple à ses employés et de souligner la difficulté des temps de crise, le patron restait souvent à l'heure du déjeuner pour travailler.

Son lourd manuscrit sous le bras, Géraldine monta vers l'homme de qui allait peut-être dépendre sa réussite. Après que son roman eut essuyé plusieurs refus, elle allait enfin connaître un éditeur en chair et en os. Serait-il agacé d'être surpris de la sorte ? Il était sujet, disait-on, à de violentes colères. C'était le risque à courir. Jusqu'à ce jour, Géraldine n'avait jamais pu arriver plus loin que le standard ou le hall de réception d'une maison d'édition, le but de ses rêves.

Au troisième étage, elle traversa une sorte de vestibule encombré de classeurs, puis une pièce où des étagères surchargées de livres touchaient le plafond. Il restait une porte. Elle y frappa discrètement, puis, faute de réponse, d'une manière plus énergique. Après quoi elle pénétra dans le bureau.

Éberlé lisait un roman policier traduit de l'anglais. L'action était passionnante. Une piscine somptueuse. Près du bord, la propriétaire de la villa, essoufflée après une ou deux longueurs, cherchait à sortir du bassin. Un intrus portant un masque aussi noir que la nuit environnante lui empoignait la tête et la maintenait sous l'eau. La femme serait-elle sauvée ? et par qui ? Ou noyée, victime d'un meurtre ? Qui avait intérêt à…

Obligé de quitter sa lecture, Éberlé leva la tête et dévisagea Géraldine. Il referma son livre et le fit disparaître sous des documents chargés de chiffres désastreux.

– Vous voulez quoi ? demanda-t-il à la fille.

Elle avait des yeux somptueux dans un visage sans intérêt. Elle avança doucement et tendit sa main libre à l'éditeur, qui ignora le geste.

– Pardonnez mon intrusion. Il n'y avait personne en bas, je n'ai pas pu vous faire prévenir. La porte était grande ouverte…

– Mais vous voulez quoi ? Vous croyez qu'on a le droit de déranger quelqu'un n'importe quand ? Qui vous a refilé le tuyau que je serais là ?

– Personne. J'imaginais attendre jusqu'à quatorze heures et me faire annoncer. J'étais un peu en avance…

– En avance ? Pour quoi faire ?

– Vous remettre personnellement mon roman.

– Votre roman ? Mais d'où sortez-vous ? De quel bled ? Il y a des règles à respecter. Un manuscrit doit suivre le chemin classique : courrier, service des lecteurs, rapport...

– Je voulais aussi vous rencontrer pour vous parler, dit-elle. Mon roman risquait de se perdre. Le voici...

Elle lui montra la masse de feuillets qui débordait presque du classeur.

– Double interligne...

Il repoussa son fauteuil en arrière. Ses yeux marron foncé étaient près de sortir de leurs orbites, il serrait les mâchoires. Et si cette fille le filmait avec une caméra cachée ? Ça se faisait de plus en plus. Enregistrait-elle l'entretien avec un magnéto dissimulé dans le fourre-tout qu'elle portait en bandoulière ?

– Roman, répéta-t-il pour gagner du temps. Roman...

Son crâne chauve brillait.

– Quel âge avez-vous ?

– Vingt-trois ans.

Elle faisait plus jeune. Sa peau était délicate, couleur de lune. Il vit une fine veine, comme tracée au crayon sur son cou. Fasciné par les cous élégants, il aurait aimé soudain s'approcher et parcourir du bout des doigts la ligne bleue. La jeune femme lui apparut nue, ligotée sur un lit à l'aide de larges bandeaux. La caresser. Juste la caresser. Affaire de proximité épidermique.

Géraldine était désemparée par ce silence tendu. Fallait-il partir ou tenter d'engager la conversation ? Au risque de s'attirer une remarque désagréable, elle dit :

— J'ai toujours écrit, monsieur Éberlé. Je voulais obtenir un doctorat en archéologie, mais j'ai dévié vers les lettres. Deux ans de Sorbonne. J'ai aussi suivi des cours de psychologie, que j'ai abandonnés…

Éberlé l'entendait à peine. Dans son fantasme, les images étaient d'une rare précision. Nue, elle avait cependant gardé ses chaussures à talon haut.

— Merci de m'écouter, continua Géraldine. Vous avez la réputation d'encourager les jeunes talents.

Éberlé refit surface et prit un ton professoral :

— Jeune fille, quand vous erriez dans les couloirs des différentes universités, personne ne vous a refilé d'informations sur l'état actuel de la littérature dans notre cher pays ? Le roman français est mort. Vous, vous portez un cadavre sous le bras…

Le mot « cadavre » l'emplit d'excitation. Géraldine resta imperturbable.

— Je peux le déposer sur votre bureau ?

— Ah non ! se récria-t-il.

— C'est qu'il est lourd.

— Mettez-le sur le parquet. Ou sur la chaise.

— Mon histoire se déroule à travers plusieurs pays. Prenez le manuscrit, s'il vous plaît…

Elle tendit une fois de plus vers Éberlé les feuillets serrés dans un dossier qui paraissait sur le point de craquer. Puis, sans y avoir été invitée, elle se posa sur le bord d'une des chaises, face au bureau, comme un oiseau migrateur sur la crête d'une vague. Elle laissa retomber le dossier sur ses genoux. Éberlé pensait à son roman anglais à suspense. Il fit un effort considérable pour se montrer patient.

– Vous allez envoyer votre roman par courrier au service compétent de notre maison.

– La poste coûte cher… Pourquoi ne pourrais-je pas le laisser ici, dans votre bureau ?

Éberlé hésitait. Il ne fallait pas qu'on aille l'accuser de cruauté mentale envers la jeune génération.

– Remettez-le à la standardiste. Elle le transmettra au service concerné. Si vous vouliez bien partir, maintenant, je vous en serais reconnaissant.

– Tous ceux qui ont lu mon roman en ont été ravis. Un jour, je serai connue, dit Géraldine.

– Je vous le souhaite.

Il regarda la bouche de la fille. Elle avait des lèvres joliment ourlées, sensuelles. Il pensa à l'un de ses confrères qui, à ses débuts, publiait les filles qui couchaient facilement. Mais elles revenaient ensuite avec un deuxième roman. « Les pires moments ! lui avait-il raconté. J'ai bientôt été encerclé par de vieilles maîtresses… » Éberlé voulut savoir si elle était allée aussi chez ce collègue.

– Qui vous a déjà refusée ?

Elle resta discrète.

– Plusieurs. Sans avoir lu mon roman. J'ai piégé le manuscrit : certaines pages étaient collées, personne n'a tenté de les séparer.

« Ces gens qui se croient écrivains sont de plus en plus dangereux, songea Éberlé. Ils mettent des repères dans les manuscrits. Celle-ci n'a même pas honte de l'avouer... » Frêle et déterminée, elle provoquait. Il prit alors un ton de « vieux » qui condescend à renseigner une « jeune » :

– Si vous avez une idée fixe : l'écriture, présentez un texte court, qui se lit facilement. Racontez votre enfance malheureuse. Espérez ensuite qu'un critique s'y intéresse... Vous connaissez un journaliste, un seul, qui pourrait vous aider par un premier article ?

– Oui. Il s'appelle César Marroni. Il tient la chronique religieuse dans *L'Écho de la Creuse*. Il aime mon livre.

– Votre sujet est religieux ?

– Pas du tout. Mais César n'a pas encore accès à la rubrique littéraire. Quand je serai publiée, il écrira une critique sur mon roman et essaiera de lui trouver une place dans la page « Lettres ».

– Pourquoi la Creuse ?

– Je suis née là-bas. C'est là que j'ai ressenti mes premières émotions.

Elle parlait d'émotions ? Avait-elle perdu sa virginité dans une meule de foin ? En forêt, terrassée après une course poursuite ? Ou plus tard, à Paris, dans une chambre de bonne ? Sur le siège arrière d'une voiture ? Éberlé ouvrit le tiroir médian de son bureau et, sans même regarder, extirpa une pilule d'un tube. Il l'avala sans eau, en habitué, puis posa un nouveau dossier sur le roman anglais.

– Vous ne pourrez pas raconter que je vous ai mal reçue, lâcha-t-il d'une voix rauque. Si vous avez encore quelque chose à dire, je vous écoute.

Il l'imagina à genoux devant lui et ferma une seconde les paupières. Il sentit une pression sous son crâne, comme un soudain afflux sanguin. Il redoutait une rupture d'anévrisme, voire une attaque cérébrale. À cinquante-quatre ans, malgré les médicaments, il avait plus de 16 de tension. Il se voyait réduit à l'état de légume dans une chaise roulante. Celle qui le pousserait devrait se frayer passage parmi les montagnes de manuscrits.
– Jetez-y un coup d'œil, insista-t-elle.
– Combien de pages ?
– Quatre cent quatre-vingt-seize.
La nuit précédente, Éberlé avait eu deux extrasystoles en pensant à ses comptes. S'il n'avait pas de quoi « monter » le fameux « coup » dont rêvaient tous les éditeurs, à défaut de décrocher le Goncourt, il devrait fermer boutique. Cette fille risquait de l'achever à force de jouer la candeur. Il se baissa et chercha en tâtonnant la bouteille d'eau posée sous sa table, puis se ravisa. Il ne pouvait boire au goulot devant cette jeune personne qui le fixait avec ses yeux clairs en forme d'amande.
– Le sujet ? demanda-t-il pour aller jusqu'au bout de son supplice.
– Des coups de foudre. Trois femmes de trois générations successives succombent au charme du même type d'hommes. Des séducteurs nés, quel que soit leur métier. Un Viennois en 1900, un Américain en 1950, un Français de nos jours... Le titre : *Les Forbans de l'amour*.

« Sans doute une fille sexuellement soumise, pensa-t-il. Elle ne demande manifestement qu'à être malmenée, humiliée... »

– Vous-même, avez-vous déjà éprouvé un coup de foudre ? demanda-t-il.

– Non.

– Alors, comment pouvez-vous le décrire ?

– Je vis la situation que je crée. J'entre dans mon personnage et je ressens ce qu'il ressent. Ce sont comme des déplacements à l'intérieur des êtres humains.

– Des êtres humains ? Non ! Vous les créez, ce sont donc des personnages...

– Que je rends humains, persista-t-elle.

– Pour quelqu'un de rationnel, votre explication est fumeuse. Vous les créez et vous entrez à l'« intérieur » de vos personnages ?

– Oui. Je suis née avec un monde imaginaire que j'anime selon les besoins de l'action, de l'histoire... Parfois, j'envoie tout le monde dans ma salle d'attente...

– Votre salle d'attente ?

– Oui. Je les fais sortir à tour de rôle.

– Vous prétendez donc avoir de l'imagination, conclut Éberlé.

Sa bouche était sèche. Il détailla la fille, sa tête d'adolescente, ses cheveux blonds coupés n'importe comment – c'était la mode.

– Oui ! Les histoires naissent, prennent de l'ampleur, m'habitent... J'ai eu l'idée de mon roman au cours d'un voyage. À Atlanta, j'ai pu visiter la maison où Margaret Mitchell a écrit *Autant en emporte le vent*.

– Et alors ? Quel intérêt ?

– Malgré le petit groupe dont je faisais partie, j'ai senti la présence de Margaret Mitchell. De retour, seule, en fin d'après-midi, j'ai pu rester là avec la complicité du gardien. Il m'a « oubliée », moyennant vingt dollars. Je me suis couchée par terre à côté du lit de Margaret Mitchell. Pendant la nuit, inspirée par les lieux, entourée de fantômes, j'ai vu apparaître à tour de rôle les trois femmes, mes futures héroïnes. Toujours crédules, toujours trahies, mais belles à mourir...

L'évocation de cette veillée mit Éberlé mal à l'aise. Un incident de son propre passé resurgit. La nuit de ses rêves cassés... La détestait-il, cette fille, ou la désirait-il ? Désirer ? Oui. La faire parler. Sonder jusqu'à la racine de ses pensées. Depuis l'adolescence, Éberlé était tourmenté et passionné par l'énigme que constituait à ses yeux le phénomène de l'imagination. Il se rappela à l'ordre : la fille ne risquait-elle pas de réveiller ses vieux démons si l'entrevue se prolongeait ? Il fallait la faire partir.

– Je vous ai écoutée poliment, mais voilà qui suffit. Si vous aviez évoqué votre passé, vous auriez pu m'intéresser..., ajouta-t-il en s'excusant presque.

– Mon passé ?

– Oui. On peut essuyer une blessure irrémédiable dans sa prime enfance. Jusque dans l'utérus de sa mère. Les effets, on les subit plus tard, on les recense et on les écrit. Ce genre de confessions réparatrices intéresse aujourd'hui le public.

Géraldine comprit. Si elle ne lui servait pas la moindre souffrance intime, l'éditeur – le huitième sur la liste – allait la renvoyer, elle, comme avaient fait tous les autres avec son manuscrit. Elle improvisa alors un récit tragique :

– J'ai perdu mes deux parents alors que j'étais très jeune... Un crash d'avion.

– Banal ! s'exclama-t-il. Vous avez sans doute été largement indemnisée ? Avec un bon avocat, on peut vivre riche après la perte d'êtres chers... chers surtout pour les assurances ! Grâce à ce deuil, vous avez pu faire des fouilles comme apprentie archéologue et, le dimanche, vous mettre à écrire... Vous êtes donc orpheline...

– Oui. J'ai été confiée à un oncle et à une tante.

– Un oncle ? prononça Éberlé, gourmand. Un oncle peut être quelqu'un de dangereux. Ne vous a-t-il jamais approchée en disant : « Ah, la jolie petite fille... » ?

– Non.

– Pas d'attouchements ?

– Mais non !

Éberlé sentait ses pulsions lui échauffer le cerveau comme un accès de malaria. Il aurait suffi qu'elle décrive ses misères avec des détails crus, mais si elle n'avait pas de souvenirs, que faire ? Pourtant, publier une plaquette de confessions coûtait peu et pouvait faire connaître le nom de la fille... Son nom ? Il pensa soudain qu'il ne le lui avait pas demandé.

– Comment vous appelez-vous ?
– Géraldine Kaufmann.
Il resta imperturbable. Il ne fallait surtout pas montrer l'effet provoqué par ce nom. Par les temps qui courent, ce nom n'était pas des plus confortables. Il pouvait laisser supposer une origine juive. Il fit d'abord semblant de ne pas s'y intéresser, puis demanda, presque malgré lui :
– Ce nom n'est-il pas un peu juif ?
– Strasbourgeois.
– Revenons à l'oncle, reprit Éberlé, soulagé. Il n'a donc jamais eu l'intention de vous violer ?
– Non.
– En êtes-vous sûre ?
Géraldine hésitait. Si Éberlé la virait, elle ne pourrait plus remettre les pieds dans ses bureaux. Or il était le dernier éditeur dit « de qualité » sur sa liste.
– J'étais peut-être pour lui l'objet d'un fantasme, mais rien de plus...
Le voyant rouge du téléphone clignota. Éberlé décrocha :
– Oui ?
Elle entendit l'écho de la voix de la standardiste :
– Monsieur, vous avez convoqué le chef comptable pour quatorze heures quinze. Il est là...
– Dans cinq minutes.
Il raccrocha et se tourna vers Géraldine :
– Je n'ai plus de temps à vous consacrer.
– J'aimerais que vous lisiez mon roman, dit-elle, tenace.

L'éditeur fit non de la tête.

– Nous perdons beaucoup de temps. Je n'y crois pas. Je cherche des histoires vécues, de celles qui secouent le public. Qui l'attirent...

– Je ne peux quand même pas me faire brûler vive pour être publiée !

L'éditeur s'accouda sur son bureau. « Et avec ça, elle ose plaisanter ! Elle me prend de mon temps, elle rogne mes principes, met en doute l'efficacité du "vécu"... »

– Si vous étiez anglaise ou américaine, vous pourriez vous targuer d'avoir un sens inné du suspense. Mais ce n'est pas le cas. Et je n'ai encore jamais vu de thriller issu de la Creuse...

– Monsieur, si vous n'ouvrez même pas mon manuscrit, comment pouvez-vous être certain qu'il n'est pas pour vous ?

– Le *feeling*. L'unique conseil que je puisse vous donner est : pensez au « vécu ».

– Où trouver un sujet si vous m'interdisez d'inventer ?

– Vous regardez la télévision ?

– Bien sûr.

– Il y a un type de génie qui a inventé la psychanalyse grand public. Certaines de ses émissions évoquent la Cour des Miracles. Les êtres humains qui cachent normalement leurs malheurs s'y expriment. Plus la détresse avouée est pesante, plus ils s'en trouvent ensuite soulagés. Les obèses, les anorexiques, les dyslexiques, les femmes battues, les impuissants, les zoophiles, les jumeaux et les jumelles, les autistes et les hyperactifs racontent leurs tourments à tout un pays. Parfois ceux qui n'en ont pas assez dit – pudeur ou manque de temps – quittent l'enregistrement frustrés. À la sortie, vous repérez l'un d'eux, seul et désemparé. Vous l'accostez, vous vous improvisez « soutien psychologique », vous l'entraînez dans le premier bistrot, vous le consolez et le confessez.

– Je n'ai pas envie de mendier des anecdotes qu'on me raconterait à regret, dit Géraldine. Je porte en moi tant d'histoires qui me sont propres...

– D'où vous viennent vos idées ?

– Chacune a une source différente. Quelques heures dans une maison imprégnée de la présence de Margaret Mitchell m'ont permis de rédiger cinq cents pages. L'atmosphère s'y prêtait...

Elle souleva le manuscrit à hauteur des yeux d'Éberlé :

– La preuve !

Il prononça presque malgré lui :

– L'atmosphère ?

Intrigué, il ne put s'empêcher de revenir à la charge :

– Ça a commencé quand ? La première manifestation de l'imagination remonte chez vous à quel âge ?

– Peut-être vers mes huit ans.

Éberlé transpirait. Il pensa qu'elle avouerait peut-être la vérité à la faveur d'une nuit particulièrement angoissante. Il y avait toujours une clé que ce type de gens – le plus souvent des femmes – cachaient. Pour ne pas la liquider définitivement, il lui fit une proposition :

– Si vous acceptiez de travailler pour moi, je pourrais vous confier une enquête. Mais attention, il est de mon devoir de vous prévenir : un cadavre dans un texte doit avoir un pedigree. Sinon, vous serez cataloguée d'emblée comme auteur de « roman policier ».

– Je crois que vous exagérez, monsieur : Thérèse Desqueyroux a bien empoisonné sa victime…

L'éditeur haussa les épaules.

– Mauriac était un écrivain de l'époque où l'imagination avait encore cours. Lui pouvait s'autoriser un meurtre : il tenait une chronique dans *Le Figaro*. Qui aurait osé l'attaquer ? Mais si vous publiez de nos jours une histoire où apparaît un cadavre, voire un détective privé, vous serez rangée parmi les auteurs de polars.

Elle était désorientée.

– Dans *Crime et châtiment*, l'étudiant qui étrangle l'usurière est bien un criminel…

– En effet. Pour la critique qui prévaut aujourd'hui en France, Dostoïevski a signé un polar, dit-il d'un air satisfait.

– Et *Soudain l'été dernier*, de Tennessee Williams, c'est quoi ?

– On tue à la fin, on massacre même, je crois. Donc : un polar.

– Et *Les Morts se taisent*, de Schnitzler ?

– Polar ! D'ailleurs, Schnitzler n'est connu que parce qu'il a été l'un des auteurs les plus plagiés. Tombée dans le « domaine public », *La Ronde* a été abondamment pillée… Pourquoi êtes-vous donc si récalcitrante lorsque je parle de « vécu » ?

– Ça me semble si absurde de toucher à la vie secrète des gens... Je n'en ai pas besoin.

Éberlé voulut se débarrasser d'elle au prix d'un dernier petit discours :

– Nous vivons une époque glauque où journaux et télévisions déversent de l'horreur sur le public... Aux termes d'une loi récente, les meurtriers n'ont plus trop le droit d'écrire et de vendre leurs mémoires à un éditeur, mais vous, vous pouvez fort bien les écouter et les rédiger ensuite. Pour éviter tout procès, la précaution élémentaire consiste à user du mot « présumé » : « *Présumé assassin* » ! Ce mot-là permet aussi bien à l'éditeur qu'au journaliste de raconter n'importe quoi en toute liberté. Le père incestueux est « présumé incestueux » ; le temps qu'on prouve qu'il est *réellement* coupable, plus personne ne s'intéressera à l'affaire. Si d'aventure il est innocent, tant pis pour lui ! Il restera pour toujours un suspect...

Géraldine se leva.

– J'ai eu tort de vous déranger. Nous ne nous entendrons jamais. Vous ne voyez pas d'inconvénient à ce que je présente mon roman à un autre éditeur ?

– Faites-en ce que vous voulez. Je vous le garantis : vos cinq cents pages n'ont aucune chance d'être lues.

Elle sentit la colère la gagner.

– Mais, dans la masse, monsieur ? En France, sept cents livres de fiction sont publiés deux fois par an, en septembre et janvier. En plus, chaque éditeur sort tous les mois un nombre respectable de romans. Pourquoi pas moi ?

– Vous n'avez rien compris à Paris ! s'écria Éberlé. Les débuts d'une inconnue doivent être pleins de promesses. Qu'avez-vous à m'offrir ? Rien. La Creuse ! Quant à moi, je prends en effet dans la masse et je publie pour occuper d'une année sur l'autre ma place habituelle chez les libraires.

– Tout le monde sait écrire, monsieur Éberlé ? s'enquit Géraldine d'un ton neutre.

– Non, mais tout le monde *veut* écrire. Au début, chacun croit que c'est facile. On découvre bientôt que c'est un des artisanats les plus pénibles. Mais si le sujet vaut la peine, nous avons d'excellents nègres... Il ne faut surtout pas s'éloigner des sujets favoris du public. En politique, ça marche bien dès qu'il s'agit de détournements de fonds publics. La situation familiale des vedettes vaut de l'or. Dès que le fils ou la fille d'une célébrité accuse de quoi que ce soit son géniteur, on le publie, on l'interviewe... La presse est conditionnée par la rumeur, puis c'est elle qui la nourrit.

Une petite lumière rouge palpitait sur le téléphone. Éberlé décrocha le combiné.

– Oui, dit-il. Tout de suite !

Il mit fin à la conversation :

– Cherchez du vécu, mademoiselle Kaufmann. Cherchez dans les secrets des plus innocents, auprès des falots apparemment « sans histoires », ceux qui ne dévoilent presque jamais rien d'eux-mêmes. Si vous voulez, revenez ensuite me voir...

– Lisez au moins cinquante pages de mon roman. Cinquante petites pages...
– Non. Je suis navré. Vous devez partir.
Géraldine était déjà à la porte lorsque Éberlé remarqua qu'elle traînait légèrement la jambe gauche.
– Hé ! l'interpella-t-il. Mademoiselle Kaufmann...
Elle se retourna :
– Oui, monsieur ?
– Vous vous êtes blessée ?
– Non.
– Il me semble que vous boitez...
– Non, je ne boite pas. J'ai un petit problème à la jambe gauche, mais elle va être rééduquée.
– Une infirmité de naissance que vous essayez de guérir ?
– Non. Un accident.
– Tiens donc ! fit l'éditeur. Vous êtes une famille à accidents...
Géraldine eut un geste d'impatience.
– Je n'ai pas envie de plaisanter avec ça, monsieur. À cause de ma jambe gauche et d'un problème de colonne vertébrale dû au même choc, j'ai passé pratiquement deux ans immobilisée : soins, rééducation...
– Deux ans ? s'étonna l'éditeur.
– Oui. C'est pendant ces deux ans que j'ai écrit *Les Forbans de l'amour*... Deux ans de travail et vous ne voulez même pas en lire cinquante pages...
L'éditeur eut l'air soudain intéressé.
– Ça peut accrocher : l'argument de la faiblesse vaincue...

Il récita comme s'il parlait dans un micro :

– « J'ai été amadoué par elle, presque attendri quand j'ai appris qu'elle avait mis deux ans pour écrire son roman, pratiquement couchée, à demi paralysée. Elle pouvait à peine tenir un crayon... » Attendez... Vous écriviez sur ordinateur ?

– Non. Sur de grandes feuilles de papier, souvent aussi dans des cahiers.

L'éditeur se leva et s'approcha d'elle. Il aurait souhaité effleurer son visage, sa joue pâle. Il lui tendit la main :

– Il ne faut pas m'en vouloir. Je n'ai pas été très aimable...

– Si, je vous en veux, monsieur. Je vous en veux parce que vous ne voulez même pas garder cinquante pages. Qu'est-ce que ça vous coûte, de lire cinquante pages ?

– Question de principe, mademoiselle. Je n'entends pas priver de son autorité mon comité de lecture. L'avis des deux personnes qui le composent m'importe. Et je ne tiens pas à m'user les yeux et les nerfs à lire des sujets sans surprise. L'imagination n'existe plus en France. D'où ces confessions à la chaîne. Sur toutes les chaînes...

Il fut le seul à s'amuser de son jeu de mots. Puis il ajouta :

– Votre jambe blessée m'intéresse. Vous pourriez, grâce à elle, attirer l'attention de la presse *people* : « Presque infirme, pâle et déterminée, une lueur étrange dans le regard, elle faisait du porte-à-porte avec son manuscrit... »

– Je ne veux pas être remarquée à ce prix-là. À dire vrai, je ne veux plus rien...

– Si j'ai une idée pour vous, mademoiselle Kaufmann, je vous appellerai. Laissez votre adresse et votre numéro de téléphone à la stagiaire... Quelqu'un qui a été capable d'écrire cinq cents pages en deux ans, couchée, pourra bien en rédiger cent cinquante en trois semaines, debout !

– Bien sûr, dit-elle. Sauf que je n'en ai pas envie.

Elle sortit du bureau, humiliée.

Éberlé aurait dû prendre ces cinquante pages, ne fût-ce que par politesse, les poser sur son bureau et leur accorder un simple coup d'œil.

Elle descendit d'un étage à l'autre. La maison d'édition était soudain peuplée. Au deuxième, Stefi, la stagiaire, s'occupait de la photocopieuse récalcitrante. Elles n'échangèrent pas un mot. Leur relation devait rester discrète. La standardiste la salua. Géraldine se retrouva dans la cour pavée. Elle admira le décor. L'endroit n'était pourtant guère apprécié du milieu littéraire. Les intellectuels professionnels frétillaient dans leur quartier comme des saumons d'élevage dans leur parc. Il fallait être de la Rive gauche, ou choisir l'exil.

Géraldine était déçue. À ce jour, elle n'avait réussi à rencontrer personnellement aucun autre patron de maison d'édition. On passait par des secrétaires, des collaborateurs subalternes, avec un peu de chance par des directeurs littéraires. Il y avait des maisons liées financièrement à de grandes firmes industrielles, qui entretenaient de nombreux employés plutôt mal payés mais aimables. Il y avait aussi de petites maisons où Géraldine avait été reçue plus cordialement, surtout par des femmes, mais sans aucun résultat tangible.

Elle se demandait comment les éditeurs arrivaient à dépister tant de livres susceptibles d'avoir une chance de succès tout en refusant sans les lire des masses de manuscrits. Elle éprouva de la compassion pour les arbres transformés en papier pour si peu.

*
* *

Éberlé fit entrer l'expert-comptable. Les nouvelles étaient mauvaises.

– Il n'y a que le Goncourt qui pourrait vous sauver, monsieur Éberlé, dit le gestionnaire. Ou un immense succès populaire...

Il retourna le couteau dans la plaie :

– ... comme les mémoires du fils du Général.

Éberlé se redressa sur son fauteuil.

– S'il avait eu un autre fils, illégitime, j'aurais consenti bien des sacrifices pour son texte...

– Vous n'avez pas eu les souvenirs de Sylvie Vartan ni ceux de l'amant secret de la femme morte de John-John Kennedy...

Éberlé détestait les reproches. Il pensa à la fille.

– J'aurai peut-être quelque chose... ou quelqu'un. Je vous en reparlerai.

– Pas à moi. À notre tiroir-caisse !

« Ce type est d'un vulgaire », soupira Éberlé.

*
* *

Enfin seul, il ferma à clé la porte de son bureau et reprit son roman policier. La tête de la femme était toujours sous l'eau. À en juger par les bulles qui remontaient, elle vivait encore. À ce moment-là, un cambrioleur qui avait assisté à la tentative d'assassinat bondit et assomma l'agresseur, puis remonta la victime à la surface. Il lui fit du bouche-à-bouche. Elle rouvrit bientôt les yeux, cracha de l'eau, et, entre deux hoquets, dit à son sauveteur : « Oh, merci... »

« Le coup du cambrioleur est parfait », songea Éberlé. Il frissonna à l'idée qu'un témoin aussi encombrant puisse un jour se faufiler ainsi chez lui, dans sa ferme de Senlis. Il se prit à sourire. Il était plus fort que l'homme cagoulé qui venait de se réveiller et avait été arrêté par la police.

*
* *

Géraldine passa devant un petit cinéma à l'entrée tendue de rouge. Il y avait deux salles. Elle prit un billet et se retrouva au milieu d'une rangée pratiquement vide. Elle revit pour la troisième fois *Docteur Folamour*.

Chapitre 2

Dès dix-sept heures, il y avait foule dans le métro. Debout, son manuscrit sous le bras, Géraldine pensait à Harold. C'était grâce à lui qu'elle avait pu accéder au bureau d'Éberlé.

La rame subit une secousse et un homme de haute taille la bouscula. Elle le repoussa. Il n'émit pas la moindre protestation.

L'odeur de métal du compartiment l'indisposait. Elle n'arriverait pas à être publiée. Des maisons d'édition auxquelles elle avait envoyé son manuscrit elle avait reçu des lettres presque identiques : « Travail bien fait, d'un auteur certes assidu et consciencieux... » « Notre programme de cette année, déjà chargé, ne peut comporter ce genre d'ouvrage... » « Nous avons le regret de vous informer que votre manuscrit, en dépit de ses qualités certaines, ne convient pas à notre public... avec nos sentiments distingués... »

Elle sortit du métro à Bastille. Elle rejoignit sa rue dont elle longea le trottoir en faisant de petits crochets çà et là pour éviter les excréments. La porte de l'immeuble où elle habitait était toujours ouverte. Il n'y avait rien à voler et les squatters n'auraient pu s'installer dans des appartements déjà occupés par des familles nombreuses. Une seule fois, un Algérien malade s'était réfugié sur le palier du quatrième. Obtempérant aux ordres d'évacuation, il avait changé d'étage d'un jour sur l'autre, migrant peu à peu jusqu'au rez-de-chaussée. L'homme de ménage, qui venait balayer le matin, avait appelé la police pour signaler qu'un sans-logis encombrait la cage d'escalier. Le SAMU était venu le chercher.

Géraldine monta au cinquième. La tante qui lui louait ce petit logement confortable était attentive à ses intérêts et le loyer devait être payé rubis sur l'ongle, à l'heure près. Ce jour-là, le manuscrit lui parut plus lourd que d'habitude. Elle avait mal à sa jambe gauche. Il lui arrivait de boitiller, mais elle était si jeune et frêle que ce léger handicap pouvait apparaître comme une curieuse façon de se déplacer. Pourtant, l'éditeur l'avait remarqué. Elle avait détesté le regard indiscret d'Éberlé. Arrivée au cinquième, elle frappa. « C'est moi, dit-elle. J'ai oublié la clé. » Harold ouvrit, la prit dans ses bras, l'embrassa tendrement.

– Ne me raconte rien. Il t'a mal reçue, n'est-ce pas ?

Elle se dégagea. Harold avait déjà pris le manuscrit.

– Je n'ai pas de circonstances atténuantes, reconnut Géraldine. Je l'ai dérangé. Encore heureux qu'il m'ait consacré quelques minutes...

Si tu pouvais me donner un verre d'eau... Je vais m'allonger et tout te raconter.

Harold lui apporta de l'eau. Géraldine venait de s'installer sur le canapé. Elle but et expliqua :

– À la place d'un manuscrit, j'aurais pu aussi bien lui apporter un rat crevé. Il m'a regardée, je t'assure, avec répulsion... Ça me paraît bizarre qu'un type doté d'une mentalité pareille puisse diriger une maison d'édition...

Harold haussa les épaules :

– Il est éditeur parce qu'il a hérité de cette maison. Son père était imprimeur près de Lille. Un amoureux fou de la littérature, paraît-il. Il a acheté la maison après la Libération. Si l'on en croit la légende, lui, il avait de l'envergure...

– Encore heureux qu'il t'ait accepté, toi...

– J'étais recommandé par mon oncle éditeur. Ça aide... Mon oncle a été ravi quand il a su que je voulais consacrer ma thèse à la littérature française après la Seconde Guerre mondiale !

– Pourquoi la France ? demanda Géraldine.

– Pour connaître le fameux « esprit français », répondit Harold. Au début de mes stages, je n'ai vu que des « usines à livres ». J'étais content d'atterrir dans une petite entreprise dite « familiale »... J'ai éprouvé quelques déceptions. En Allemagne, par exemple, on ne pourrait pas aussi mal payer les stagiaires : trois mois pour apprendre, puis trois mois de service pour un salaire symbolique...

Géraldine avait pris un air indifférent. Elle était surtout fatiguée.

– En tout cas, merci, Harold. D'habitude, je suis arrêtée au standard ; ensuite, la stagiaire vient m'annoncer que la personne avec qui j'avais rendez-vous est en réunion et que je peux confier mon manuscrit à l'accueil.
– Ton roman est remarquable ! dit Harold. Tu arriveras à être publiée, mais il faut de la patience.
– Margaret Mitchell avait envoyé son manuscrit par la poste d'Atlanta à New York. Elle a obtenu une réponse rapide…
– Inutile de te faire souffrir avec de vaines comparaisons, dit Harold. Autre époque, autres mœurs…
Géraldine admirait le jeune Allemand qui parlait cette belle langue pratiquement sans accent et ne cessait de la consoler. Originaire du pays de Gœthe, c'est par amour qu'il était devenu un citoyen passager du pays de Molière et de Hugo. Elle aimait son Harold, mais ne pouvait présumer de leur avenir. Il n'allait pas rester en France, elle ne comptait pas aller vivre en Allemagne. Même si elle se sentait humiliée, injuriée, négligée, traitée d'infirme, qu'importe : la langue française était sa nourriture intellectuelle. Seule la tentait l'Amérique où vivaient depuis quelques années ses parents.
– Dans ma thèse, continua Harold, j'ai décrit les années créatives et flamboyantes qui ont suivi la Seconde Guerre mondiale. Que de noms fabuleux qui éclairaient l'Europe ! De jeunes inconnus devenaient d'un jour sur l'autre des fusées qui traversaient le ciel littéraire. Aujourd'hui, les révélations

se font de plus en plus rares et le public s'est habitué à ne plus s'intéresser qu'à ses propres problèmes, ses propres fantasmes. « *Il* » ne cesse de nous l'expliquer, de nous le rabâcher...
– Qui ça, « il » ?
– Éberlé. Selon lui, il n'y a plus d'évasion possible dans un récit fantastique, et la fiction à l'état pur subsiste encore à peine... Au début de mes travaux, mon directeur de thèse m'a cité trois noms d'éditeurs. Il les appelait « les Trois Seigneurs » : Gaston Gallimard, René Julliard, Henri Flammarion. D'après mon oncle, je suis venu trop tard dans ton pays...
– Mais tu connais mieux ce milieu que beaucoup de Français..., lui dit Géraldine.
Elle prit dans ses bras Ulysse, un vieux chat bougon qui n'aimait qu'elle et jetait des regards lourds de rancœur à Harold.
– Éberlé s'est moqué de moi quand il a entendu parler de *L'Écho de la Creuse*.
– En assistant à diverses réunions, dit Harold, j'ai compris que, pour un éditeur parisien, il n'existait que la production parisienne. De même, pour les journalistes parisiens, il n'y a que les amis, les copains parisiens, les découvertes communes. Il est rare qu'ils choisissent de façonner une idole de l'Ardèche ou de la Creuse... Ça peut arriver, mais l'élu s'empresse alors de venir habiter Paris. Pauvres ou riches, il faut penser à Paris et « penser Paris ». Laisse donc tomber ta Creuse ! Qu'est-ce que tu as à leur parler de la Creuse ?

– Je n'ai aucune raison de cacher mes origines. Moi, je suis du peuple ! s'insurgea Géraldine. Je suis quelqu'un qui appartient au peuple français.

Elle s'assit sur le canapé, réclama encore un peu d'eau fraîche et dit d'une voix raffermie :

– N'empêche, tout en te remerciant de m'avoir envoyée chez lui, j'affirme que ton Éberlé est un monstre !

– Mais non, protesta Harold. Mais non...

– Je suis entrée dans son *mental*, dit Géraldine. J'ai habité en lui quelques secondes : c'est moche, à l'intérieur !

Elle eut un geste brusque, le chat se sauva, affolé, et alla se cacher derrière un fauteuil.

– Géraldine, tu es en pleine science-fiction !

– Peut-être, fit-elle.

– Il est surtout influençable, expliqua Harold. Il écoute toujours le dernier qui quitte son bureau... Mais tu vas voir, nous trouverons une solution. Quelqu'un va aimer ton histoire, comme je l'ai aimée.

– Tu cherches à me consoler.

– Pas du tout. Si je n'aimais pas ton roman, je dirais : « Intéressant, mais loin d'être un chef-d'œuvre »... Est-ce que tu as pris ta vitamine B12, aujourd'hui ?

– Non.

– Tu veux que je prépare le dîner ?

– Je ne suis pas malade, lâcha Géraldine. Juste épuisée. Quand on me sape le moral, j'ai mal dans le dos. Depuis l'accident... En quittant le bureau d'Éberlé, je me suis sentie toute transparente...

– Tu seras un jour très, très visible, je te le promets !

– Son regard me gênait. Il a un regard de films X. Quelles sont ses relations avec les femmes ?

– Comment veux-tu que je sache ?

– Est-il marié ?

– Aucune idée. Pourquoi ?

– Si je le savais...

Harold s'exclama :

– Sa vie doit être d'une rare monotonie ! Mais si tu es si intéressée par lui, j'inviterai Élise, la directrice commerciale, à prendre un café. Elle me fera un portrait de M. Éberlé. Mais elle restera prudente... Dans ce milieu aussi, ils ont tous peur de perdre leur emploi.

Avant le repas, Harold glissa deux tranches de pain dans le toasteur et continua :

– Ton roman pourrait même devenir un succès international. Mais, justement, tout le problème est là. Il n'est pas typiquement français. Le cadre du récit change. Un triptyque... S'il était traduit de l'anglais, tu aurais plus de crédit. En tant que Française de souche, mieux aurait valu raconter comment tu as été violée dans une ferme...

– Harold, je déteste le mauvais goût !

– C'est tout ce qu'il cherche, Éberlé.

– Alors, pourquoi m'avoir envoyée chez lui ?

– C'est le seul que j'avais sous la main. Et puis, belle comme tu es, tu aurais pu susciter chez lui une réaction inespérée de sympathie, voire d'attirance.

– Raté. Tu me vois belle ?

– Magnifique ! Tu as les plus beaux yeux du monde.
– Tu crois ?
– Oui... Il me semble parfois excité, Éberlé. Il masque des difficultés à la fois financières et personnelles. À en croire les ragots, lui-même n'a jamais réussi à écrire un livre.
– Pourquoi écrire, s'il est éditeur ?
– Il avait des velléités et chaque volume qu'il publie le fait souffrir.
– Qui te l'a dit ?
– Une femme qui a connu son père à Lille. Il adore faire souffrir les auteurs...
– Harold..., fit-elle.
– Oui ?
– Même si mon roman n'est pas publié, j'en écrirai un second. Je suis un ventre occupé par plusieurs enfants qui grossissent et qui poussent. Ils veulent sortir...
– Je vais essayer de trouver son point faible..., dit Harold, pensif.
– Quel intérêt ? On ne va pas se mettre à exercer un chantage...
– C'est évident... Mais si je découvrais son point faible, la peur pourrait le rendre plus humain...

Chapitre 3

L'éditeur monta au troisième étage de l'immeuble du XVIIe arrondissement, ouvrit sa porte blindée et retrouva sa solitude. Il en connaissait les effets. Il savait exactement de quelle manière il allait grignoter un morceau de fromage, accompagné du dernier concombre à la russe trouvé au fond d'un bocal dans le réfrigérateur. Il jeta un coup d'œil sur l'alignement des yaourts, puis alla dans sa chambre s'allonger sur le lit. Il se déchaussa en dégageant le pied gauche avec le pied droit et le droit avec le gauche, puis, d'un grand coup, envoya ses chaussures valser sur la moquette.

Il apercevait, sans vraiment les voir, une pile de feuilles blanches et des stylos en attente sur une petite table. Parfois il s'asseyait à cette place maudite et essayait d'écrire. Le journal intime, les anecdotes, les mots d'auteur, tout sur le papier devenait plat et ennuyeux. Lui qui publiait une quantité impressionnante de livres tous les mois n'était même pas capable d'écrire une page convenable.

Sur son lit, il se remémorait la rencontre avec cette fille détestable qui avait gâché sa journée. Il la voyait à Senlis. Oui, s'il ne l'avait pas virée de manière aussi franche, il aurait pu ménager une autre rencontre. Juste pour satisfaire un reste de curiosité. Elle invente ? « Comment ça fonctionne, l'invention, mademoiselle Kaufmann ? » Il songea que c'étaient surtout les femmes qui avaient assez de culot pour prétendre être douées d'imagination. Peut-être devrait-il recourir un jour à une psychothérapie pour apaiser la jalousie que lui inspirait une telle prétention.

La fille qui avait forcé sa porte était insignifiante. Quelqu'un dans la foule, une silhouette à la Sempé. Ni moche ni belle. Seul le regard de ses grands yeux verts la faisait remarquer. Un regard-scanner. Une idée s'esquissait dans son esprit. La dénommée Géraldine, avec son aspect je-m'enfoutiste, était tout à fait à la mode. Lui n'avait pour ainsi dire personne pour sa rentrée littéraire. Il se leva et prit un morceau de tomme de Savoie. Il y avait quelque chose à retenir chez cette fille. Peut-être sa farouche détermination. Elle avait su garder sa dignité, même en racontant son invraisemblable histoire de nuit passée dans la maison de Margaret Mitchell. Mal fagotée, pâlichonne, pauvre ou non – étant donné la manière dont les filles d'aujourd'hui étaient attifées, impossible de le deviner –, elle vivait pourtant avec la certitude d'être un écrivain, un vrai. De quel droit ? Elle aurait dû commencer comme tout le monde, par une biographie.

Il alluma la télévision pour regarder le jeu du « *Millionnaire* ». En suivant l'émission, il avait une envie dévorante d'être à la place de l'animateur. Il se disait que lui, l'éditeur Éberlé, ne serait jamais aussi connu que cet homme-là. Il n'atteindrait pas le dixième, ni même le centième de la célébrité de cet individu qui ne faisait qu'interroger ses invités. Il aurait adoré qu'on l'entoure lui aussi d'une cour d'admirateurs, qu'on l'interviewe, que quatre ou cinq personnes soient suspendues à ses lèvres, à ce qu'il dirait sur la littérature, sur lui-même, sur l'évolution de la langue française. Dès qu'il s'imaginait devant une caméra, il se sentait grandir, devenir l'homme qu'il avait toujours rêvé d'être. Celui qu'on interrogeait sur un problème mondial ou intérieur. Sur le prix Nobel de littérature. Quelqu'un qui compte. Un seigneur de la pensée, comme l'étaient les éditeurs qui avaient marqué leur siècle. Il n'avait pas même réussi à plaire à sa concierge à qui il donnait parfois des livres réchappés du pilon. Un jour, la petite dame lui avait dit : « Ça m'étonne que vous publiiez ça, monsieur Éberlé. Vous n'avez rien de mieux à m'offrir ? »

Il avait analysé la longue agonie de la littérature hexagonale, la glorification de la non-création et de l'auto-fiction sur l'autel de l'ego national, et depuis ses jeunes années il cherchait le secret du don d'imagination. Combien de fois n'avait-il pas tenté de construire à toutes forces une aventure qu'il n'aurait ni vue ni vécue ? En vain.

La fille entretenait en lui un énervement à la fois mental et épidermique. Réussirait-il à la rendre plus humble, plus franche ? La revoir sans perdre la face, l'interroger sur ce qu'elle appelait avec tant d'orgueil l'« imagination » ?

Éberlé jeta un coup d'œil à sa montre. Il n'était que neuf heures. Il devait appeler Harold, ce type parfait, discret. Le seul à qui il pourrait raconter la visite de l'inconnue et qui, mine de rien, réussirait à se renseigner sur elle. Il suspectait Stefi, la stagiaire : c'était tout à fait le style de cette fille que d'indiquer à une copine les rares moments de la journée où l'éditeur était seul. Elle faisait circuler des rumeurs. Pour rien au monde il n'aurait voulu l'interroger directement. Malgré la précarité de son emploi et son jeune âge, il lui supposait des attaches syndicales. Un esprit révolutionnaire qui avait déjà traité la maison d'« archaïque ». Elle allait être virée, bientôt. Il composa le numéro de Harold. Il allait lui demander de l'aider à retrouver la fille de cet après-midi.

*
* *

La sonnerie du portable de Harold retentit dans l'appartement de Géraldine.

– Allô ? dit-il.

Éberlé fut étonné de s'entendre user de tant de politesses :

– Harold, mon petit Harold, je vous dérange ? C'est Éberlé, à l'appareil.

– Monsieur Éberlé ? répéta Harold.

– Même sans que je m'annonce, vous auriez reconnu ma voix, n'est-ce pas ? Question d'intonations. Pourtant, moi, je n'ai pas d'accent. Le vôtre est bien joli. Même quand vous dites « Allô », on sait que vous êtes d'origine...

Il avala sa salive. Il allait s'embarquer une fois de plus dans des discours inutiles. Dans ce monde pourri, on ne pouvait plus rappeler à quiconque ses origines étrangères sans qu'une telle remarque fût considérée comme une insulte.

– Mon cher Harold, cet après-midi une jeune femme s'est présentée chez moi. Quelqu'un de la maison – je soupçonne Stefi – lui avait signalé ma présence à cette heure-là, ainsi que l'emplacement de mon bureau. Elle a eu le courage... je ne dis pas l'impertinence, non, je suis plus respectueux que ça... de forcer ma porte ! Elle voulait déposer un manuscrit... Un roman ! Vous pouvez ne pas me croire, mais c'est ainsi : un roman...

Harold tenait la main de Géraldine, la serrait très fort. Il lui avait fait plusieurs signes pour l'exhorter à ne pousser ni cri ni soupir, rien, à garder un silence complet. Il confirma :

– Oui, je crois que Stefi m'a parlé d'une jeune femme qu'elle a vue partir alors qu'elle se trouvait à la photocopieuse... C'est en effet assez rare qu'un auteur se présente directement chez vous...

– Elle fait partie de la grande foule de ceux qui écrivent. En France, tout le monde écrit, c'est bien connu. Mais c'est trop !

– Vous avez raison, monsieur. Je vois l'abondance des manuscrits qui arrivent, et surtout je vois la quantité de ceux que nous renvoyons...

Éberlé poussa un soupir.

– Et vous savez pour quelle raison ? Je vais vous le dire. Je me défends par avance. Je me prémunis. Je ne veux pas qu'on me fasse un procès, un jour, pour plagiat. Un manuscrit copié qu'on m'aurait expédié à telle ou telle date. Cette précaution-là coûte moins cher qu'une procédure... Harold, pourriez-vous, avec l'aide de Stefi, me trouver le numéro de téléphone de cette jeune femme ? Je souhaiterais l'appeler... Il faut dire que j'ai été un peu brusque avec elle. Quand on me parle roman, ça me met dans un état mauvais pour ma santé. Et j'aime encore moins qu'on entre dans mon bureau comme dans un moulin.

– Vous lui voulez quoi, monsieur ? s'enquit Harold.

– Oh, juste effacer l'éventuel mauvais souvenir que j'aurais pu lui laisser, et j'ai parlé de lui confier une tâche.

– Puis-je vous demander ce que vous attendez de cette jeune femme si vous n'êtes pas intéressé, comme vous le dites, par son roman ?

Il sentit qu'Éberlé hochait la tête, comme s'il avait voulu répliquer d'une mimique par téléphone.

– Cette fille est un personnage. Or c'est ce qui manque le plus, actuellement, sur la place de Paris. On pourrait l'arranger un peu...

– Comment ça, l'« arranger » ?

– La rendre un peu plus présentable physiquement. Vous ne pensez pas ?

– C'est que je ne l'ai pas vue, monsieur.

– Ce n'est pas lui faire injure, reprit Éberlé. Je ne me mêle d'ailleurs jamais de juger une femme : c'est trop dangereux… Je voulais juste indiquer que la beauté n'est pas à la mode. Cette fille-là pourrait sortir de n'importe quel film d'auteur français, vous voyez ce que je veux dire… Il y a toujours des filles très quotidiennes, auxquelles la spectatrice moyenne peut s'identifier.

– Un personnage, cette jeune femme ? Tant mieux pour elle. Mais vous n'émettez même pas l'hypothèse qu'elle ait pu écrire un roman intéressant…

– Je ne crois pas à la fiction, décréta Éberlé. J'ai les plus grandes difficultés à présenter quelque chose aux jurys pour cet automne. Ici, on n'a pas tous les jours une Joyce Carol Oates sous la main. Il faut que l'histoire qu'on me présente soit *trash*, qu'on y sente l'odeur du sang. Que…

– Bien sûr, monsieur, dit Harold. Mais que voulez-vous d'elle ?

– J'en parlerai avec elle ! Retrouvez-la…

Puis il se confia davantage :

– Je veux qu'elle fasse une enquête, disons, littéraire… si ce mot peut la satisfaire ou l'encourager. J'aimerais qu'elle décrive avec innocence une situation atroce. Qu'elle rédige sous l'effet du premier choc. Vous savez que c'est intéressant, un crime ? Surtout quand on n'a pas l'habitude d'en voir ni d'en commettre…

– Qu'entendez-vous par « on n'a pas l'habitude » ? dit Harold.

– Elle sort de sa Creuse natale. Que sait-elle de la vie et de la mort ? Elle se promène dans des histoires d'amour, mais c'est de son âge. Bref, je saurai la convaincre, si on la retrouve. Le cas échéant, j'ai du personnel pour « arranger » son texte. J'aime bien ses petits cheveux blondasses, mal coupés, son grand regard, son corps un peu désorientant... Un corps qui n'a pas encore trouvé sa juste place dans le monde. Conforme à la « maigritude » qui fait fortune dans nos sociétés trop bien nourries...

Harold acquiesça :

– Vous avez beaucoup d'esprit, monsieur.

L'éditeur jeta un regard circulaire autour de lui. Son appartement semblait plus minable que jamais. « Chez moi, c'est pire que dans la pièce de Ionesco : mes angoisses grandissent à tel point que je ne peux plus m'en débarrasser », pensa-t-il. Il était presque heureux de disposer d'une référence littéraire encore proche. Pourtant, plus étranger que Ionesco... Mais il ne fallait plus y songer. Les temps avaient changé.

– Harold, est-ce que vous allez m'aider ?

– Oui. Mais elle risque de vous rapporter son manuscrit...

– Ah non ! protesta Éberlé. Non ! Elle me fera le canevas de l'enquête, dont l'écriture définitive sera confiée à une équipe. Enfin, tout cela est encore à l'état de projet... Merci, merci d'avance.

Chapitre 4

Harold raccrocha et se tourna vers Géraldine.
– Tu as entendu ce qu'il racontait ?
La jeune femme, défaite, haussa les épaules.
– À peu près. Il veut me revoir pour m'humilier, me rendre ridicule. Il doit supposer que nous nous connaissons.
– Il ne nous a jamais vus ensemble. Il m'a appelé parce qu'il imagine que suis bien avec Stefi et qu'elle me confiera ton numéro...
Il se pencha sur Géraldine et l'embrassa. Il avait envie d'elle, mais elle le repoussa avec douceur :
– Attention au chat...
C'était une plaie dans la vie de Harold, ce chat. Jadis blanc, Ulysse était devenu gris avec le temps. Sans doute était-ce le propre des chats blancs de mourir gris. Ulysse n'avait jamais été heureux. Sa mère l'avait évincé de la nichée : il ne s'en était jamais consolé. Affectueux, habitué à son confort, l'animal se collait la nuit contre la jambe abîmée de Géraldine. Ça faisait barrage, anti-amour physique. Fraternité, mais pas volupté. « Tant pis, se

disait Harold. Même avec ce chat entre nous, j'aime Géraldine. »

Il la reprit dans ses bras.

– Je déteste ton Éberlé…, lâcha-t-elle.

– Il y en a certainement de meilleurs que lui. Mais supposons qu'il te dise demain : « Je veux lire votre manuscrit… »

– Il ne dira jamais ça, dit Géraldine. Jamais !

– Laisse faire le destin, et viens dormir.

Géraldine eut un mouvement inhabituel. Le chat poussa un cri comme un vieil accordéon sur lequel on se serait assis, et partit en titubant. Il avait, paraît-il, des problèmes d'équilibre. Il maudissait les couples d'amoureux et, surtout, Harold qui l'avait enlevé à sa quiétude contre cette frêle jambe de femme.

*
* *

Le lendemain, conformément aux ordres d'Éberlé, Stefi appela Géraldine chez elle.

– Géraldine Kaufmann ?

– Oui.

– Monsieur Éberlé voudrait vous revoir. Vous êtes venue il y a…

– En effet, il y a deux jours.

Restée seule dans la pièce, Stefi reprit son ton naturel :

– Je te parlais « officiel »… Il m'a traitée ce matin plus bas que terre, il suppose que je t'ai renseignée. Il ne m'a pas trop engueulée, mais m'a

demandé de t'appeler. Il voudrait t'inviter à déjeuner... J'ai caché l'existence de Harold dans ta vie.
— Inviter... à quoi ? s'exclama Géraldine.

Le mot « déjeuner », dans la bouche de Stefi et émanant de l'éditeur, ressemblait, après leur première rencontre, à une obscénité. Quand elle était enfant, un homme dans la rue avait ouvert son manteau juste devant elle et lui avait exhibé son sexe en érection. Elle avait été choquée. L'idée de déjeuner avec Éberlé lui faisait à présent le même effet.

— Je peux venir au bureau, si M. Éberlé tient à me dire quelque chose. Je trouve ce déjeuner inutile.

Stefi était déjà « introduite dans le milieu ». Stagiaire depuis cinq mois, à force de répondre au téléphone, elle avait fait ses repérages. On avait renouvelé ses trois mois d'apprentissage. Au-delà des six, l'éditeur devrait la mettre sous contrat ou, à défaut, lui faire quitter l'entreprise.

— Quand un éditeur t'invite à déjeuner, ça veut dire qu'il attend de toi quelque chose.

— À déjeuner... ? répéta Géraldine.

— J'ai l'heure et l'adresse du resto. Tu as de quoi écrire ?

— Bien sûr.

— C'est impasse des Trois-Sœurs, la boîte s'appelle « Les Tabourets ».

— Les quoi ?

— « Les Tabourets ». C'est souvent là-bas que les éditeurs qui prétendent ne pas vouloir être vus par leurs collègues vont pour se montrer. Souvent en compagnie de quelqu'un qu'on présume intéressant.

– C'est bien compliqué..., observa Géraldine. Quand ?
– Demain à treize heures. Il faut être ponctuel, à la seconde près. À treize heures il se trouvera devant la table où tu devras déjà être assise... Si tu arrives avec cinq minutes de retard... Je ne sais d'ailleurs même pas ce qui se passe dans ce cas-là...
– Ensuite ?
– Tu verras bien.
– D'accord, acquiesça Géraldine. Je serai aux « Tabourets ».

Agitée, elle avait du mal à s'endormir. Harold ne pouvait pas l'apaiser. Et il fallait faire attention à Ulysse qui sentait la nervosité de sa maîtresse. À minuit, le chat quitta du reste le duvet, la laissant seule avec Harold.

– Je ne vois pas ce qu'il peut vouloir de moi, dit Géraldine, la tête sur l'épaule de son ami. Je ne suis pas un prix de beauté avec qui on couche pour en faire ensuite un auteur, même d'un seul livre...

– Ne l'écarte pas déjà, dit le garçon peu après. Cette rencontre est peut-être une ouverture en vue d'une publication... Géraldine, écoute-moi : si tu en as marre de la France, tu m'épouses et puis on rentre à Francfort. Tu pourras travailler dans la maison d'édition de mon oncle. Un jour, ton roman paraîtra, traduit en allemand. Ensuite, on vendra les droits de ton texte français comme une traduction de l'allemand. Si on le présente comme un livre venant de l'étranger, un éditeur français l'acceptera plus aisément.

– Non, dit Géraldine, têtue. Je suis française et chez moi en France. Malgré tous les refus, je continuerai d'écrire.

– Essaie de dormir. Tu en sauras plus après ce déjeuner.

*
* *

Ce fameux matin, Géraldine se lava les cheveux, puis considéra ses rouleaux chauffants : fallait-il se faire des boucles ? Elle se contempla dans le miroir. Elle était vraiment maigre. Pas anorexique, juste maigre. On pouvait aussi dire « mince ». Ça dépendait de qui la regardait. Elle laissa sécher ses cheveux en liberté. Ils étaient plus longs d'un côté que de l'autre, avec çà et là des mèches plus claires à cause du soleil. Harold l'aimait telle qu'elle était. « Tu te dis moche ? lui disait-il. Je t'aime moche. Tu t'acceptes belle ? Je t'aime belle. Bref, je t'aime telle que tu es, parce que tu es Géraldine. J'adore ta force de caractère, ta détermination. »

Elle mit un t-shirt arborant deux lettres majuscules qui s'emboîtaient l'une dans l'autre, deux lettres noires, un grand « J » et un grand « A », juste reliés par un petit cœur rouge. Elle était si svelte qu'elle pouvait se permettre de porter un t-shirt bizarre. Elle enfila un pantalon de coton noir et des sandales. Elle glissa dans son sac deux feuilles sur lesquelles elle avait résumé l'intrigue de son livre. Elle avait compris qu'il valait mieux montrer ces deux feuillets plutôt qu'essayer de raconter l'histoire qui lui avait pris deux ans de sa vie.

Elle prit le métro, serrée, même à onze heures et demie, parmi une foule qui sentait le marché aux poissons avant fermeture. Elle émergea au grand air et arriva une dizaine de minutes plus tard à l'impasse des Trois-Sœurs. Elle repéra « Les Tabourets ». En entrant, elle découvrit un restaurant plutôt chic mais sombre. Elle se mit aussitôt à grelotter. L'air conditionné lui balayait les cheveux. Les tables étant petites, serrées, on devait entendre aisément les confidences des voisins.

Un serveur vint à elle et l'interpella sèchement :
– Avez-vous réservé ?
Soudain elle entendit la voix aux tonalités un peu aiguës de l'éditeur.
– C'est moi qu'elle cherche ! lança-t-il au garçon en levant la main.
– Bien sûr, monsieur Éberlé, dit le garçon. Je vous l'amène.

Géraldine le suivit en se frayant un passage parmi les serveurs qui portaient des plateaux. Prise d'angoisse, elle eut envie de rebrousser chemin, mais elle arriva devant la table où Éberlé, déjà installé, ne fit même pas semblant de vouloir se lever pour la saluer. Il précisa :
– Vous n'êtes pas en retard, c'est moi qui suis venu en avance pour lire mon journal. On va commander dès que vous serez assise. Rappelez-moi votre prénom…
– Géraldine.

– Mais bien sûr ! Géraldine...Vous avez dû me le dire, avant-hier, n'est-ce pas ? Prenez place.

Le garçon restait planté près de la table. L'éditeur avait coutume de venir avec des gens connus. Il choisissait plutôt bien les femmes. L'une des toutes dernières convives était une actrice. Lorsqu'elle souriait, les commissures de ses lèvres semblaient presque lui toucher les oreilles. L'éditeur lui avait adressé un clin d'œil, clamant pour être entendu des tables voisines : « Elle va nous faire un de ces récits ! Le "coup" de l'année... » C'était un mois ou deux auparavant. On n'avait plus entendu parler d'elle.

Géraldine s'assit juste sous l'air conditionné. L'air glacé lui coulait sur les épaules, même son t-shirt en frissonnait. Les deux lettres, le « J » et le « A » – jadis un raccourci pour « J'aime » et « America » –, avec leur petit cœur rouge au milieu, étaient pétrifiées de froid.

– J'aimerais changer de place, dit-elle.

– Changer de place ? Qu'est-ce qu'il vous arrive ? Le restaurant est complet.

– Il fait froid. J'ai la gorge fragile...

– Petite nature ! lâcha l'éditeur. Toute petite nature...

Il fit signe au garçon :

– Venez... Rendez-moi un service...

– Mais bien sûr, monsieur.

– Le temps du déjeuner, fermez cette bouche d'aération, juste au-dessus de nous...

– On va essayer, mais tout le monde va se plaindre d'avoir trop chaud.

— Juste une demi-heure. Après, vous remettrez la climatisation, mais plus doucement.

Géraldine se retrouva avec une carte écrite à la main. De grosses lettres, « couleur locale ». Le resto « simple », très cher. On aurait pu aussi bien le baptiser « La Ferme de ma mère », « La Cuisine de ma tante » ou « Le Bistrot de mon oncle ». Ici, on était dans un coin de France profonde, pour savourer la cuisine française. Grasse, chaude, abondante, généreusement arrosée de sauces. Ragoûts et tripes dominaient. Géraldine étudia minutieusement la carte et choisit :

— Il y a des asperges...
— Vous voulez des asperges ?
— Oui.
— Et après ? dit l'éditeur.
— Après, des poireaux vinaigrette.
— C'est la même famille de légumes. Les asperges sont des aristocrates qui subissent la concurrence de parents pauvres : les poireaux.
— Je ne prends pas de viande.
— Vé-gé-ta-rienne ? demanda l'éditeur, plutôt intéressé.
— Pas toujours, répondit-elle, un peu effrayée. Pas toujours. Mais, la plupart du temps, je ne mange pas d'animaux.

Le mot « animal » avait soudain fait apparaître Ulysse. Elle imaginait son vieux chat éclopé traversant la salle. Il traînait de plus en plus la patte.

— Vous êtes sûre de ne pas préférer une côte de bœuf ? C'est la spécialité de la maison...
— Navrée, mais je ne suis pas cannibale.

Chapitre 5

– À propos de cannibale ! s'exclama l'éditeur. Dans la foule des livres sortis cette saison, il y a eu le texte d'une femme qui avait mangé sa mère. L'avez-vous lu ?
– Non, répondit sobrement Géraldine.
Éberlé se tourna vers le garçon :
– Nous allons commander. Pour mon invitée, des asperges et des poireaux vinaigrette. Vous les servirez dans l'ordre que vous voulez... Pas de salade au citron, par hasard ? demanda-t-il à la jeune femme.
– On verra. Après, peut-être. Comme dessert, ajouta-t-elle avec grand sérieux.
Éberlé fit son numéro de bon vivant qui n'a peur de rien. Le monde crevait ? Ce n'était pas son problème. Il s'en prit au garçon :
– Avez-vous le droit de servir de la cervelle de mouton ? Il n'y a pas encore la peste du mouton ? D'ailleurs, quelle est la maladie à la mode actuellement ?
Le garçon esquissa un sourire forcé.

— Pas de cervelle, monsieur Éberlé.
— Alors... attendez...
Il réexamina le menu.
— Vous me donnerez une langue de bœuf. Qu'est-ce qu'on attrape, avec la langue de bœuf ?
Il eut un gros rire. Le garçon restait silencieux. L'éditeur était un habitué, il ne fallait pas le contrarier. Quelques personnes qui connaissaient Éberlé se retournèrent et le saluèrent d'un hochement de tête.
Il poussa légèrement Géraldine du coude, d'un geste qui se voulait familier.
— Toutes ces maladies ! Vous pensez... C'est pour ça, les asperges et les poireaux, n'est-ce pas ?
— Je n'ai pas trop réfléchi, répondit Géraldine. Question de goût...
— Évidemment ! fit l'éditeur. Et je suis sûr et certain que vous ne buvez pas de vin.
— Je ne refuserais pas un verre de champagne, dit-elle.
L'éditeur leva les yeux au plafond et déclara sentencieusement :
— Dieu, c'est bien la preuve que tout peut arriver ! J'aurais pensé à tout, sauf que mon invitée voudrait un verre de champagne... Allons-y ! Pour moi, ce sera le bordeaux habituel.
Le garçon parti, il se tourna vers Géraldine.
— Vous voulez savoir pourquoi je vous ai invitée ?
— Pour mon roman, j'espère.
Il se rebiffa.

– Il ne faut pas gâcher nos futures relations en parlant de votre roman, même si vos bonnes femmes étalées sur trois générations sont aussi actives que surprenantes. Il suffirait de le présenter comme un « roman d'action » pour que les critiques disent « polar », « thriller », « suspense »... Vous seriez rangée dans une case avant même qu'on ait ouvert votre livre.

– Je comprends, fit Géraldine. Merci pour l'information. Mais qu'est-ce qu'on dit d'un roman d'amour à rebondissements ?

– « Rebondissements » ? Mot dangereux ! S'il y a des situations non classiques, voire imprévues, si les personnages se retrouvent piégés çà et là, mais se libèrent de leur prison mentale ou physique, on utilisera l'épithète « rocambolesque ». Ou, dans le meilleur des cas, on parlera de « roman romanesque ».

– Absurde ! s'exclama Géraldine. Une situation peut être « romanesque », pas un roman !

– Qu'est-ce qu'on est savante, hein ? sourit Éberlé.

Le garçon venait de déposer une coupe de champagne devant Géraldine et, servi dans une carafe, le vin rouge destiné à Éberlé.

Il se justifia aussitôt :

– Je ne bois presque pas à déjeuner, car il faut travailler l'après-midi... Bref, je vous le signale : le grand amour romantique dans le style « Je l'ai vu, et à l'instant même je l'ai aimé », c'est démodé. Si, en revanche, votre personnage masculin dit : « Dès qu'elle a eu franchi le seuil, j'ai bandé », on

commence à être intéressé. Du moins continue-t-on à lire...
Il leva son verre :
– Tchin.
Géraldine prit sa coupe de champagne et murmura :
– Tchin-tchin.
– Vous êtes gauchère ?
– Oui, dit-elle. C'est un défaut ?
– Non. Intéressant. Vous avez écrit de la main gauche, couchée, un roman de cinq cents pages. Vous pourriez être le sujet d'un récit commis par un médecin qui voudrait faire carrière dans la littérature en blouse blanche. Il évoquerait la victoire de la créativité sur le handicap. À l'époque de Charcot, on vous aurait montrée aux étudiants... Hypnotisée ! Un régal, rien que d'y penser...
Il rit.
– Ne soyez pas froissée. Sauf spécialisation dans telle ou telle branche, votre génération ne sait pas grand-chose. Vous savez qui était Charcot ?
– Oui.
– À la bonne heure !
On plaça devant Géraldine des asperges disposées en éventail sur une grande assiette carrée. « Et une sauce mousseline ! » annonça le garçon. Puis atterrit devant l'éditeur la langue de bœuf. Géraldine songea à l'animal mutilé. Tout ce qui se rapportait au mot « langue » lui vint à l'esprit. Cette langue sur l'assiette de l'éditeur avait vibré un jour pour essayer d'attraper quelque chose, ou de goûter, ou d'avaler. De quel droit l'éditeur y

plantait-il sa fourchette pour en découper une tranche ? Géraldine voyait à présent la tête d'un homme à qui on aurait arraché la langue pour la transpercer ensuite avec une fourchette. Elle se détourna.

– Ainsi donc, vous voulez savoir pourquoi vous êtes là ? dit l'éditeur entre deux bouchées.

– Si vous ne vous intéressez pas à mon roman, non.

– Vous êtes un personnage ! Le choix des poireaux le confirme. Les asperges font émaner de vous une sorte de fluide. Vous suscitez l'envie de se confier à vous.

– Curieuse idée !

– J'en suis même persuadé. Votre baratin de charme, quand vous m'avez expliqué la manière dont vous pouviez entrer dans le cerveau de quelqu'un, m'a rappelé le mentalisme...

– C'est quoi, le mentalisme ?

– Une science « tendance » dont on fait grand cas dans les publications destinées aux femmes et aux hommes élégants. Quand je vous regarde, je suis sûr que vous pourriez faire parler les gens et me torcher ensuite un de ces récits-vérité qui font sensation ! Vous sauriez extraire la sève de celui qui veut coûte que coûte avouer le secret qu'il porte en lui... Savez-vous que certaines personnes ne supportent ni d'avoir ni de garder des secrets ? J'ai pensé vous envoyer à...

Il cita le nom d'un village de montagne où une famille de cinq personnes avait été massacrée.

– Vous souvenez-vous de ce fait divers ?

– Oui.

– Il reste quelque part des mères de famille qui en ont été témoins malgré elles, ayant été voisines des victimes. Vous les ferez parler et m'écrirez à partir de là un récit palpitant. Essayez de débusquer des motivations supposées ou avérées. Le côté psycho-analytique de l'affaire peut se révéler captivant...

Son couteau venait de glisser et un morceau de langue, rose vif à l'intérieur, avait plongé dans le petit monticule de sauce tartare. Il introduisit le morceau dans sa bouche, puis s'essuya avec le dos de sa main. La serviette avait glissé à ses pieds.

– Vous voulez la mienne ? demanda Géraldine.

Elle aurait aimé partir.

– Faire parler..., répéta-t-il, la bouche pleine.

– Votre langue de bœuf est tout un symbole.

– Très bien ! approuva l'éditeur. Je suis de plus en plus sûr que vous êtes douée ! Il faudra vous habituer à notre milieu. Déjà, ce déjeuner va y contribuer... Je parle de confessions tout en savourant une langue de bœuf et vous êtes persuadée que je fais le lien entre cette langue que je mange et la personne qui va se confesser... Vous avez prononcé tout à l'heure le mot « cannibale » : malgré vos réticences, vous pouvez devenir cannibale et vous repaître littéralement du chagrin des gens. L'ingérer, le digérer, et finir par le transformer en lettres imprimées. Voilà tout ce qui nous reste comme avenir dans l'édition. Un concentré d'excréments de gens célèbres !

Géraldine baissa la tête et regarda le dernier poireau qui gisait dans son assiette. Elle avait réussi à consommer les deux autres. Non loin, le garçon surveillait la scène. En général, l'éditeur aimait les femmes du style vampires, les grandes gueules. Cette fille pâlotte et blondasse, maigre comme un clou, que faisait-elle là ? La comptable, qui descendait aux heures de pointe surveiller la marche des affaires et vérifier les additions, avait elle aussi remarqué que cette femme n'avait rien des invitées habituelles d'Éberlé.

– L'utilité de tels lieux, c'est la visibilité qu'ils offrent. On y vient avec une personne qui suscite l'intérêt : sera-t-elle le « coup » d'après-demain ? Ou bien avec son homme d'affaires, son conseiller. Dans le temps, il y avait encore des éminences grises... Ici, les transactions se dessinent, par sous-entendus, pour le rachat de petites maisons par de plus grandes... Savez-vous pourquoi les grandes maisons acquièrent ou créent des petites maisons ?

– Non, dit Géraldine. Je l'ignore.

L'éditeur en était aux attaches de la langue, à ces ligaments qui avaient arrimé cette langue à l'intérieur de la gorge de l'animal. Il parlait à la fille comme on s'adresse à un jeune enfant.

– Les petites maisons se présentent avec des livres qu'auraient dû éditer les grandes, accusées de rafler tous les prix. Une petite maison arrive et dit : « J'ai une tête, des jambes, des mains et des pieds. Je veux vivre, moi aussi ! Les prix sont réservés aux grands, je n'en ai jamais, mais, par chance, nous avons fait une découverte. Une fille extraordinaire, ou un jeune homme exceptionnel. Elle (ou il) pourrait avoir le Goncourt ou le Renaudot. » Les jurys sont tout contents d'octroyer le prix à une soi-disant petite maison, tout en sachant qu'ils font très plaisir à la grande maison, laquelle écumera les bénéfices de la petite. À une ou deux exceptions près, les petites maisons sont des appendices des grandes...

Il cita deux noms. Le visage de Géraldine s'éclaira d'espoir.

– Ces deux dont vous me parlez sont des petites maisons d'édition courageuses ?

– Oui.

– Alors je vais leur apporter mon manuscrit. Merci pour le renseignement !

– Mais non... Peine perdue ! Personne ne va éditer un premier roman de cinq cents pages. Ça ne se fait pas... D'ailleurs, pour le moment, c'est moi qui ai le copyright de vos *Forbans*. Vous êtes venue me le proposer et je vous nourris. C'est déjà presque une avance.

– Mais vous ne voulez même pas le lire...

– Je veux d'abord mon enquête, et faire circuler votre nom dans une ou deux publications. Vous allez vous promener autour d'un chalet-tombeau, cet endroit où cinq personnes ont été massacrées. Vous vous assiérez devant pour le contempler. Vous êtes inconnue dans la région, vous serez celle à qui on peut parler : on va vous raconter l'horreur. Et cette horreur sera pour nous de l'or en barres !

– Vous collectez des reportages pour journaux *trash* ?

– Du tout. Mais le public est habitué à lire ce que j'appelle l'« horreur-réalité » sous forme de récits. Certains d'entre nous – je veux parler des éditeurs – sont bien obligés de publier ce genre de choses pour faire leurs frais. Sinon, il ne nous reste plus que les mémoires d'une danseuse du ventre ou ceux d'une star du « Loft ».

– Vous avez déshabitué le public français de lire des histoires nées de l'imagination, conclut Géraldine. Les traductions de l'anglais, de l'américain, du norvégien, du danois ou du russe, les gens les achètent !

– Les étrangers écrivent encore des romans romanesques, confirma Éberlé.

– Si le roman reste tel qu'il était ou tel qu'on l'imagine – rebondissements, aventures, sentiments, sensations étranges –, il est roman tout court !

– C'est la seconde fois que vous me reprenez... Vous êtes licenciée en lettres ou en impertinences ?

Elle esquissa un sourire et vida sa coupe de champagne.

– Si vous permettez, je m'en vais, maintenant. Merci pour l'invitation...

– Vous n'appréciez pas mes mots d'esprit ? fit-il en empoignant le bras de Géraldine qui se dégagea aussitôt. Il faut m'écouter. J'ai une autre proposition qui pourrait vous plaire... Dans certains chalets de luxe vivent de riches Arabes qui y séjournent quelques semaines par an. L'intérieur en est aménagé à l'orientale. Les femmes y consomment des quantités folles de loukoums. Paresseuses et sensuelles, elles ne parlent que sexe ou sucreries.

– Ce milieu ne m'intéresse pas, décréta Géraldine. Je ne suis pas arabe, je n'aime pas les loukoums, je déteste entendre évoquer le sexe à tout propos.

– Qu'avez-vous contre ?

– Rien. Mais, actuellement, j'ai d'autres préoccupations.

– Qu'importe ! soupira Éberlé, harassé. Vous mettrez votre sensibilité dans votre poche. Essayez de vous faire engager dans un de ces somptueux chalets comme femme de chambre saisonnière. Après quoi, vous m'écrirez *Le Journal d'une femme de chambre...*

Géraldine haussa les épaules :

– Vous avez oublié *Le Journal* de Mirbeau ?

– Octave Mirbeau est tombé dans le domaine public depuis 1967. Il appartient à tout le monde. On intitulera votre *remake* : *Journal d'une femme de chambre moderne...*

– Monsieur Éberlé, sourit Géraldine, conciliante. Vous cherchez de vieux sujets à copier. Pourquoi vous ne voulez pas lire mon roman ?

– C'est simple : même si on en coupait la moitié, il serait encore trop gros. Qui peut, par les temps qui courent, s'installer pour lire ? Au lit, le livre serait trop lourd à tenir. Vous voudriez vous y plonger dans le métro ? Ça ferait rigoler les usagers. En cas de grève surprise, il vous faudrait le trimballer en marchant dans Paris. Non. Et pour quelle contrepartie ? Connaître le destin de trois générations de bonnes femmes débrouillardes ? Si le public aspire à connaître la misère des autres, c'est pour se sentir mieux dans sa peau. Voyez, par exemple, ces titres comme : *Esclave pendant deux mois dans les Émirats*, ou : *On a failli me vendre*, ou *Il m'a achetée pour me violer*, ou *On a voulu me lapider*, qui sont en piles dans les grands centres commerciaux.

– Un SDF près de l'Opéra ne vous intéresserait pas ?

Elle se leva. L'éditeur la rattrapa par le bras :

– Je ne veux pas que vous partiez triste... D'accord, vous pouvez me dire deux mots de votre roman... Rasseyez-vous.

Elle tenta de résumer, une fois de plus, ses cinq cents pages. Éberlé fit semblant de l'écouter, mais l'interrompit rapidement :

– Malheureusement, si jamais ce livre parvenait jusqu'au public et lui plaisait, vous n'obtiendriez pas une ligne dans la presse, parce qu'aussitôt on vous y déclarerait « écrivain populaire ».

– Ce n'est pas un compliment ? demanda la jeune femme.

– Pas en France. Une fois cataloguée, vous n'auriez jamais le moindre article dans les journaux prétendument destinés aux lecteurs « évolués ».

– Je ne comprends pas bien, dit Géraldine.

– C'est une spécialité... notre exception nationale. L'ennui, l'immobilisme sont ici des qualités. Pas de lecteurs ? C'est que l'écrivain est un génie incompris, il faut donc le soutenir. J'en ai un comme ça. Il s'appelle Dignard, c'est un ancien fervent du « nouveau roman ».

– Monsieur Éberlé, vous ne pouvez pas condamner mon livre sans l'avoir lu !

– Il n'arrivera pas jusqu'au public. Si on ne sait rien de vous, vous êtes d'avance perdante. Les libraires, surchargés par une production aberrante, mettront un exemplaire en haut d'un rayon, et nous le renverront au bout d'un mois. Le jury Goncourt ? Il cherche tantôt un roman susceptible de plaire au grand public, tantôt un récit plus ou moins hermétique mais qui plaise à la critique. Beaucoup de gens achètent le Goncourt, mais de là à le lire, c'est une autre paire de manches... Je crois que cette année, ce sera le tour d'une œuvre confidentielle, mais ça peut encore changer.

– Que me faudrait-il pour accéder au public ?

– Une histoire énorme qui concerne votre propre personne.

– Je n'en ai pas, dit-elle, désabusée.

– Géraldine, ne soyez pas stupide ! insista l'éditeur. Vous gagnerez de l'argent avec des confessions recueillies dans l'intimité des riches Arabes ! Sinon, allez enquêter dans le patelin de cette famille massacrée...

L'éditeur réclama l'addition. Géraldine attendit un peu puis fit mine de se lever.

– Encore merci pour votre invitation... Je serai publiée, je vous le garantis, malgré tous les obstacles à franchir.

À cet instant passa un homme que l'éditeur, en se levant, s'empressa de saluer. Ils se serrèrent la main. Les « Cher ami, quel plaisir de vous voir ! Vous allez bien ? » s'échangèrent. Ils bavardèrent, puis Éberlé désigna Géraldine sans la présenter :

– Elle est peut-être mon « coup » de la rentrée littéraire...

Il se reprit et ajouta :

– Cette jeune femme s'appelle Géraldine Kaufmann. Elle va nous donner quelque chose de remarquable qui lui ouvrira la porte des prix. Si ce n'est cette année, ce sera pour 2005. Nous serons modestes : un petit prix cette année, le Goncourt l'année prochaine.

L'autre éditeur esquissa un sourire de convenance.

– Vous avez bien de la chance, dit-il. Chez moi, aucun de mes poulains n'est prêt.

Il continua en examinant la jeune femme :

– Mlle Kaufmann est plutôt jolie et « Géraldine » est un prénom agréable. Sait-elle écrire ?

Ils parlaient d'elle comme d'un objet exposé dans une salle des ventes.

– Elle a l'esprit de repartie, un brin de nonchalance, la perfidie de son âge ; quant à l'écriture, dans notre métier, ce ne sont pas les mains secourables qui manquent...

Quand le collègue fut parti, Éberlé déclara :

– Vous avez fait bonne impression. Vous êtes plutôt moderne d'apparence. Il vous manque peut-être un piercing dans une narine. Juste pour être dans la note. Je vous le paie... Narine gauche ou droite ?

– Rien, répliqua Géraldine. Mais votre comportement n'est pas logique. Vous venez de me fermer toutes les portes et vous racontez des bobards à ce monsieur, qui vous a cru...

– C'est Paris, dit Éberlé. D'ailleurs, ne vous en faites pas : il n'a pas cru un mot de ce que je lui ai dit. Il croit que vous êtes ma maîtresse.

– Quelle horreur ! fit Géraldine.

Éberlé fut presque content de l'exclamation.

– Et butée, avec ça... Je vais miser sur vous. Souvent, un poulain indiscipliné se transforme en bon cheval. Il faut vous trouver un nom plus creusois que Kaufmann. Un nom de terroir. De lieu-dit... Par exemple, Géraldine de la Fontaine Rousse... ou plus court : Géraldine Rousse... ou bien... Vos parents sont morts dans un crash d'avion et l'oncle se fiche pas mal du nom que vous portez, n'est-ce pas ?

– Il s'appelle Kaufmann, comme mon père.

Éberlé extirpa une petite boîte d'une poche intérieure.

– Un bonbon contre l'envie de fumer. Vous en voulez ?

– Je n'ai jamais fumé, dit Géraldine.

– Même pas de l'herbe ?

Il voulait s'affirmer. Non, à cinquante-quatre ans, il n'était pas encore un vieux schnock. Il continua :

– Kaufmann fait un peu juif. Et, pour vous introduire dans un chalet arabe... Je ne suis pas raciste, mais vous devez être au courant qu'il règne une certaine tension judéo-arabe...

– Je sais, dit Géraldine. Mais je ne m'occupe pas de politique.
– Vous avez raison. Vous avez tort aussi...
Il réfléchit.
– Juste : Mann. Qu'en dites-vous ? Ce n'est pas très français, mais disons que ça l'est plus que Kaufmann. Actuellement, les noms purement français rassurent.
– Vous voulez donc me publier, monsieur Éberlé ? dit-elle, presque indifférente. Vous voici préoccupé par mon nom...
– L'enquête, oui. Je cherche le titre : *J'ai serré des mains couvertes de sang*, ou *Loukoums et orgasmes*, par Géraldine Mann... Tiens, plutôt Anet. Que diriez-vous d'Anet, comme pseudonyme ?
– Je préfère Kaufmann.
– On s'y fera. Voulez-vous passer au bureau ? On vous fait un petit contrat...
– Pour mon roman ?
– Non. Pour l'enquête. Sous-titrée : *Confessions recueillies par Géraldine K*. Juste l'initiale, le « K »...
– Monsieur Éberlé, votre trouvaille était à la mode il y a trente ans... Kaufmann ou rien.
Elle hésita à lui tendre la main. Déjà debout, elle hocha la tête.
– Au revoir, monsieur Éberlé.

*
* *

Éberlé avait un vocabulaire secret, d'une rare grossièreté, qu'il réservait à ses monologues intérieurs. Pour le monde qui l'entourait, il était un homme tendu mais courtois. Tandis qu'il regardait partir Géraldine, la rage s'empara de lui. Cette fille semblait incassable. « Une nouvelle matière qui résiste à tout », songea-t-il. Il réclama un cognac au garçon. « Double », précisa-t-il, honteux mais décidé. Il savoura le liquide, qu'il estima légèrement trafiqué, et déversa au fond de son verre, comme dans une décharge, les vocables orduriers qu'il destinait à Géraldine.

« Elle invente ? Il faut savoir de quelle manière elle invente. Connaître son secret. Peut-être copie-t-elle de vieux romans anglais qui n'ont jamais été traduits en français. Ses trois femmes, sur trois générations, voilà qui est suspect... » L'interroger, la faire avouer ? Et pourquoi elle ? Pourquoi pas lui, Éberlé ? Il aurait eu le temps d'écrire, il aurait pu se faire éditer là où il voulait. Mais face à la feuille blanche, rien. Strictement rien. Il avait aussi essayé l'ordinateur. Il arrivait à concocter une dizaine de phrases, puis, sur l'écran, s'affichait la condamnation. Fautes de syntaxe, fautes de conjugaison, manque d'idées pour nourrir l'histoire elle-même. Jamais il n'avait dépassé les dix lignes.

Il vida son verre, signa l'addition que le restaurateur se chargeait d'envoyer à la maison d'édition. Qu'importe ce qu'écrivait cette fille ! L'important, c'était le personnage. Quelqu'un à montrer lors de la rentrée littéraire.

Chapitre 6

Éberlé revint à la maison d'édition vers quinze heure trente tout en réfléchissant. Lui fallait-il perdre son temps ? Pourrait-il modeler cette fille têtue et orgueilleuse, ne fût-ce que pour créer un petit événement à l'occasion de la rentrée et obtenir le prix du « Meilleur document criminel » ? La question cruciale lui revint : parler d'elle, même sans l'ombre d'une réelle prétention au Goncourt ? Début mai, certains jurés étaient déjà conditionnés par le choix que les maisons d'édition – celles qui veillaient à prendre de l'avance – leur proposaient. Les écrits en soi retenaient peu l'intérêt, mais le « tour de rôle » était primordial. Le Goncourt était une manne réputée doper la création littéraire française. Au demeurant, même le modeste « Meilleur document criminel » pouvait braquer pour quelques heures les projecteurs sur la fille. Avec son équipe, Éberlé pensait être à même de fabriquer un pur mirage. Une sous-Patricia Cornwell, pourquoi pas ? À la rentrée, tout valait mieux que l'anonymat.

En passant à côté de la photocopieuse, il aperçut Stefi et lui lança :

– J'ai l'œil sur vous. Je sais que vous attendez le retour de la gauche… Pour l'heure, dépêchez-vous d'appeler tout le monde.

« Tout le monde » ? L'attaché de presse, Philippe, d'origine espagnole (il s'appelait en réalité Felipe) mais élevé en France, parfaitement intégré à la vie parisienne ; la responsable commerciale, Élise, ancienne élève d'HEC ; le directeur des programmes, Marius, un Corse vif et ingénieux (il proposait, recommandait, mais n'avait aucun pouvoir de décision). Chez Éberlé, les cadres évoluaient dans un espace culturel indéfini : la maison oscillait entre la production commerciale du plus bas niveau et les mémoires sophistiqués de certains politiques, reconnaissants – à tous les égards – d'avoir été publiés.

– Bonjour, dit Éberlé en observant un à un ses collaborateurs. Ça va ?

Après un « Ça va très bien. Et vous ? », le silence s'installa. Le regard d'Éberlé se fixa sur l'attaché de presse, qui en fut aussitôt incommodé. Son rôle était ingrat, il travaillait sans conviction.

– Philippe, qu'avez-vous obtenu pour Armand Dignard ? On a fait, paraît-il, un misérable reportage dans sa maison de Camargue. Rien n'a paru.

– J'avais l'espoir d'obtenir deux pages. Le correspondant du magazine a eu un accident, il n'a envoyé ni l'article ni les photos. Entre-temps, Dignard est revenu. Mais il y a aussi un problème avec lui.

– Lequel ?
– Il est de plus en plus évident qu'il ressert toujours le même livre. *Le Funambule* I et II sont connus. Le troisième ne contient que peu de changements.

Éberlé était agacé.

– Plaignez-vous ! Expliquez aux journalistes littéraires qu'ils n'ont qu'à reprendre leur compte-rendu d'il y a un an sous un nouveau titre. Dignard est notre seul auteur considéré comme produisant de la vraie littérature.

Il se tourna vers Élise :

– Combien d'exemplaires sortis ?
– Mille deux cents.
– Et vendus ?
– Dans les six cents…
– Rappelez-nous le sujet le plus récent de Dignard. Il doit quand même y avoir une différence quelque part…
– Un funambule est égaré au milieu d'une ville inconnue. Incapable de trouver l'adresse où il devait se rendre, il a aussi perdu la trace du cirque auquel il appartient. Il reste alors dans un square et se fait statue vivante pour méditer sur les maux du monde…
– Les mots ? s'exclama Éberlé.
– Non. M, a, u, x… Les passants lui jettent de l'argent dans un chapeau.
– Et cela ne vous plaît pas ? Une méditation sur l'époque… Si nous n'avons pas un minimum de presse pour Armand, il va aller ailleurs.
– Petite perte, hasarda Élise.

– Il faut s'en méfier, s'insurgea Éberlé. Armand a beaucoup de relations. Il écrit des livres ingrats à lire, mais il est plutôt de gauche. Il est notre fleuron intellectuel. J'exige qu'on le soigne... Continuons. Qui a quoi pour la rentrée ?

Il n'ajouta même pas « littéraire ». Tout le monde savait que « la rentrée » se décomposait en fait en deux périodes : septembre pour les prix, janvier pour la course aux « coups ». Philippe, qui craignait pour sa place, répondit, déférent :

– Il y a peu de rumeurs. Je crois que tout le monde cherche. L'espoir des éditions Hursten, la Coréenne, est repartie pour son pays d'origine. Son protecteur à Paris l'a abandonnée sur tous les plans. Il a eu trop peur de tomber en disgrâce auprès de ses pairs. Trop de ragots ont circulé sur ses aventures obtenues grâce à des relations littéraires qu'il utilise pour promouvoir ses dames de cœur. Cela fait des années qu'il obtient des prix secondaires, mais des prix tout de même, pour ses maîtresses successives, souvent asiatiques, qui auraient appris le français comme par enchantement. Cette fois, la machine s'est bloquée. D'ailleurs, le roman de la Coréenne n'était pas terminé.

Éberlé protesta :

– Pas terminé ? On vous raconte n'importe quoi ! Ils auraient pu faire écrire la fin comme ils ont fait du début ! La publier, et déclarer qu'elle était en résidence surveillée dans son pays. Une petite manifestation en sa faveur, un défilé de défenseurs des droits de l'homme, et l'affaire aurait été dans le sac : ils jouaient sur du velours.

– Si on ne peut pas la montrer à la télévision, même s'exprimant dans un français rudimentaire, le public n'est pas intéressé.

L'éditeur s'exclama :

– Moi, je l'aurais utilisée dans le rôle de prisonnière d'une dictature...

Il réfléchit.

– Ainsi, Hursten n'a personne pour le Goncourt ?

– À ma connaissance, non, répondit Philippe. Sauf s'il garde un atout secret, une autobiographie déguisée en roman... Là-dessus, je n'ai pas de renseignement précis.

– Quoi d'autre ?

Philippe continua :

– Les éditions Dalfao pouvaient compter sur un travesti chinois, mais il semble que le sujet ne soit guère excitant, bien que la Chine soit cette année à la mode. Lui aussi réputé écrire en français après une brève période dite d'études à Paris... Ce séjour de deux mois peut sembler bien court pour acquérir des rudiments de langue française et écrire un roman...

– En effet, sourit Éberlé. En effet. Continuez !

Philippe reprit son rapport :

– Le jury Goncourt semble hésiter entre deux extrêmes : décerner le prix à un premier roman afin d'ouvrir ses portes à la jeunesse ou couronner un auteur déjà glorieux, dont les jours sont comptés, pour le combler avant qu'il ne meure.

Éberlé réagit aussitôt :

– Qui a-t-on répertorié comme grands malades ?

– Aucun nom connu ne circule. En tout cas, c'est trop tôt. Si le lauréat pressenti meurt avant la proclamation du prix, tout sera à recommencer. Tandis que dans l'éventualité d'un premier roman, les candidats se bousculent au portillon !

Éberlé songea à Géraldine et à son manuscrit. Dans le désert parisien où aucun nom ne semblait poindre, pourrait-elle avoir la moindre chance ? Il éprouva presque un sentiment de jalousie à l'idée que cette petite si déterminée, plutôt impertinente, pourrait connaître, grâce à lui, un si éblouissant départ dans la vie. « Et moi, j'ai quoi ? » Il fit courir un regard sévère sur les membres de son équipe.

– Marius, dit-il, je vous écoute. Nous allons vendre quoi, pour cette rentrée ?

Le Corse était prudent.

– On m'a parlé du texte d'un chasseur. Mais pas terminé : son meilleur ami l'a tué par mégarde.

Éberlé fit la grimace.

– Vieux comme le monde, votre chasseur ! Continuez, Marius.

– Nous attendons les confessions d'un psychologue qui assiste les victimes de catastrophe. Il raconte les difficultés du métier de « soutien psychologique » : dès que le téléphone sonne, il sait qu'il va lui falloir secourir des personnes en larmes ! En fin de journée, il y a de quoi se suicider...

Éberlé jouait avec un presse-papier.

– Vous n'avez rien de neuf sur Diana ? On n'aurait pas découvert qu'à l'heure de sa mort, elle attendait des jumeaux ? Il n'y aurait pas un père présumé, le seul tenu au courant, pour produire une déchirante et ultime correspondance ? Si elle avait eu par exemple un écrivain comme amant, il publierait les lettres flamboyantes de Diana et ses propres réponses. Ça ferait bien entre soixante et quatre-vingt mille exemplaires. Le texte des cassettes, sa confession à une télévision américaine, qui les édite ?

– Kohn & Kohn, à Minneapolis.

– Je ne crois plus au mythe de Diana, intervint Élise. Elle intéresse encore, mais pour des tirages limités à dix ou quinze mille exemplaires.

Éberlé s'exclama :

– Et Loana ? Plus rien de Loana ?

– Non, monsieur.

Éberlé haussa les épaules.

– Tout ce que vous énumérez, intervint doucement la directrice commerciale, ne conviendrait pas pour le Goncourt.

– Pas la peine de retourner le couteau dans la plaie, répliqua Éberlé. Nous ne sommes pas une maison à prix. Pour nous, il n'y a que le hasard. En revanche, il nous faudrait des textes pour la survie. Même des souvenirs de guerre !

– Quelle guerre ? interrogea Élise.

– Celle que vous voudrez. Sinon, nous n'aurons plus qu'à mettre la clé sous la porte.

Marius leva le doigt.

– Oui, Marius ?

– Navré de vous le dire, mais les guerres n'intéressent que peu le public. Les famines, la télévision les projette dans la salle à manger. Les peuples en exode, *Match* en donne un assortiment d'images

incomparable. Il est de plus en plus difficile de concurrencer l'actualité reflétée par la presse. Lire, dans un train susceptible de sauter, l'histoire d'un train qui a sauté ? Le lecteur en a assez !
– Et parmi les manuscrits reçus ? dit Éberlé. Revenons aux manuscrits que nous entassons.
– J'ai la liste de ce que nous avons gardé en réserve. Le reste, vous avez demandé à ce qu'il soit renvoyé.

Philippe intervint :
– J'ai quelque chose qui pourrait présenter un certain intérêt. J'ai rencontré une jeune fille turque : son oncle a survécu neuf jours sous les ruines après le dernier tremblement de terre... Déshydraté, il a succombé deux jours après avoir été exhumé... Il a eu le temps de faire part de ses impressions à sa nièce...

Éberlé fit un geste comme pour chasser un insecte.
– Non, pas de tremblement de terre pour le moment.

Il hésita, puis hasarda :
– Avouons-le : il n'y a que le sexe qui marche avec certitude. Mais, même en ce domaine, les lecteurs deviennent de plus en plus difficiles. Jadis, le *Kama Sutra* était une source de connaissances interdites. Maintenant, on le considère comme un manuel. On le feuillette et on dit : « Cette position, je la connais ; tourne la page. Cette position aussi, je la connais... » Mais, si je ne me trompe, nous avons encore un terrain à exploiter. Que diriez-vous d'un dictionnaire des perversions ?

Son regard s'éclaira.

– ... On pourrait rééditer les œuvres de Kraft-Ebing... Nous en avons quelques-unes...

Il s'adressa à la directrice commerciale :

– Prière de me fournir des précisions sur les droits de Kraft-Ebing. Chez quel éditeur a-t-il été publié pour la dernière fois ? Je parle des œuvres connues... Cherchez sur Internet... D'ailleurs, avons-nous encore un juriste ?

– Il ne vient plus, répondit Élise, parce que la collection que vous lui aviez offert de diriger n'a pas pu produire le nombre de titres qu'il escomptait – au moins un volume tous les deux mois. Être responsable d'une collection qui n'existe guère n'est pas une affaire pour un avocat. Il a encore une collaboratrice qui répond parfois quand on laisse un message sur son répondeur.

– Pas grave, lâcha Éberlé. Pour l'heure, on n'a pas de procès.

Il éprouva un accès de hargne contre Philippe, l'attaché de presse. Ce garçon si beau ne servait à rien. Fallait-il le virer ? Il calcula de tête ses indemnités et conclut que la somme était insignifiante. « Il ressemble à un torero », songea l'éditeur. Quand il l'avait engagé, il comptait sur son physique. Philippe avait tout du séducteur, sauf, hélas, qu'il ne voulait séduire personne. Quand Éberlé avait découvert qu'il prenait des leçons de danse classique, il avait maudit le jour où il l'avait engagé. Il trouvait malsain que les employés d'une maison d'édition eussent des préoccupations, voire des velléités artistiques. Ne faisaient-ils pas indirectement concurrence aux auteurs qu'ils devaient servir ?

Et lui ? Il n'était ni plus vorace, ni plus arriviste que les autres. À dix-sept ans, il avait été blessé par son père. Il en avait gardé la cicatrice. Il était sans doute le seul et unique éditeur au monde à éprouver un malin plaisir d'abord à constater l'incapacité d'un individu qui avait l'ambition de figurer sur les rayonnages des libraires, ensuite à le refuser. Lui, au moins, même s'il n'avait pas la force de créer, se trouvait à la tête d'une maison d'édition. Son pouvoir, il le faisait cruellement sentir. À chaque changement de gouvernement, il se prenait à rêver d'être nommé ministre de la Culture. Une forêt de micros devant son visage. Au sortir de l'Élysée, ses opinions sur la créativité française. Un vrai orgasme intellectuel...

Il se tourna vers l'attaché de presse, sa cible du jour :

– Philippe, circulez, mon vieux, circulez. Tout est à voir, à entendre. Quand on renvoie un manuscrit, il arrive que l'auteur refusé revienne à la charge et cherche des explications. Demandez qu'on vous les annonce. Faites-les parler, incitez-les à dévoiler les secrets de leur vie privée. Désespérés, ils s'accuseront, feront leur mea-culpa, et vous trouverez peut-être une idée à sauver...

– Monsieur, dit Philippe d'un ton lui-même désespéré – il pressentait le danger –, la plupart des gens n'ont rien d'autre à raconter que leur vie. Et elle est en général dans le manuscrit qu'on leur a refusé.

– Si ! vociféra l'éditeur. Mais ils cachent ce qu'ils n'ont pas osé écrire ! Je veux des vies. Des vies passionnantes, incroyables, pleines de sexe, de mort et de trahisons...

Téméraire, Philippe l'interrompit :

– Vous avez fortement réduit les notes de frais. Le restaurant italien qui nous fait des prix, notre « O sole mio », est de plus en plus exécrable.

– On ne peut pas rater des spaghettis à la bolognaise ! s'exclama Éberlé. Et quand quelqu'un souhaite être publié, il mange de tout.

Philippe voulut protester qu'on pouvait rater une sauce bolognaise, mais il se retint.

– Et le resto chinois ? demanda Éberlé.

Philippe répondit, désabusé :

– À cause de l'épidémie, plus personne n'a envie de venir aux « Trois Poulets de Shanghai ».

L'éditeur se tourna vers la directrice :

– Que de propos désolants... Et vous, Élise, qu'avez-vous à nous offrir ?

– J'attendais une révélation, répondit Élise. J'ai fait une analyse, il y a quelques années. Le psychanalyste a écrit ses mémoires. Il tente de circonscrire les raisons qui l'empêchent d'étrangler un patient ou une patiente qui l'énerve trop...

L'éditeur haussa les épaules.

– Vous étiez sa cliente ?

– Oui.

– Et il ne vous a pas étranglée... Donc il n'y a pas eu de victimes ?

– Pas pour le moment, reconnut Élise.

– C'est maigre, comme récolte. C'est tout ce que vous avez à nous proposer ?

– J'ai aussi un petit récit érotique, hasarda Élise. Une fille de douze ans décrit dans un journal intime son attirance épidermique pour son professeur de sciences naturelles. J'en ai lu une vingtaine de pages. Certainement rédigé par l'un des parents qui espère décrocher pour la fillette la timbale d'une gloire littéraire.
– Qu'importe... Évidemment, le prof est un homme d'une cinquantaine d'années ?
– Non. Une jeune femme de trente ans.
– Ah ? fit l'éditeur. L'homosexualité qui s'annonce à l'âge de douze ans : voilà un cas qui peut être instructif pour les parents. Si nous prenions ce texte, il faudrait demander une préface au professeur Himmelfarbe...
Il s'interrompit :
– Qui vous a apporté le manuscrit ?
– Le père.
Éberlé hocha la tête.
– C'est lui, l'auteur ?
– En partie.
– Je n'en veux pas. Qu'avez-vous encore ?
– Une charmeuse de serpents.
– Elle vit où ?
– Au cinquième étage d'un immeuble du XIXe arrondissement. Elle cohabite à l'étroit avec les serpents entassés dans des vivariums.
– Qu'est-ce qu'on peut en faire ?
– Un récit « tendance ». Pour elle, ces serpents sont autant de symboles du pénis. Chaque fois que l'un d'eux dépérit, elle a l'impression de punir un homme qui lui aurait jadis fait du mal. Elle

voudrait les voir transformés en chaussures. Pas en sacs : en chaussures.

– A-t-elle été victime d'un pédophile par le passé ? Comment est-elle, physiquement ?

– Tout à fait agréable. Si vous la croisiez dans le métro...

– Je ne prends jamais le métro.

– Si vous la rencontriez, vous la prendriez pour une charmante femme au foyer.

– Vous n'avez donc que ce genre de déviations ? demanda Éberlé non sans impatience.

– Analysez notre réserve, monsieur. Six manuscrits sur dix commencent par la petite enfance de l'auteur...

Éberlé coupa court :

– Ils grandissent en cent quatre-vingts pages. Leurs récits ne coûtent pas cher à publier. Les gens aiment à se raconter...

Elise fit non la tête :

– Je ne crois pas qu'ils *aiment* se raconter, mais, faute de pouvoir inventer des vies, ils rapportent la leur. Notre pays souffre d'un curieux manque d'imagination.

– Merci pour le renseignement ! grinça Éberlé.

Il se tourna vers Philippe :

– Vous seriez capable de « vendre » à la presse la charmeuse de serpents ou la fille qui adore son professeur de sciences naturelles ?

– Je ne sais pas, monsieur, répondit Philippe. Les quotidiens sont réservés et les lecteurs en ont assez, paraît-il, de ce monde permissif.

L'éditeur songea à la fille aux cheveux mal coupés. À cette Géraldine qui savait si bien garder ses distances. À son roman de cinq cents pages. Si l'on en coupait quelque deux cents, avec une bande « *Même paralysée, elle écrit* », on pourrait utiliser le personnage. La faire photographier dans une chaise roulante... Quel membre du jury pourrait y rester insensible ? Il hésita, mais se lança quand même :

— Et si je vous disais que j'ai en réserve un roman d'amour ?

Son regarda s'attarda sur les visages étonnés.

— Un roman de quoi ? demanda Marius.

— Un roman d'amour ! L'histoire de trois générations de femmes.

— Aha, marmonna Philippe. Vous avez un résumé ?

— Pas encore. Mais je vous dis l'essentiel : trois générations de femmes romantiques qui aiment chaque fois – grand-mère, mère et fille – le même type d'homme séducteur et malhonnête.

Élise réfléchit à voix haute :

— Des femmes crédules, trahies, malheureuses ? C'est vieux comme le monde ! La femme d'aujourd'hui est émancipée, elle flanque à la porte l'individu qui l'escroque...

— Vous êtes féministe ou optimiste ?

— Les deux, monsieur.

— Alors, trouvez-moi mieux... Vous faites quoi, avec les sentiments ?

— Certains journaux féminins, ou dits tels, annoncent le nombre d'orgasmes qu'une femme exigeante doit éprouver chaque week-end. Alors, les sentiments...

Philippe intervint :

– La situation est grave. Ce qui est romantique passe pour de la science-fiction. Ce qui pourrait à la rigueur paraître encore neuf, c'est la perversion *douce*. Ce monde est trop violent.

Éberlé les agaça sciemment :

– Il n'est pourtant pas exclu que je me penche sur le texte de cette fille...

– Comment est-elle ? s'enquit Marius.

– Vingt-trois ans. Française... Le livre est trop gros, je le reconnais. Près de cinq cents pages. Au besoin, on le ferait alléger par Serge Couteau.

Serge travaillait régulièrement pour la maison d'édition. Lui-même n'avait jamais réussi à écrire un roman, aussi s'évertuait-il – sur commande – à raccourcir les manuscrits. Sa méthode était simple. Se considérant comme le prototype du lecteur moyen, dès qu'il s'ennuyait il coupait. Sa conception d'une littérature allégée permettait ensuite une lecture facile. Parfois, il prenait en grippe un personnage et le supprimait complètement. Lorsque l'heureux élu publié dans cette petite fabrique de papier imprimé cherchait le personnage qui avait disparu de son roman, il était reçu par Serge. Celui-ci aurait aussi bien pu être employé dans un bureau des objets trouvés, ou perdus. Il expliquait au quidam honoré de son intérêt que les livres courants étaient dorénavant calibrés à quatre cent mille signes, soit deux cent vingt-quatre pages. « J'ai coupé *intelligent*, lui disait Serge. Avec le personnage éliminé, fabriquez un autre roman. Faites de la récupération ! »

– Monsieur l'attaché de presse, dit l'éditeur d'un air vicieux, vous serez obligé de lire ligne à ligne les cinq cents pages. On coupera ensuite.

– Est-ce qu'il y a un texte de dos ? s'enquit Philippe.

On appelait ainsi l'explication figurant en quatrième page de couverture.

– Qui l'aurait rédigé ? Personne n'a encore lu le livre. D'ailleurs, l'ayant lu en totalité, vous pourrez vous-même nous esquisser le texte indispensable...

La proposition était fatale. Le texte – le premier à devoir accrocher le lecteur quand il prenait le volume en main – était d'une importance capitale. C'était l'une des tâches les plus redoutées au sein de la maison d'édition. Les critiques variaient : « Vous en avez trop dit », « Vous n'en n'avez pas assez dit. » Philippe se rebiffa :

– Je ne suis pas là pour écrire. Je suis attaché de presse... D'ailleurs, ce n'est pas un métier, c'est l'enfer ! Les journalistes vous regardent avec suspicion. Vous leur parlez d'un livre ? Ils vous écoutent avec résignation... quand ils vous écoutent ! Ils ne veulent même plus vous rencontrer. Ils essaient d'éviter de succomber à la sympathie ou à la compassion. Entre le 15 juillet et le 1er septembre, ils reçoivent à peu près sept cents livres. Comment voulez-vous que je puisse attirer leur attention sur un seul de ces volumes ?

— Il ne faut pas s'y prendre à la dernière minute, l'interrompit Éberlé. Il faut commencer dès maintenant. Je vais retrouver ce manuscrit et vous allez le lire.

— Et ensuite ? interrogea Philippe.

— Ensuite vous contacterez ceux qui acceptent encore de vous écouter. Vous leur direz que vous pourrez leur remettre bien à l'avance, comme le livre est gros, les bonnes feuilles.

On appelait « bonnes feuilles » un jeu d'épreuves plus faciles à lire que le manuscrit, même sorti d'une imprimante.

— Je préférerais travailler sur le texte déjà coupé, dit Philippe. Il est plus facile de recommander deux cent vingt pages que cinq cents. Mais il paraît que Couteau est submergé...

— Comment est l'auteur présumé ? demanda Élise d'une voix apaisante, sentant qu'il y avait de l'électricité dans l'air.

— C'est elle-même qui écrit. D'ailleurs, Serge aura quelques problèmes avec elle : elle refuse les coupes. En revanche, elle est suffisamment lymphatique et maussade pour plaire à une certaine presse. Ses silences sont ceux d'une intellectuelle blessée, renfermée sur elle-même. Elle est végétarienne et de gauche.

— À propos de végétarienne, monsieur : il y a un texte que nous avons raté, ce récit d'une femme qui a mangé sa mère...

Éberlé haussa les épaules.

— C'est Hursten qui l'a eu. Les ventes sont modestes. Et comme elle a déjà mangé sa mère, elle ne nous intéresse plus. Vous vouliez dire quoi au juste ?

– Si vous permettez que je m'exprime librement...

– C'est ce que vous faites depuis toujours, Élise. Elle fit effort pour le ménager.

– Si nous pouvions publier un vrai roman, sans que ce soit une traduction de l'anglais ou de l'américain, j'en serais très heureuse...

– Moi aussi, fit Éberlé. Les trois femmes dont je vous parle, celles qui aiment successivement trois hommes – supposons en 1900, en 1960 et en 2002, qu'importe, je ne connais pas les dates exactes –, pourraient se révéler attachantes pour un lecteur classique.

– Serge coupera l'une des trois ? s'enquit Marius.

– Non. Il faudra qu'il coupe quelques pages de chacune.

– Croyez-vous que l'auteur acceptera cet élagage ? s'enquit Élise.

– Elle en aura la surprise. Elle râlera après. Je compte sur le vertige que provoque la vue du premier jeu d'épreuves. Les auteurs dont l'ego commence à se développer en sont soûlés de bonheur... Mes amis – dit Éberlé en s'accoudant à son bureau –, si vous ne faites pas un effort, nous allons couler ! Je suis tout près du dépôt de bilan, et vous, tout aussi près du chômage. Moi, je me retirerai dans ma ferme et cultiverai mon potager...

Élise eut une pensée salvatrice. Elle dit d'une voix presque maternelle :

– Monsieur Éberlé, vous avez déjà tant fait pour la littérature française. Vous vous êtes donné corps et âme. Restez avec nous ! Ne nous mettez pas au chômage. Nous allons faire de notre mieux pour trouver le livre qui peut nous sauver.

Éberlé en fut attendri.

– Je peux vous dire un secret ?

– Tout nous concerne !

– Pour tester les dons de la jeune femme dont je vous parle, je vais lui confier un travail un peu plus pratique que son roman-fleuve de cinq cents pages. Une enquête sur une histoire vécue. Je vais l'envoyer glaner quelques détails sur cette famille massacrée dans un chalet... Je ne lui demanderai pas plus que quatre-vingts ou cent pages. On pourrait présenter ce texte dans notre collection « Crimes » et lui obtenir le prix annuel du « Meilleur document criminel ».

Élise baissa la tête.

– Il y a des crimes partout... Le médecin anglais qui a tué deux cent quatre-vingts femmes a fait augmenter le tirage des journaux pendant trois ou quatre jours, puis le public s'est habitué. Il faut des choses de plus en plus sidérantes pour continuer à capter son attention...

– Élise, vous me décevez.

– Elle a raison, intervint Philippe. Vous n'êtes pas mon premier patron. J'ai travaillé aux Éditions des Matins Livides. Là-bas, je devais vendre des romans noirs. Même quand j'envoyais aux critiques des chefs-d'œuvre d'auteurs américains comme Ellroy, voire cette révélation qu'était

Terminus Hollywood, de Helen Knode, la femme d'Ellroy, aucun écho ! Juste ces mots : « Encore des polars ? » « Est-ce que c'est bien traduit, au moins ? » J'ai déployé des efforts surhumains pour essayer d'expliquer qu'un roman noir est un roman qui met l'accent sur les côtés *noirs* de l'être humain. Ça ne marche pas en France, ou si peu... Je n'en peux plus, monsieur. D'ailleurs, j'ai reçu une proposition et je crois que je vais vous quitter.

– Quelle proposition ? interrogea Éberlé d'une voix acerbe.

En passant en revue, l'espace de quelques secondes, le paysage littéraire parisien, il se demanda comment il trouverait un autre attaché de presse, une autre victime pour la rentrée, si Philippe venait à partir.

– On veut m'engager dans un journal. Comme je suis au courant de la production qu'on qualifie de « littéraire », du marché du papier imprimé, je pourrai y faire des chroniques. J'aurai une vie plus paisible et je me retrouverai soudain de l'autre côté : je serai celui qu'on courtise, pas celui qui supplie.

Éberlé ferma une seconde les yeux. Il hésitait. S'il virait Philippe, dont les succès étaient plus que discutables, celui-ci allait se retrouver dans un journal et démolir le peu qui restait de la maison Éberlé. S'il le gardait, il faudrait l'augmenter, lui dire que, d'ici un an, il pourrait devenir un cadre mieux payé, voire assister la directrice commerciale, former un stagiaire qui deviendrait à son tour attaché de presse...

– Restez, Philippe, lui dit-il. Restez ! Vous montrez tant d'assiduité, de conscience professionnelle, tant d'intérêt pour l'écriture...

Philippe crut une seconde à la sincérité de l'éditeur. Il remarqua la pâleur d'Élise, qui sentait un ouragan de colère se lever du côté d'Éberlé. Mais l'éditeur resta calme et poursuivit :

– Mon cher Philippe, on est amis ? D'ailleurs, je vais vous accorder une marge plus large pour vos notes de frais. Vous pourrez trouver un restaurant d'une catégorie supérieure... Et permettez-moi de vous dire qu'au-delà de vos actuelles fonctions d'attaché de presse, je vous considère comme un de nos futurs cadres importants.

Philippe en était pantois.

– Bien sûr, monsieur. Je vais bien représenter vos intérêts. Il est clair qu'on vous considère comme un des géants de l'édition, qui comprend l'esprit créateur et sait se sacrifier sur l'autel de la recherche et de l'imagination. Je sais tout cela, monsieur.

– Bien, dit Éberlé. Voilà qui me fait plaisir.

Il trouvait soudain Philippe intelligent.

Il décida d'inviter Géraldine à sa ferme. Il fallait qu'elle y passe la nuit. Il essaierait de lui extorquer la manière dont elle trouvait ses idées de romans.

Chapitre 7

L'éditeur aperçut Harold. Le jeune Allemand devait se tenir près de la porte d'entrée de la petite salle de réunion depuis déjà quelques minutes. Ni Éberlé, concentré sur son sujet, ni ses collaborateurs, qui suivaient avec une attention appuyée chacune de ses interventions, ne l'avaient remarqué. L'éditeur s'abstint de lui adresser le moindre reproche. Harold, si utile, était libre de tout engagement : il pouvait partir à n'importe quel moment. À son arrivée dans l'entreprise, il avait été entendu qu'il était à Paris pour se familiariser avec chaque département de la maison d'édition.

– Harold, déclara Éberlé d'un ton feutré, je vous le précise à tout hasard : notre réunion hebdomadaire est réservée aux membres de mon staff. Ils ont la tâche difficile de découvrir des écrivains dont le talent pourrait nous tirer d'une mauvaise passe. Votre place n'est pas forcément ici...

– Je suis navré, répondit Harold. Mais quelqu'un vous a appelé par hasard sur le téléphone sans fil dans le premier bureau : je voulais vous apporter l'appareil. Tout ce que vous disiez était fascinant : pour rien au monde je n'aurais osé vous interrompre !

L'éditeur n'avait plus de secrétaire. La jeune femme qui le servait jusque-là avec abnégation l'avait quitté pour s'installer à Montpellier. Elle y avait repris la gérance d'une librairie. Pour l'heure, elle n'avait pas été remplacée.

– Je vous présente mes excuses, dit Harold. Vous pouvez compter sur ma totale discrétion...

Éberlé s'adressa au groupe :

– Continuons ! Je le répète : si l'un de vous rencontre une personne qui a une histoire vécue à raconter, qu'il ne la lâche pas ! Il y a pénurie... Avant que je lève la séance, je voudrais y voir clair. Que savez-vous encore des autres ?

« Les autres » ? C'étaient les éditeurs concurrents sur la ligne de départ. Marius, le directeur des programmes, avait mission de les espionner.

Il venait de remiser un cure-dents dans une des poches intérieures de sa veste.

– Les éditions Fruchtbar ont un vieux rescapé de la bande à Baader, dit-il après réflexion. Il a fait le récit d'un homme qui ne regrette pas d'être ce qu'il a été.

– Il y aura besoin d'une longue préface pour expliquer ce que c'était, la bande à Baader ! Lecture pour le troisième âge !

– Qu'avez-vous contre le troisième âge, monsieur ? protesta la directrice commerciale. On a de plus en plus de lecteurs du troisième âge. Ils ont de l'argent, ils ont du temps. Ils font des croisières : sur le pont d'un bateau, que faire d'autre que lire ?

Éberlé éprouva un moment de peur panique. Lire sur le pont d'un bateau de croisière... Écrire dans une chaise longue, face à l'infini... Il ferma les yeux pour recouvrer son sang-froid. Nul ne devait être au courant de son aventure ; sinon, il ne serait plus là... Il se tourna vers Marius.

— Il nous faut un fait divers *énorme*, si possible avec un peu de sentiments çà et là... À propos, si nous voulions concurrencer la femme qui a mangé sa mère, vous souvenez-vous du Japonais qui a consommé morceau par morceau sa fiancée ? Qu'est-ce qu'il est devenu ? Philippe, par exemple, pourrait faire l'effort d'un voyage...

— Où ça ? demanda l'attaché de presse.

— À Tokyo. Évidemment, en classe touriste et dans un hôtel bon marché. Il en existe où les chambres sont réduites à des cabines équipées d'une couchette ; l'espace y est à peine moins exigu qu'un cercueil. On peut donc se rendre à Tokyo pour relativement peu d'argent et mettre la main sur l'homme qui a mangé sa maîtresse. Il a été remis en liberté. Il serait intéressant de savoir s'il courtise à nouveau quelqu'un. Imaginez leur rencontre... Devinez ce qu'ils se disent... « Bon appétit ! », peut-être ?

Il aurait aimé susciter au moins un sourire crispé. Ce ne fut pas le cas. Il enchaîna :

— Il paraît que le nouveau hobby des Japonais consiste à photographier la culotte des femmes.

Dans le métro ou les trains de banlieue, on leur glisse entre les cuisses un téléphone portable qui prend des photos.

Élise n'en pouvait plus. Elle se leva la première sous prétexte d'un rendez-vous à son bureau et prit congé. Harold lui emboîta le pas :

– Vous avez failli avoir un malaise, avec cette histoire de culottes japonaises...

– Il a dû lire ça quelque part et il nous le ressert. Ça lui arrive souvent...

– Je vous invite à prendre un café ? suggéra l'Allemand. Pour vous réconforter et me faire plaisir...

Élise examina le jeune Allemand. « Quelle beauté, ce type ! » pensa-t-elle. Il était grand avec des cheveux châtains, de grands yeux clairs, une mâchoire carrée, des dents blanches. Elle l'aurait introduit sans trop d'hésitation dans sa vie qui manquait d'hommes doués d'intelligence et de modération.

– Je prendrai volontiers un café avec vous, Harold. On se connaît si peu. On ne fait que se côtoyer...

Il n'y avait pas de couloirs dans la maison. Uniquement des paliers sur lesquels les employés stationnaient. Une machine à café desservait le deuxième étage. Ce point de rencontre rassemblait souvent des stagiaires angoissés à l'idée de ne pas pouvoir partir avant trois mois et ceux qui faisaient partie de la maison depuis longtemps. Ceux qui rêvaient de la quitter comme ceux qui rêvaient d'y rester toujours. Étrange tribu que ces derniers, tous mal payés mais accrochés à leur poste.

Aujourd'hui, ce n'était pas la machine à café qui intéressait Harold, mais Élise et le petit bar voisin. C'est là que se retrouvaient les employés de l'emballage. Parfois venait aussi la standardiste épuisée, à condition de trouver quelqu'un pour la remplacer pendant dix minutes. Le bistrot ne gagnait pas beaucoup d'argent, mais son bail ancien ne revenait pas cher non plus. Les patrons en avaient encore pour deux ans. Ensuite, un mini McDo s'y installerait. L'emplacement valait de l'or.

Élise et Harold franchirent la rue et poussèrent la porte de l'établissement où les pales d'un ventilateur fixé au plafond brassaient une atmosphère quasi tropicale. Élise avait l'impression de ressembler à Lauren Bacall et de se déplacer dans un film en noir et blanc pour une scène de flirt avec ce beau type. « Quel âge peut-il bien avoir ? songea-t-elle. Dans les vingt-cinq à trente ans ? » Elle-même en avait quarante-huit. « La différence d'âge ne compte plus, par les temps qui courent », se consola-t-elle. Elle s'imagina nue, au lit, avec un amant lui disant des mots doux dans la langue de Goethe. Elle ne comprendrait rien, mais en adorerait la musique.

– Le café, serré ou allongé ? interrogea le barman.

– Serré, dit Élise. Serré.

Harold commanda une bouteille de Perrier.

– Je me sens toute bête de boire mon café seule, dit Élise.

– J'en ai déjà beaucoup bu aujourd'hui, expliqua Harold. D'où l'eau.

Elle était étonnée qu'un jeune homme aussi grand et fort se souciât de réfréner sa consommation de caféine. « L'humanité m'étonnera toujours », songea-t-elle.

Une mouche traversait leur table, clopin-clopant. Ni l'un ni l'autre n'esquissa un geste pour la chasser. C'était une vieille mouche, elle traînait la patte.

– Dites-moi, fit Harold, notre patron... enfin, le vôtre : moi, je ne suis que de passage... est-il psychologiquement atteint ? Impuissant ? Ce qui expliquerait son attirance morbide pour les histoires de sexe.

La remarque fit à Élise l'effet d'une douche glacée. Toucher au patron, ça n'était pas permis. C'était aussi dangereux. Le garçon risquait de répéter ce qu'elle dirait. N'importe qui, à côté, aurait pu entendre cette phrase sacrilège.

– Quelle idée bizarre, Harold ! C'est un remarquable homme d'affaires qui essaie de maintenir sa maison à flot.

– Il y a une femme dans sa vie ?

– Quelle importance ? protesta Élise.

Elle rougit. C'était pénible, de rougir.

– Oui, de temps de temps il y a une femme... Mais je présume que notre patron est avant tout un cérébral. Il choisit après mûre réflexion et il lui faut sans doute réunir des conditions un peu spéciales pour réveiller ses instincts.

– Quels instincts ?

– Pour posséder une femme physiquement. Il les aime intelligentes mais soumises... Pour l'instant, sa préoccupation principale est de trouver « LE » coup. Le personnage qu'il pourrait projeter sur la scène parisienne.

Elle savourait son café serré.

– Quand il le veut, Éberlé sait être un charmeur, continua-t-elle. Une femme peut croire qu'il la désire pour une nuit, voire même pour la vie... Il y a trois ans, il m'a invitée dans sa ferme, près de Senlis. Je devais arriver avec lui le samedi et repartir, toujours avec lui, le dimanche dans la nuit. La proposition était inattendue. Jamais il n'avait eu l'ombre d'une relation personnelle avec une de ses collaboratrices. Il savait que j'étais divorcée. Je lui avais même avoué que je voulais écrire un livre. Il avait été agacé : « C'est quoi ? Du vécu ? – Non. De l'imagination à l'état pur. – Parce que vous prétendez avoir de l'imagination ? – Oui. » Une dizaine de jours plus tard, il m'a invitée. Je ne devais pas en souffler mot dans l'entreprise. « Nous aurons notre petit secret. » J'ai vu mon étoile se lever. Être la maîtresse d'un patron célibataire ? Le rêve ! Dans la maison d'édition, on connaissait l'existence de cette ferme : à plusieurs reprises, il nous en avait rapporté des tomates.

– Des tomates ? J'en ai eu, une fois...

– Il les cultive lui-même dans son potager. Nous avons même eu droit à des laitues. Jamais je n'avais vu des salades et des tomates aussi magnifiques. Il nous convoquait dans son bureau où une table était chargée de légumes. Il disait :

« Prenez, mes enfants, ce sont des produits bio, cultivés dans mon potager. Je pense à la littérature et je retourne la terre comme pour y semer les graines de mots précieux... » Nous étions flattés... Pour ce qui est de notre excursion, nous sommes arrivés le samedi après-midi à la ferme. Une bâtisse sombre, en forme de L, toute en rez-de-chaussée. Au milieu, un patio et, dans le bassin d'une fontaine, de l'eau stagnante. L'endroit pourrait être superbe. Mais ou il est radin ou il n'a pas le goût de réparer, d'arranger, voire d'aménager les lieux. Je me voyais déjà femme légitime, avec des peintres et des menuisiers, puis un jardinier sous mes ordres. Le patio, je l'aurais transformé en cour pavée, j'aurais fait jaillir l'eau de la fontaine carrée...

– Vous vous énervez, Élise.

– Oui, ce sont là de mauvais souvenirs. On est allés dans une vieille cuisine. Il avait dû acheter la ferme comme ça, avec les casseroles accrochées près d'une hotte toute noire de suie. Il a fait une omelette ; je doutais de la fraîcheur des œufs. Il a proposé un petit vin ; la bouteille était déjà débouchée. Le pain, lui, était étonnamment frais. Il est vrai qu'en venant, il s'était arrêté à une boulangerie. L'eau du robinet avait un léger goût de chlore. Il m'a regardée fixement et m'a demandé si je pensais souvent à la mort. J'ai eu peur... Pourtant, avec tout ce que j'ai pu lire comme *thrillers* de troisième ordre, genre polar anglais mitonné par ces vieilles dames vicieuses qui vous servent leurs histoires trempées dans l'hémoglobine, je n'aurais pas dû être aussi impressionnée...

– Et alors ? questionna Harold. Que vous a-t-il dit de lui-même ?

– Il a dit qu'il vivait pour sa maison d'édition, pour les livres à découvrir, et qu'il ne croyait vraiment qu'aux histoires vécues, car, selon lui, la France se mourait de manque d'imagination. « Nous sommes le peuple des souvenirs », a-t-il déclaré. Je le regardais, je ne savais plus trop pour quelle raison j'étais là. J'ai dit que j'avais mal à la tête, il m'a apporté un Alka-Selzer. « Voulez-vous que je vous montre la chambre où vous devriez dormir ? » « Vous *devriez* » : le mot m'a choquée ; ou bien j'étais invitée à dormir dans la chambre qu'il allait m'indiquer, ou bien il avait prévu que j'allais finir dans son lit. J'espérais qu'il y avait de l'eau chaude, de quoi prendre une bonne douche. La nuit tombait. Les plafonds étaient bas, j'avais l'impression que les murs suintaient. Il me regardait bizarrement. Il m'a redemandé quelles étaient mes relations avec la mort. J'ai dit : « Le moins possible. J'aime trop la vie. » À l'époque, j'étais une jolie femme de quarante-cinq ans... Je me sentais en danger. Même maintenant, je ne saurais vous en donner la raison... Vous avez eu l'amabilité de m'inviter à prendre un café, je vous en remercie... Quand il nous a dit que cette fille devrait mener une enquête sur le fameux meurtre commis dans un chalet, je me suis demandé s'il n'allait pas l'inviter à son tour dans sa ferme... Une association d'idées...

– Vous lisez beaucoup de romans anglais du genre P. D. James ou Minette Walters ? n'est-ce pas ?
– En effet, dit-elle.
Deux clients venaient d'entrer dans le bar. Il s'agissait de Stefi, accompagnée d'un des emballeurs, un Vietnamien sympa. Eux aussi venaient prendre un café. Ils leur firent de petits signes.
– Continuez, Élise.
– Je n'avais pas de voiture. Je ne voulais pas le froisser et j'ai donc demandé s'il acceptait que je m'en aille en taxi. Il m'a répondu d'un ton sec : « Bien sûr, c'est moi qui réglerai la course. » Il ne l'a jamais payée... La voiture est arrivée une demi-heure plus tard et m'a ramenée à Paris. Quarante et un kilomètres, tarif de nuit. Ensuite, Éberlé m'a boudée. Dans les réunions, pas un regard pour moi. Pour lui, j'étais devenue en quelque sorte un échec personnel... Je n'avais même pas visité son potager, dont il est encore maintenant très fier. Il ne me l'a pas pardonné. Quelques mois plus tard, il m'a dit : « Vous n'auriez pas dû vous enfuir. Je voulais juste bavarder. »
– Quelles ont été les conséquences ? s'enquit Harold.
– Plus jamais un seul mot sur sa ferme.
– Je vous comprends et vous admire d'être partie de là-bas. Mais, dites-moi, sur un tout autre sujet : quel intérêt, pour lui, d'avoir une maison d'édition en France ?
– Quand ça marche, ça peut rapporter un fric fou. Quand ça ne marche pas, on tente de survivre

à l'échec. C'est excitant. Il y a tout un ballet autour des maisons d'édition. Celui des petits et grands pouvoirs. Pour un auteur, quel qu'il soit, voir paraître un de ses livres est toujours un grand moment... La visite à Senlis m'a servi de leçon : je n'ai plus jamais parlé de mes écrits à personne... Ce que j'aimerais, c'est disposer d'un peu plus d'initiative dans cette maison. Moi, je sais ce qui marche. À défaut, j'aimerais devenir libraire. Ces libraires héroïques qui croient encore à la littérature, qui expliquent à leurs clients l'intérêt d'un texte, comme je les respecte !... Si vous saviez comme j'aime les livres ! Pas ceux que nous éditons, pas ce qui fait vivre aujourd'hui une maison d'édition. Je préfère les anciens. Avant de devenir un produit de commerce sorti de fabriques à succès, notre littérature était la plus belle au monde...

– Ajoutez-y les Russes, les Anglais, les Allemands, les grands Américains...

– C'est vrai, murmura Élise. C'était à mourir de bonheur ! On se nourrissait l'esprit. Nous n'étions pas aussi dominés par l'argent...

Chapitre 8

Pendant le dîner, Harold raconta à Géraldine la réunion directoriale à laquelle il avait assisté à la maison d'édition et sa conversation avec Élise. Sa bien-aimée – il l'appelait ainsi – était pâle mais déterminée : elle allait s'adresser à un autre éditeur.

Harold tenta encore de la convaincre :

– Ne te précipite pas ailleurs. Éberlé a besoin d'un roman pour sa rentrée littéraire. Nous sommes en mars ; avant la fin mai, il devra annoncer qu'il a quelqu'un, en l'espèce une jeune romancière française...

– Ce ne sera pas moi ! s'insurgea Géraldine. Il n'a même pas voulu lire cinquante pages. Il doit avoir quelqu'un d'autre en réserve.

– Je ne le crois pas. On parle dans Paris de ses intentions plus ou moins obscures. Se vendre à une multinationale, mais à bon prix. Il tâtonne, comme ceux qui sont au bord de la faillite. Je crois qu'il veut au préalable susciter l'intérêt autour d'un personnage emblématique : toi. Jeune, française, douée. Inconnue, sans relations amoureuses...

– J'en ai une : toi !

– Je parle ici de relations intéressées : vieil académicien amateur de fellations, ancien ministre dans l'attente d'un retour au pouvoir... Tu es aux antipodes de tout cela. Tu débarques dans un état de virginité complète sur ce plan-là. Tu sembles d'autant plus intéressante pour participer à ce jeu.

– Mais pourquoi insiste-t-il avec sa détestable enquête ?

– Pour que tu n'apparaisses pas uniquement comme l'auteur d'un premier roman. Ayant raconté l'histoire d'une famille massacrée, tu seras dans le registre de ce qui se publie aujourd'hui. La plaquette sera jointe aux bonnes feuilles de ton roman. Les membres des jurys les recevront quatre mois avant leurs dernières sélections. Si le prix tombe à l'eau – cas probable à 90 % –, il restera toujours la « littérature-réalité » pour assurer à la maison un petit fonds de roulement. Même si tu étais la candidate idéale pour le Goncourt, Éberlé ne dispose pas d'assez de relations au sein du jury. Il n'est pas du sérail, on le considérera toujours comme un parvenu. Et il n'a pas forcément les moyens pour surpayer une préface à tel ou tel membre d'un jury.

– Quelle préface ?

– Supposons qu'il publie un recueil d'histoires tragiques mettant en scène des femmes célèbres malheureuses en amour. Il présume que quelques pages d'introduction signées d'un grand nom de la littérature ennobliront le volume. Il va donc solliciter un membre éminent de tel ou tel jury, qui accède à sa demande. Par une heureuse coïncidence, le même juré entend alors parler d'une jeune femme prometteuse, en l'occurrence toi...

– Il s'agit d'un troc ? demanda Géraldine.

– J'imagine que telle serait la démarche d'Éberlé. Mais si tu veux t'amuser à ses dépens, pourquoi ne pas enquêter sur sa vie à lui ? Ce serait lui réserver une drôle et salutaire surprise. Il faudrait remonter jusqu'à son adolescence, reconstituer son parcours. Découvrir ses femmes... J'ai demandé aux gens qui travaillent dans la maison s'il y avait une Mme Éberlé. On m'a dit qu'on n'en avait jamais entendu parler. « Est-ce qu'il y a des enfants Éberlé ? – Apparemment pas, mais on n'en sait guère plus. – Quel âge a-t-il ? – Cinquante-quatre ans. » Fais-lui croire que tu acceptes sa proposition d'enquête ; dans le même temps, aidée par moi, tu partiras à la recherche de ses secrets à lui...

Géraldine se tourna vers son compagnon :

– Quel intérêt, de connaître sa vie ? Une existence solitaire, morne, moisie...

– On verra bien, dit Harold. J'ai l'impression qu'elle pourrait nous réserver quelques surprises. À défaut, tu auras toujours la satisfaction de lui avoir donné une leçon.

Chapitre 9

Éberlé avait rendez-vous à vingt et une heures avec l'Émissaire dans un bistrot du XVIIe arrondissement. L'homme à l'attitude hautaine avait été directeur littéraire d'une maison d'édition vendue aux Espagnols quelques années auparavant. À l'époque où il décidait du destin des manuscrits, il passait pour le grand manœuvrier des prix littéraires. Il en avait obtenu pour lui-même quelques-uns. « On n'est jamais si bien servi que par soi-même », reconnaissait-il avec cynisme. L'âge l'ayant relégué au rang des retraités encore valides, il se faisait des revenus au noir en continuant de jouer les agents de liaison entre éditeurs et jurés qui mettaient à profit sa connaissance approfondie de la toile d'araignée du milieu, tissée de relations scabreuses, de scandales passés, de dettes à éponger et autres menus chantages.

D'origine russe, il avait débarqué à Paris à l'âge de deux ans. La pratique du russe dans son environnement l'avait chargé d'un accent rocailleux. Il était devenu l'éminence grise du tout-Paris littéraire grâce à ses intrigues et à ses combines souvent réussies. Il s'appelait Vladimir, mais, dans le milieu, on ne l'appelait jamais autrement que l'Émissaire. En dépit des opérations financières des multinationales et de l'étranglement progressif des petites maisons d'édition, il faisait encore figure de personnage indispensable quand de futurs partenaires souhaitaient se rencontrer. En cas de grandes manœuvres, il était l'entremetteur parfait. Le milieu savait qu'il ne fallait jamais mentir à l'Émissaire, et qu'il attendait d'être payé rubis sur l'ongle. Éberlé le respectait et le redoutait à la fois.

Ils se retrouvèrent dans l'arrière-salle d'un petit restaurant populaire. L'endroit n'avait pas été choisi par souci d'économie, mais pour garder secrète la rencontre. L'Émissaire avait largement dépassé les soixante-dix ans ; ses cheveux étaient grisonnants et des verres épais comme des loupes lui masquaient le regard. Éberlé avait dans la poche intérieure de sa veste une enveloppe contenant une somme respectable. Si jamais l'Émissaire refusait la mission, ce serait autant d'épargné…

Celui-ci s'accouda à la table et attaqua de front :

– Je devine ce que vous attendez de moi. Mais je vous le dis d'emblée : vos efforts sont vains, vous faites trop de bêtises. Vous publiez n'importe quoi. Votre standing fout le camp. La seule valeur littéraire que vous ayez, c'est *Le Funambule*. D'après mes renseignements, vous êtes censé déposer votre bilan vers la fin de l'année…

L'éditeur sentit une goutte de sueur lui rouler entre les omoplates.

– Vous me coupez à la fois la parole et le souffle ! s'exclama Éberlé. Non, je ne suis pas aux abois. On veut ma peau, certes, mais elle va coûter cher...

– Ce sont vos dettes qui coûteront cher à l'acquéreur, remarqua l'Émissaire. Mais l'immeuble est à vous, il peut vous sauver. Vous prendrez à votre tour votre retraite.

– Je n'ai que cinquante-quatre ans ! s'insurgea Éberlé.

Puis il ajouta d'une voix hésitante :

– Vous ne me demandez même pas l'objet de notre rendez-vous... ?

– Je vous écoute.

– J'ai peut-être quelqu'un pour le Goncourt.

– La petite maison courageuse qui lutte ? Ça n'impressionne plus personne. Ou bien il faut bichonner chaque volume de manière artisanale, ou bien déverser le tirage en un temps record chez les libraires. Le Goncourt ? Vous n'avez pas de relations assez intimes avec au moins deux membres du jury. Vous n'avez aucune idée de leurs passions personnelles, des faveurs indirectes à leur faire...

– En effet, dit Éberlé. Je ne suis pas armé pour mener ce genre d'assaut... J'ai fait à leur sujet une déclaration maladroite, il y a vingt ans. J'ai dit que certains d'entre eux étaient purement et simplement vendus à leur maison d'édition. Ce sont des choses qui s'oublient, non ?

– Rien ne s'oublie, dans Paris, répondit l'Émissaire. Mais vous avez une tare supplémentaire :

votre père a racheté la maison d'un individu soupçonné de collaboration...

Éberlé s'épongea le front.

– Je n'étais même pas né, à l'époque ! Et mon père ne devait même pas être au courant.

– Votre établissement traîne des ombres..., insista l'Émissaire.

Un garçon prit leur commande. L'Émissaire reprit distraitement :

– Votre éventuel pseudo-candidat... Homme ou femme ?

– Femme.

– Âge ?

– Toute jeune. Vingt-trois ans.

– Ce n'est plus très jeune. Disons jeune, tout court. Elle sort d'où ?

– De la France profonde.

– Qu'est-ce qu'elle a écrit ?

– Un roman sensationnel.

– Qu'est-ce qui est encore sensationnel à notre époque où tout passe pour l'être ? Ce monde est faisandé...

Il adorait ce genre d'épithète dont il usait et abusait. Il se pencha en avant :

– Éberlé, ne me racontez pas de craques. Pas à moi ! La planète s'écroule, on ne peut plus prendre un avion ou un train sans risquer sa peau. Que voulez-vous que les passagers lisent avant un crash ?

– Une histoire d'amour à travers trois générations.

Le garçon venait de déposer une bouteille de rouge et deux verres. Il les servit. L'Émissaire

goûta, fit tourner le vin dans sa bouche, esquissa une légère grimace et lâcha :
– Ça va…
– Si vous ne l'aimez pas, on peut réclamer une autre bouteille…
– Ne perdons pas notre temps. Comment est la fille ? Genre top model, avec quelques défauts de fabrication ?
– Agréable à regarder. Moderne, mais du genre pudique. Pas de nombril à l'air avec piercing.
– Et son histoire ?
– Elle commence à Vienne en 1900. Trois femmes succombent au même type d'homme un peu salaud sur les bords, qui apparaît comme une fatalité à chacune, chaque fois, à une génération d'écart.
L'Émissaire paraissait écouter.
– Combien de pages ?
– Cinq cents.
– Quand aurez-vous les jeux d'épreuves ? Au format du futur livre, parfaitement lisibles, avec argumentaire, bien entendu…
Éberlé tombait des nues. Sa maison était toujours en retard. Chez lui, on en était encore au stade artisanal. Il y avait un employé qui écrivait ce qu'on appelait le « texte du dos » – celui du livre – à la main. À défaut, l'attaché de presse devait s'exécuter. On disposait de pigistes pour corriger les textes, de Serge Couteau pour les coupes claires, et, pour les rares ouvrages scientifiques, de conseillers techniques, en général des profs à la retraite.

— L'affaire n'est pas encore aussi avancée, dit-il. Je voulais d'abord être assuré qu'une autre maison n'était pas déjà sur le Goncourt.

— Vous ne saurez rien de moi, dit l'Émissaire. Je peux seulement vous dire qu'il n'y a pas de raison spéciale qui justifierait votre absence de la liste du Goncourt. Pour le reste, je suis une tombe.

C'était vrai. Jamais un bavardage, jamais un tuyau refilé gratuitement. On l'appelait aussi « le Sépulcre ». Une deuxième goutte de sueur roula dans le dos d'Éberlé. Il tira l'enveloppe contenant l'argent et la posa sur la table. Puis il la poussa vers l'Émissaire.

— Je voudrais que vous vous renseigniez sur mes espoirs d'être racheté par Global... Vous pouvez vérifier, dit-il en désignant l'enveloppe sur la table.

— Pas la peine, marmonna l'Émissaire. On ne me trompe jamais. J'agis comme on se comporte avec moi... Vous me parliez de Global ?

— Oui, fit Éberlé. Il s'agit de la vente de mon fonds.

— Tout Paris est au courant. Il n'y a que votre immeuble qui ait de la valeur. Vos auteurs vivants valent des clopinettes.

— Essayons toujours, insista Éberlé.

— Pour l'heure, la grande maison n'est pas intéressée par votre désir de rapprochement. Dans tous les cas, vous tomberez comme un fruit mûr, le moment venu. Évidemment, vendre en ayant obtenu le Goncourt est plus chic et juteux. La petite maison dans la prairie qui a décroché le prix ? Un vrai conte de fées ! Fini, le monopole des

« grandes »... Vous n'êtes ni le premier ni le dernier à vouloir se lancer dans ce type d'opération.

L'Émissaire continua :

– La fille... Quel genre ? Pute ou soumise ?

Il émit un rire gras. Il connaissait à l'évidence le mouvement féministe. Misogyne, il était satisfait de sa plaisanterie. Il aimait réserver des expressions modernes attrapées au vol : il n'était pas encore trop vieux, n'est-ce pas ? Pour cinq mille euros, il aurait bien sauté à l'élastique ou participé à un Jackass pour le troisième âge. Il réclama la réponse :

– D'où vient-elle ?

– De la Creuse.

– Vous allez la publier ?

– Ça dépend d'une éventuelle transaction. Je ne peux pas éditer un volume de cinq cents pages sans avoir la certitude d'obtenir un minimum de presse et au moins une télé. Pouvez-vous aussi intervenir sur ce plan-là... ?

– Non, lâcha l'Émissaire. Ceux qui tiennent les médias sont des princes régnants. Ils n'ont besoin de rien. Ils ont leur antenne : c'est comme l'armée pour un chef d'État.

Il réfléchit.

– A-t-elle eu de grands malheurs, votre candidate ?

– Pas tellement.

L'Émissaire regarda autour de lui. Il avait encore faim. Il fit signe à un garçon :

– Amenez-moi deux ou trois fromages. Un assortiment. Vous ne prenez pas de fromage, Éberlé ?

– Non, merci.

L'éditeur se traita d'idiot. Pourquoi avait-il dit « merci » ? C'était lui qui payait.

– Le papier ne coûte pas si cher, dit l'Émissaire. Vous imprimez le nombre minimum de volumes. Vous assurez un large service de presse et placez un exemplaire par librairie. En cas de succès – je veux dire : de prix littéraire –, en quarante-huit heures vous réimprimez en masse... Comment est-elle physiquement, cette fille ?

– Elle traîne un peu la jambe gauche.

– Ah, fit l'Émissaire. Infirme ?

– Non. Elle a eu un accident. Immobilisée, elle a mis deux ans à écrire ce livre. Son idole est Margaret Mitchell.

– Vous m'avez gardé le meilleur pour la fin. Rien que ça : Margaret Mitchell ! Et elle a mis deux ans pour écrire son livre ? Deux ans ?

– Oui.

– Paralysée ?

– Tout comme.

– Avec la carrière de Margaret Mitchell en tête ?

– Oui.

– Ces détails sont débiles mais utilisables pour la rumeur. Elle n'a pas le sida ?

– Non... Enfin, je n'en sais trop rien. Je lui ai confié une tâche pour voir comment elle fonctionne...

– Quelle sorte de tâche ?

– Une enquête sur un événement vécu. Je lui ai expliqué qu'il n'y a que le vécu qui se vende.

– Vous avez tort, dit l'Émissaire. Il faut choisir : ou bien une vraie révélation, ou bien une faiseuse de « littérature-réalité ». Il ne faut pas abîmer les rapports avec la presse... Vous vous souvenez de vos vingt ans ?

– Plutôt moches, mes vingt ans. J'ai compris que je n'écrirais jamais de roman, ni de thèse sur la création littéraire. Juste un article dans une revue qui n'a compté que deux numéros...

– À l'époque de vos vingt ans, reprit l'Émissaire en s'attaquant aux fromages que le garçon venait de déposer devant lui, quelqu'un pouvait « éclater » sur le marché. Maintenant ? Sans relations amicales parmi la critique, sans pressions exercées sur certains journalistes submergés par les spécimens, rien ne se passe. On voit des attachés de presse malades de leur métier parce qu'il leur faut essayer de convaincre, chaque jour, des gens ensevelis sous des kilos de papier qu'il va leur arriver un livre sensationnel. Pour être remarqué, il faut un énorme coup de pot. Les nouveautés sont mort-nées faute de place et de temps pour les montrer et en parler... Autant dire que si je commence à répandre la rumeur : « La nouvelle Margaret Mitchell est arrivée », il me faut du grain à moudre, derrière ! Quelques pages remarquables, ou du moins des photos.

– Je sais que vous avez gardé des relations au sein d'autres jurys que le Goncourt. Je pourrais vous offrir un pourcentage sur les ventes si, grâce à vous, j'obtiens un prix.

– Vous n'en avez pas le droit, protesta l'Émissaire. Non, vous me donnerez du liquide, comme aujourd'hui. Hors impôts... Quant à moi, je m'en vais faire le tour de Paris.

– Je déciderai de mon comportement vis-à-vis de la jeune femme en fonction des indications que vous me donnerez.

– Éberlé, vous avez cette fille sous contrat ?

– Presque. Il ne faut pas faire allusion à Margaret Mitchell, car si jamais elle me sort la confession d'un témoin du massacre dans ce patelin de montagne, on se réservera la possibilité de la lancer comme « la fille qui, dans le sillage de la télé-réalité, nous révèle la réal-littérature, une littérature bien saignante ! »

– Vous êtes au bout du rouleau, Éberlé. Le meurtre dont vous me parlez, c'est déjà du passé. Les criminels sont coffrés, les journaux ont épuisé le sujet. Il n'y a plus rien à en tirer. Pas même un meurtrier caché que votre jeune enquêtrice débusquerait... Si vous voulez lancer une inconnue sur le thème du crime à la française, jouez sur son infirmité, son audace. Plus sur elle-même que sur les faits...

L'Émissaire s'empara du dernier morceau de fromage et l'ingurgita. Éberlé avait l'impression d'être assis en face d'un fauve en cage à qui il devait présenter des morceaux de viande. Vladimir n'était plus qu'un spécimen de zoo humain.

Une soudaine tristesse s'empara de l'éditeur. Il songea qu'un de ses amis se vantait de posséder une maison à Tahiti, entourée de bananiers, d'arbres à pain. Il pourrait, lui, vivre là-bas des années de bonheur. Il circulerait, nu, dans un univers sans livres. Sans un seul auteur en vue.

L'Émissaire s'essuya la bouche.

– Vous avez quelques espoirs, Éberlé. Pas beaucoup. D'après un méchant bruit qui court, vous maltraitez votre seule vraie valeur : *Le Funambule*. Lui pourrait décrocher quelque chose comme le Médicis ou les Deux-Magots.

– Le *Funambule* ? s'écria Éberlé. Mais il ne se passe rien, dans le *Funambule*...

– Dignard écrit admirablement. Le rien sous sa plume se transforme en le plus précieux des riens. Depuis trente ans qu'il ne change pas de sujet, croyez-moi, c'est devenu une valeur sûre, à force.

– Parlons de la fille..., quémanda Éberlé.

– Je verrai ce que je peux faire, laissa tomber l'Émissaire. Je verrai...

Il se leva et Éberlé remarqua qu'il traînait la jambe. « Bon présage », se dit-il. Il croyait aux signes.

Chapitre 10

Harold était parti pour la maison d'édition et devait se rendre ensuite à l'université. Seule dans l'appartement, Géraldine écrivait.

Elle travaillait à un nouveau roman et y dépeignait avec un rare bonheur des paysages qu'elle n'avait jamais vus. Elle se souvenait des descriptions que son père lui avait faites du Grand Nord et des ours blancs, qu'il avait connus dans son adolescence. Amoureux de l'Amérique, les Kaufmann étaient partis des années auparavant à Seattle où le père avait décroché un poste important dans une société d'informatique. Ils y attendaient Géraldine, mais celle-ci se refusait à quitter la France.

Elle était au milieu d'une phrase quand le téléphone se mit à sonner.

– Mademoiselle Kaufmann ?
– Oui.
– C'est vous-même ?
– Bien sûr.

Le cœur battant, elle reconnut la voix de l'éditeur.

– Et si je vous appelais « Géraldine », tout court ?
– Comme vous voulez.
Éberlé prit un ton enjoué.
– Voilà, j'aimerais bien que vous passiez me voir. Amenez-moi un chapitre de votre roman-fleuve. Juste le premier.
– Vous n'en vouliez pas, monsieur Éberlé. Vous étiez catégorique. Je ne voudrais pas être déçue une fois de plus.
– Venez ! Je maintiens ma proposition d'enquête, mais vos cinquante pages m'intéressent.
– Il faudrait sans doute quelqu'un d'autre que moi pour votre enquête, continua Géraldine.
Éberlé insista :
– Parlons-en. Mais pas par téléphone. Revenez ce matin.
– Si vous insistez...
Géraldine envoya un *texto* à Harold : « À sa demande, rendez-vous avec E. ce matin. » Elle s'arrangea un peu, mit sa veste en cuir patiné. Après en avoir prélevé cinquante pages, elle rangea son manuscrit dans l'armoire, à côté de celui qui attendait, déjà broché, son destin. Elle ôta la clé qu'elle posa sur le haut de l'armoire.
Durant le trajet, elle ne cessa de réfléchir. Le seul éditeur qu'elle avait pu rencontrer était Éberlé. « Il faut être plus souple, pensa-t-elle. Ne pas l'agacer. Une enquête m'apprendra peut-être à faire plus court, plus direct. Quitte à la signer d'un pseudonyme, j'aurai établi un lien avec l'édition. »

*
* *

Elle se fit annoncer par la standardiste et monta les étages. Elle frappa à la porte d'Éberlé. L'éditeur se leva et vint à sa rencontre pour la saluer. C'était inattendu.

– Ça va, Géraldine ? Prenez place.
– Bonjour, monsieur.

Il la considéra avec intérêt. Ce fut elle qui attaqua :

– J'ai réfléchi. Si vous y tenez, j'irai dans le village que vous m'avez indiqué. Il me faudrait un peu d'argent. Je n'en ai pas assez pour prendre le train, encore moins pour payer un hôtel, même bon marché.

– Bien sûr, dit Éberlé. Je vous avancerai sur vos droits à venir la somme nécessaire. Mais, pour que tout soit en règle, vous me signerez un contrat de commande pour votre enquête. On va mettre : « Titre provisoire ».

– « Titre provisoire » ? Je n'ai même pas encore le sujet exact de cette enquête !

– Ça viendra tout seul. En travaillant.

– Je vous propose une solution simple, conclut Géraldine. On garde comme titre *L'Enquête*. Si mon travail se révèle inutilisable, vous le jetterez. Mais je n'aurai pas de quoi vous restituer l'avance.

– Parfait, acquiesça Éberlé. Vous écoutez les confessions, vous les transcrivez sur votre ordinateur, et vous m'envoyez le texte par e-mail.

— Je ne suis pas aussi bien équipée que ça. Mon ordinateur portable est fatigué, et la plupart du temps j'écris à la main. La première version. Ensuite, je la tape.

— Vous écrivez à la main ?

— Oui.

— Pourquoi ne travaillez-vous pas directement sur ordinateur ? Et ces deux ans ? demanda-t-il. Vous m'avez dit que vous aviez mis deux ans à écrire votre gros roman... À la main ?

— Sur une table à roulettes qu'on plaçait devant moi... On sert les repas comme ça, dans les hôpitaux.

— Attendez..., dit Éberlé.

Il décrocha le téléphone et appela Harold.

— Venez. J'aimerais vous présenter quelqu'un. Un futur auteur de la maison.

Il raccrocha et expliqua à Géraldine :

— Vous allez connaître un jeune Allemand. Son oncle possède une maison d'édition à Berlin. Il s'initie chez nous aux manières françaises... à l'esprit français...

Il s'esclaffa.

— ... il a juste manqué cette fastueuse époque où nous étions le thermomètre intellectuel du monde !

Il avait l'air satisfait de l'expression. Il repensa à son père qui ne cessait de répéter que chaque Français se devait d'être lui-même une lumière.

— Vous avez oublié quelque chose...

— Quoi donc ? demanda Éberlé.

— Les cinquante premières pages de mon roman.
— Mais non.
— Elles sont là. Deux chapitres.
Elle prit dans son sac une chemise cartonnée fermée par deux élastiques :
— *Les Forbans de l'amour*, chapitres 1 et 2.
— Merci, dit Éberlé en prenant le dossier.
Harold frappa et entra. Géraldine jeta sur lui un regard et sourit.
— Je fais vite les présentations, dit Éberlé. C'est Harold. C'est Géraldine. Vos noms de famille importent peu... Harold, cette jeune femme va effectuer pour nous une enquête. Je la crois dotée d'un joli brin de plume.
Il se sentait grandiose, Éberlé. À cinquante-quatre ans, il savait parler « jeune » tout en gardant des restes de grand style. « Brin de plume »... Après ça, comment enchaîner sur l'ordinateur ? Il n'hésita pas longtemps :
— Cette petite n'est pas équipée, elle n'est pas très moderne. Si je l'ai bien comprise, son ordinateur portable n'est pas fiable...
— Bien, dit Harold.
Il se tourna vers la jeune femme :
— Je peux vous appeler « Géraldine » ?
— Bien sûr, dit-elle.
Ils avaient passé une nuit fabuleuse. Plaisir physique et complicité intellectuelle les soudaient ensemble.
— Dépêchons-nous, dit Éberlé. Équipez Géraldine. Adressez-vous à notre fournisseur et deman-

dez des tarifs réduits. Je vais faire préparer le contrat standard, assorti d'une avance pour le train et l'hôtel.

Géraldine se tourna vers lui :

– Merci, monsieur Éberlé, de me faire confiance.

Chapitre 11

Le soir même, Harold tenta de convaincre Géraldine de se rendre à Senlis pour apercevoir, fût-ce de loin, la ferme d'Éberlé.
– Il veut une enquête ? Il l'aura ! Tu pourras lui dire en plaisantant que tu l'as choisi pour sujet. Que tu l'as trouvé intellectuellement plus fascinant que le thème qu'il t'a proposé.
– Thème ? Tu appelles thème une affaire portant sur cinq meurtres ?
– J'use de son langage.
– Tu veux faire quoi au juste, à Senlis et aux alentours ? Chercher la ferme d'un éditeur parisien hargneux ?
Harold intervint :
– Mets tes scrupules de côté... Éberlé t'a demandé d'entrer dans la conscience ou le subconscient des témoins d'un crime déjà classé. Tu vas faire un petit détour par sa propre personnalité.
– Je trouve cette démarche malsaine. Ce qu'il veut me dégoûte, mais ce que tu suggères me

répugne. C'est simple : j'ai envie de revenir au Grand Nord, à mon prochain roman.

— Il faut secouer Éberlé, insista Harold. Imagine que tu lui présentes des pages sur lui-même : la description de sa ferme, des conversations avec ses voisins. Tu lui diras : « Monsieur, vous vouliez du "vécu" ? Voici le vôtre ! »

— Tu veux donner une leçon de bonne conduite à un homme qui s'en contrefiche ? Il voulait se débarrasser de moi... Je l'intéresse pourtant. Il a pris mes cinquante pages.

— Tu lui plais, observa Harold.

— Mais non ! Je n'ai rien du type de fille qui accroche les regards. À la rigueur, je l'intéresse...

— Par ta belle âme ? dit Harold en l'embrassant.

*
* *

Ils arrivèrent le jeudi en milieu d'après-midi à Senlis. Sa proximité avec Paris — quarante et un kilomètres — ôtait beaucoup du mystère de cette ville restée pourtant intacte depuis des siècles. On s'était gardé d'y toucher par respect ou paresse, par intérêt financier ou par amour de l'art, qu'importe. Harold, qui avait fait une partie de ses études à Heidelberg, avait l'habitude des vieilles villes allemandes. Ça n'est pas lui qui aurait été impressionné par quelques vieux murs. Il lança :

– C'est une sorte de Pompeï... Les appartements sont sans doute hors de prix ici... D'après Élise, il y a aussi une fameuse boulangerie-pâtisserie...

Ils roulèrent par les ruelles pavées jusqu'à une petite place où Géraldine aperçut une vitrine garnie de livres.

– Harold, une librairie ! J'adore les librairies à l'ancienne !

– Tu veux y faire quoi ?

– Juste dire bonjour. Et remercier la personne qui a su préserver ici une vraie librairie.

– Qu'est-ce que tu appelles une *vraie* librairie ?

– Quelques volumes exposés en vitrine mais une ambiance accueillante à l'intérieur.

– Viens. On commence par la boulangerie-pâtisserie.

Ils trouvèrent la boulangerie, mais la pâtisserie d'à côté était fermée. Ils reprirent la voiture, chacun tenant une demi-baguette à la main. Harold surveillait le compteur.

– Élise m'a précisé qu'il fallait aller vers le nord. Le village n'est pas si étendu. Même si nous tournons autour, on devrait finir par trouver...

Ils s'étaient engagés sur une route secondaire qui s'enfonçait dans les maigres cultures. Çà et là était indiqué le nom d'un hameau. Bientôt, ils arrivèrent à Villiers-Saint-Frambourg. Le ciel était bas, opaque. Des nuages masquaient les derniers rayons de soleil. L'atmosphère était devenue électrique. Géraldine aperçut au loin une route obliquant vers une forêt.

– Enfin un peu de nature ! soupira la jeune femme. On traverse cette forêt, puis on rentre.

Le village en lisière des arbres n'était pas des plus accueillant. De hauts murs en pierre meulière entouraient d'anciennes fermes. Ils aperçurent un porche dont le double battant était ouvert. Harold gara la voiture. Ils descendirent et franchirent le porche. Des poules affolées traversèrent au pas de course le fond de la cour. Alertée par la fuite éperdue des volailles, apparut une femme petite et carrée, plutôt avenante. Elle vint à eux. Harold la salua :

– Bonjour, madame. Pardonnez notre intrusion...

– Bonjour. Vous désirez ?

– Madame, enchaîna Géraldine, nous cherchons quelqu'un... un éditeur parisien qui habite dans les parages...

La femme sourit.

– Ça n'est pas la première fois qu'on le cherche par ici. C'est à côté...

Elle montra, derrière elle, dans le prolongement de sa cour, un bout de terrain inoccupé.

– Là, comme vous voyez, il y a une parcelle qui nous est commune. Chacun de nous y a un droit de passage. On n'a jamais pu obtenir l'autorisation de construire un mur.

– Pourtant, observa Géraldine, ça n'est pas les murs qui manquent, dans ce village ! On arrive comment jusque chez lui ?

– Il n'aime pas quand on passe par chez moi. L'entrée commune est plus commode pour sa voiture. Mais, pour aborder sa ferme par l'autre côté, il faut faire le tour, suivre la lisière de la forêt, prendre une petite route. Son jardin est entouré d'une sorte de grillage. Pas loin, il a un étang...

— Merci pour ces informations, dit Géraldine. Mais il y a une autre raison à notre présence ici. Nous avons demandé à un agent immobilier s'il y avait dans le coin des maisons à vendre. Il semble qu'il ait mentionné la vôtre...

La femme parut réfléchir.

— Je n'ai pas dit que je voulais vendre, mais enfin, l'idée parfois me taquine. Je suis trop seule... Je me présente : je suis Mme Varoon. Et vous ?

— Géraldine, et lui c'est Harold. Nous avons hérité d'une somme pour nous considérable, mais sans doute pas suffisante à vos yeux...

Harold l'interrompit :

— Un peu d'argent. Assez pour acheter une maison. Évidemment, la vôtre, très belle, est certainement trop chère pour nous...

— Combien vous voudriez mettre ? demanda Mme Varoon, intéressée.

— On ne sait pas encore. Nous avons les droits de succession à payer...

— Puisque vous êtes là, venez donc visiter, proposa Mme Varoon. Vous aurez une idée de ce qu'il en est...

— On entre volontiers prendre un verre d'eau.

— Pensez-vous ! Je vais vous offrir un café. Venez !

L'intérieur était aménagé comme une maison de maître il y a un demi-siècle. L'entrée précédait un petit salon. De l'autre côté, une vaste cuisine où les fit entrer Mme Varoon. Une cafetière en fer-blanc était gardée au chaud.

– Ainsi, vous voulez vous installer par ici ? dit-elle. Vous faites quoi, dans la vie ?

– Nous travaillons pour une entreprise qui installe du matériel informatique.

– Et vous voulez vous rendre à Paris chaque matin ? Il faut partir tôt, car il y a des embouteillages. Beaucoup de Parisiens habitent dans le coin... Quand vous aurez des enfants, ils seront heureux par ici. Ils auront de quoi jouer : j'ai trois mille mètres carrés autour de la maison. Hélas, il y a cette parcelle commune avec l'éditeur...

– Ça vous gêne ? demanda Géraldine.

– Ça dépend des jours, et surtout de lui. Parfois il est aimable, il veut bavarder, il m'apporte des tomates. De ce côté-là, j'ai aussi un potager, mais on ne refuse pas une gentillesse. Je garde deux ou trois tomates, pour ne pas le froisser... Vous voulez une part de gâteau ?

– Non merci, dit Géraldine. Il reçoit beaucoup d'amis, l'éditeur ?

– Pour voir ce qui se passe chez lui, je me tiens dans une pièce qui donne sur ce côté-là... Venez voir, si ça vous intéresse.

Elle n'était que bonne volonté. Elle n'excluait pas que le jeune couple achetât un jour sa maison. Elle pourrait enfin s'installer dans le Midi. Il ne fallait surtout pas insister. Juste les accueillir aimablement, afin qu'ils se sentent déjà un peu chez eux. Dans la pièce donnant sur le bout de terrain attribué à l'un et à l'autre par suite d'une erreur du cadastre, ils étaient comme dans une loge pour observer la ferme basse d'Éberlé. On apercevait sa porte, flanquée de deux vasques débordant de géraniums grimpants.

– Il a l'air d'aimer les fleurs, ce monsieur...

– Ah, des géraniums, il en pousse partout ! Il y en a autant de l'autre côté, paraît-il. Mais il est rare qu'il invite quelqu'un... je veux dire : quelqu'un du pays. Il possède par là une pièce d'eau avec des grenouilles... Parfois, leur concert de coassements est insupportable...

Elle se rattrapa :

– Quand c'est l'époque... Mon pauvre mari en a bien souffert.

– Hormis les grenouilles, c'est plutôt un voisin paisible ?

– On ne l'entend pas, lui. Les grenouilles, c'est autre chose. Le grand porche, juste en face, donne sur une ancienne écurie transformée en garage et en dépôt d'outils.

– Je crois que votre maison nous plaît bien. N'est-ce pas, Harold ?

– Formidable, la maison ! Nous pourrions voir de plus près la ferme de votre voisin ?

Espérant bien vendre un jour à ce couple sympathique, Mme Varoon leur fit un signe :

– Venez. On prend le raccourci, juste à côté de la tombe du chien.

– Une tombe ? interrogea Géraldine.

– Je vous raconterai l'histoire en passant devant. Venez...

Ils la suivirent pour emprunter un chemin qui contournait la parcelle commune.

– Il avait un grand chien, un dogue aux oreilles mal coupées, l'une en pointe, l'autre carrée. Elle avait une sale gueule, la pauvre bête. Je devais la nourrir... Vous savez, ces gens de la ville, surtout les Parisiens, ils croient que si quelqu'un vit ici, c'est qu'il aime forcément les animaux... Je m'y connais un peu, c'est vrai... Mais ce dogue, je m'en méfiais. M. Éberlé me remettait de l'argent. J'ai accepté de nourrir le chien. Jusqu'au jour où il m'a emporté un morceau du bras.

Elle retroussa la manche de son chemisier et exhiba une cicatrice boursouflée.

– J'ai encore eu de la chance, dit-elle, car il aurait pu aussi bien me déchirer la main. J'avais juste eu un geste maladroit, le chien était énervé... Avec ces bêtes-là, on ne sait jamais. Je ne lui en veux pas... Mais quand M. Éberlé a appris l'incident, il a eu une crise de colère... Terrible !

Ils avançaient sur le chemin ; le crépuscule rougeoyait. Vers le milieu du passage s'élevait en bordure un monticule de terre, une branche de pin fichée au sommet.

– Il a tué son chien. Une balle en pleine tête...

– Il a fait ça ? s'écria Géraldine.

– Oui. Alors vous imaginez... Je m'en méfie encore plus... On ne sait jamais ce qu'il pense, cet homme, commenta Mme Varoon. Ni ce qu'il fait ou peut faire.

– Ça s'est passé quand et comment ? questionna-t-elle. Racontez, s'il vous plaît…

– Il a débarqué avec une femme qui n'était pas de la première jeunesse. Elle portait un long manteau bordé de fourrure. Je l'ai interpellé. Il déteste ce genre de relation de voisinage… J'aurais dû lui téléphoner. « Monsieur Éberlé, j'ai eu un gros problème avec votre chien. – Quoi ? » a-t-il dit. Il le cherchait, l'appelait : « Bravo ! Viens, Bravo ! » Il sifflait. « Il est attaché, monsieur. Près de votre écurie. – Pourquoi est-il attaché ? Il doit vivre ici en liberté, et se nourrir chez vous. » Il roulait des yeux furibonds et criait : « Bravo ! Où es-tu ? » Le chien gémissait. Il avait reconnu la voix de son maître. Il avait déjà dû oublier qu'il m'avait mordue. Il cherchait à se dégager de son collier et à accourir. Éberlé a examiné mon bras et dit à son invitée : « Rentre tout de suite, va dans ta chambre et ferme les volets. Et ne me pose ensuite aucune question. »

– Il a parlé comme ça à cette femme ? Et elle est restée ? demanda Géraldine.

– Oui, confirma Mme Varoon. Vous savez, certaines aiment ça, d'être maltraitées. M. Éberlé est parti en courant, puis il est revenu vers l'écurie en tenant son revolver. Sans que sa main tremble, il a visé le chien. Je lui ai dit : « Non, monsieur Éberlé ! Non ! Il ne faut pas abattre cette brave bête ! – Il n'est pas brave. Il aurait pu vous emporter la main. – Ça, c'est bien vrai », ai-je dit. Le chien a senti que sa fin était venue et il a baissé les oreilles. Ses oreilles mal foutues, mal coupées, étaient collées contre son crâne. Il s'est assis, il pleurnichait, il nous regardait avec ses grands yeux cernés qui voulaient dire : « J'ai fait le con, mais ne me tue pas : la vie est belle, même par ici ! » Et M. Éberlé a tiré. Il l'a abattu d'un seul coup. Le grand corps noir a été saisi de soubresauts, puis s'est raidi. Je me suis mise à pleurer. M. Éberlé m'a dit : « Déguerpissez, Mme Varoon. Déguerpissez ! Vous vous occuperez de l'enterrement. » J'ai demandé à un paysan du coin, un brave type que je connais depuis toujours, de m'aider...

Géraldine, Harold et Mme Varoon contemplèrent la tombe du chien. Puis la femme reprit :

– C'est depuis ce moment-là que je veux vendre ma maison. Parce qu'un jour il pourrait venir ici et m'envoyer une balle dans la tête, à moi aussi. Quelqu'un qui tue ainsi un animal n'a aucun mal à tuer un humain.

Ils dépassèrent la tombe et arrivèrent à la ferme. L'écurie utilisée comme garage était fermée par une porte en bois à double battant. Mme Varoon les invita à la suivre :

– Si vous voulez jeter un coup d'œil à l'intérieur...

Ayant tiré la porte, elle alluma. Le sol était bétonné. Il y avait des outils partout, des pneus entassés dans un coin. Elle les précéda pour ressortir, puis se dirigea vers l'entrée encadrée de grands pots de géraniums. Les fleurs retombaient en grappes le long des parois. Elle sortit une clé de son tablier et ouvrit la porte. Géraldine l'arrêta net :

– Qu'est-ce qu'on dit, s'il rapplique ?
– Pas un jeudi. Non, non... Entrez donc. Si le cas se présentait, je pourrais toujours expliquer que j'ai aperçu quelque chose d'inquiétant, que vous êtes mes invités et que je ne voulais pas vous laisser seuls. Un point c'est tout.

Comment Géraldine aurait-elle pu avouer qu'elle avait vu Éberlé la veille et que Harold travaillait chez lui ? L'homme dont Mme Varoon parlait ne semblait pas correspondre au personnage assis derrière son bureau. La jeune femme en était saisie. Elle tenait déjà le début d'une « histoire vécue ». Elle allait décrire leur arrivée chez la voisine qui les avait introduits chez son sujet. Elle évoquerait la mort du chien. Elle prêterait des dimensions étranges, effrayantes à l'écurie-garage. L'homme qui était devenu son sujet d'enquête l'avait humiliée. Il lui avait dit que l'imagination n'existait pas, qu'il fallait, pour être publiée, découvrir une histoire vécue, authentique. Cet homme-là allait lire et découvrir un épisode de sa propre vie.

Son regard s'égara sur les rayons d'une grande bibliothèque adossée au mur d'une pièce commune, qu'il appelait sans doute son « living room ». Sur l'étagère supérieure étaient exposés deux crânes humains. Brillants, astiqués, la mâchoire du bas bien ajustée.

– Des crânes ? interrogea Géraldine.
La voisine hocha la tête :
– Je vous ai dit qu'il avait des goûts bizarres. Il m'a raconté qu'il les avait achetés en voyage à

l'étranger. L'un d'eux, chez un antiquaire à Vienne. L'autre, j'ai oublié l'endroit. Je n'avais rien à redire, je n'habite pas ici...

Géraldine esquissa une légère grimace.

– Un peu morbide, comme décoration, dit-elle.

– Pardon ? demanda Mme Varoon.

– Pas gai. Comment peut-on vivre avec deux crânes en permanence dans son salon ?

– Il y a bien des médecins qui ont un crâne posé sur leur bureau, et il arrive que les professeurs en montrent un aux étudiants, objecta Harold.

– Madame, s'enquit Géraldine en fixant la voisine. Vous ne vous sentez pas mal à l'aise, ici ?

– Si je commençais à faire des histoires, qu'est-ce que je dirais quand je l'aperçois aller et venir pendant la nuit ?

– Pendant la nuit ?

– Bien sûr. Ici, quand la lune est pleine, il fait clair comme en plein jour.

– Est-ce qu'on peut passer de l'autre côté ? demanda Géraldine.

– Je ne m'aventurerais pas vers l'étang. Il paraît que l'eau sent mauvais ; au fond, c'est plein de vase. Il n'y a pas de poissons : que des grenouilles qu'on entend brailler toute la nuit.

– On ne peut pas faire assécher ce marécage ?

– Ce n'est pas un marécage. Juste un plan d'eau avec de la boue au fond. C'est qu'il y tient... Il y tient beaucoup, à son « lac »...

– Vous permettez ? intervint Géraldine.

Elle s'approcha d'une vieille armoire paysanne, l'ouvrit et découvrit des vêtements accrochés.

— Des vêtements de femme, constata Géraldine. Est-il marié ?

— Aucune idée. Ou bien, s'il l'a été un jour, il ne l'est plus. Je n'ai vu ici que deux femmes... Il y en a peut-être eu d'autres, mais je ne surveille pas tout le temps.

— Comment étaient habillées celles que vous avez vues ?

— Un jour, il y a pas mal de temps, les chaussures rouges d'une de ces dames m'ont frappée. Je trouve ça assez bizarre, des chaussures rouges. Ça attire l'attention sur les pieds. Il faut en avoir de très jolis... En dehors de ça, je ne sais plus.

— Et la pièce où il travaille ?

— C'est la pièce la plus étrange... Venez. Il ne faut quand même pas trop s'attarder...

Elle emprunta un petit couloir et entrouvrit une porte qu'il fallait forcer un peu pour entrer. Il y avait là des dossiers du sol au plafond.

— Pas de fenêtre, dans cette pièce ?

— Si. Mais elle est cachée par les dossiers. Je lui ai dit un jour : « Mais, monsieur, il suffirait de jeter une allumette pour que tout flambe. C'est dangereux. » Il m'a lancé un tel regard que j'en ai failli avaler ma langue. Il m'a dit : « Celui qui jetterait une allumette ici brûlerait avec le reste, je vous le garantis ! »

Géraldine imagina des silhouettes en flammes se ruant hors de la maison et se roulant à terre en hurlant.

Ils retraversèrent la pièce principale et se dirigèrent vers la maison de Mme Varoon.

– Il faut repasser à côté du chien ? demanda Géraldine.

– Oui. Mais il est mort depuis longtemps. Ce n'est pas lui qui va bondir et vous mordre.

Le dégoût mêlé au chagrin, à la pensée de l'animal abattu, avait saisi à tel point la jeune femme qu'elle avait failli se trouver mal en franchissant la porte cachée par les cascades de géraniums.

Ils promirent à la voisine de revenir pour discuter le prix de la propriété.

– Je vous laisserai tout, dit Mme Varoon, y compris les couvertures. Ici, même l'été, les nuits sont fraîches.

Quand ils eurent regagné la voiture, Géraldine s'effondra à côté de Harold et lui dit :

– Peut-être qu'il a raison. Pour écrire une histoire sordide, il faut connaître quelqu'un qui l'a vécue.

– On n'en est qu'au début, observa Harold.

– Mais dans quel but ? demanda Géraldine. C'est parti comme une blague, l'histoire de sa vie.

– Il va être pris à son propre piège.

– Il risque de nous faire un procès, dit Géraldine.

– Pour se rendre ridicule devant son cher « tout-Paris » ? Il est trop complexé pour ça, expliqua Harold. Il ne fait pas partie du cercle des intellectuels reconnus comme tels. Et le passé de sa maison d'édition est douteux.

– Tout cela remonte à plus de soixante ans…, objecta Géraldine.

– En France, la haine ne prend jamais de rides. On ira même reprocher à quelqu'un un arrière-grand-père vichyssois qu'il n'a jamais connu.
– À quoi va servir notre enquête, Harold ?
– À le rappeler à l'ordre. Il faut aller encore plus loin dans ce fameux « vécu ». S'il a un tant soit peu d'humour, il rangera ton « enquête » sur une étagère et daignera peut-être lire ton roman.
Ils reprirent la route pour Paris.

Chapitre 12

Il y avait eu l'épreuve nocturne que l'imprimeur avait jadis imposée à son fils Edmond. Dès qu'il se sentait en proie à un gros souci matériel ou à une crise morale, l'épisode qui avait brisé ses velléités d'écriture revenait s'imposer à sa mémoire.

Ils n'étaient ni riches ni pauvres. À l'heure où sa mère préparait le repas, toute la maisonnée sentait le graillon. Ils mangeaient à la cuisine, aménagée comme une salle d'auberge. Les meubles Louis XIII étaient noircis par le temps. Les casseroles accrochées de part et d'autre de la hotte servaient de décoration. Mme Éberlé se consacrait à sa famille. Jadis institutrice, elle secondait aussi son mari dans la comptabilité de l'entreprise. Imprimeur, autodidacte érudit – il avait butiné sa culture d'un volume à l'autre –, le père avait payé des études à son fils dans une école privée.

Ce jour-là, la mère avait demandé un peu de patience au père et au fils : le gratin dauphinois était encore au four. Edmond profita de cette trêve

– la conversation languissait – pour déclarer à son père, persuadé de lui faire plaisir :

– Papa, j'ai décidé d'être écrivain.

L'imprimeur se redressa et se renversa contre le dossier de sa chaise. Il prit quelque temps avant de répondre :

– Es-tu conscient de ce que ça veut dire ? Rien à voir avec une vie d'artiste... plutôt l'existence laborieuse d'un artisan. Mais il faut quelque chose en plus...

– Quoi ? Je veux simplement exprimer mes pensées, mes sentiments...

Le père l'interrompit :

– « Mes », « mes »... Ça ne suffit guère !

– Pourquoi ? questionna Edmond. J'ai appris à rédiger, à l'école.

– Quel serait le sujet de ton premier livre ?

– Moi.

L'éditeur le regarda, le sourcil froncé.

– Une fois de plus : moi, moi, moi...

Mme Éberlé redoutait un orage.

– Te souviens-tu de Josyane, ma copine ? demanda Edmond à son père.

– Oui.

– Nous avions une liaison, rappela Edmond non sans fierté.

Le père acquiesça :

– Josyane était le cadeau d'anniversaire de tes dix-sept ans.

– En effet. Ensuite, je n'ai pas été conforme à ses rêves. Elle a rompu... J'ai surmonté mon chagrin.

– Ah ? fit le père. Et alors ?

– Je voudrais décrire sous forme de récit mes émotions, mes bonheurs, mes déceptions. Notre intimité maladroite. Et puis notre rupture... Voilà.

– Tu crois que cette histoire est un matériau suffisant pour un roman ?

– J'en suis persuadé.

– Je suis obligé de te mettre en garde, dit le père. C'est important...

La mère apportait le gratin dauphinois. Elle tenait le plat brûlant, ses mains préservées par des gants molletonnés. Elle posa le plat sur un support, au milieu de la table.

– Vous pouvez commencer à vous servir... Attention, c'est chaud !

– C'est même très chaud, renchérit Edmond.

– Justement..., dit le père.

Il prit une fourchette et entreprit de déchirer la pellicule dorée du gratin.

– Tu veux une cuillère ? s'enquit la mère.

– Non, non... Je voudrais juste expliquer quelque chose à Edmond. Voici. Regarde...

Il venait de dégager de fines tranches de pommes de terre qui rissolaient encore dans le plat. Il piqua délicatement une de ces lamelles avec sa fourchette et demanda à Edmond :

– Ça te dit quelque chose ?

– C'est de la pomme de terre.

– Mais ça ne t'évoque rien d'autre... ?

– Non.

– Je crois que le cerveau ressemble un peu à ça, à l'intérieur, dit l'imprimeur. Partout, il n'est que lamelles, boursouflures, circonvolutions plus ou moins développées. Mais, quelque part au fond de ce cerveau se niche...

Il gardait sa fourchette brandie sous le nez d'Edmond.

– ... un grain de génie. Il n'est pas obligatoire de posséder cette cellule douée de force créatrice. On peut vivre sans. C'est même le cas de la plupart...

– Qu'est-ce que tu racontes à cet enfant ?

– Edmond n'est plus un enfant, répliqua le père.

– Tu n'es pas non plus médecin. Tes histoires de cervelle en plein milieu du repas... Tu nous coupes l'appétit.

– Quel rapport avec mon livre, papa ?

La mère s'exclama :

– Une des histoires tordues dont ton père a le secret... Il veut déjà te décourager.

– Pas du tout ! nia Éberlé.

Il s'adressa à Edmond :

– N'écoute pas ta mère. J'aimerais bien que tu acceptes de te soumettre à un test.

– Quel test ?

– Vous ne pourriez pas plutôt commencer à manger ? protesta la mère.

Le père distribua des rations de pommes de terre fumantes, puis reprit la parole :

– La maison d'à côté, tu y es déjà allé ?

– Non.

– Tu n'as jamais cherché à y entrer ?

– Une fois, j'ai entrouvert la porte. Il n'y avait pas grand-chose à l'intérieur. Je me souviens d'une odeur de moisi...

– On m'a demandé d'y jeter de temps à autre un coup d'œil pour vérifier que tout va bien. La propriété est en indivision, les héritiers ne se sont pas mis d'accord sur le prix de vente...

– En quoi tout cela intéresse-t-il notre fils ? soupira la mère.

– J'aimerais, dit l'imprimeur à Edmond, que tu passes une nuit complète dans cette maison. Éclairé par une lampe à pétrole. Tu pourras disposer d'une bouteille d'eau et d'une couverture, si tu le veux, car les nuits ici sont froides. Au rez-de-chaussée, j'ai aperçu une table et une chaise. Je te donnerai du papier, des stylos...

– Pour quoi faire ? s'enquit Edmond.

– Pour vérifier tes réactions, mettre ton comportement à l'épreuve dans une maison inhabitée, hostile. Voir comment tu traverseras cette nuit sans rien d'autre que de quoi écrire. Et juger de ce que tu écriras.

– Tu voudrais que j'aille écrire là-bas ?

– J'aimerais que tu passes une nuit seul avec toi-même. Tout ce qu'il y a en toi de valeurs, de défauts, de crainte ou de courage devrait se manifester dans ce décor pénible... Je reviendrai te chercher vers les sept heures de matin, je t'apporterai des croissants et un grand bol de café au lait. Puis tu me montreras les pages que tu auras écrites.

– Une farce sinistre ! commenta Mme Éberlé. Tu vas attraper une angine. Ton père est insupportable...

Edmond fut installé dans la maison voisine. Le père lui demanda s'il pouvait fermer la porte.

– Oui, mais pas à clé !

Le jeune homme, honnête, avait résolu de ne pas rompre le pacte. Il s'aventura juste au premier étage, y découvrit un lit aux couvertures moisies. Pour affronter la nuit, il redescendit au rez-de-chaussée.

Le lendemain vers sept heures, M. Éberlé acheta à la boulangerie des croissants encore tièdes. Puis, emportant un thermos rempli de café au lait, il gagna la maison voisine. Il découvrit Edmond assoupi, la tête sur la liasse de papier, les avant-bras sur la table. La lampe à pétrole était éteinte. Éberlé trouva son fils émouvant dans ce décor désolé.

Il s'approcha, souleva le bras droit d'Edmond, puis le gauche. Le garçon se mit à bouger, puis se redressa tout seul. Éberlé père remarqua quelques mots griffonnés sur le premier feuillet. Il se pencha et lut : « Il y a des souris partout... » et, au milieu de la page : « J'ai froid. » C'était tout.

– Viens, dit le père. Tiens, prends tes croissants.

– Je ne me sens pas très bien, gémit Edmond. J'ai eu très froid.

– Bois une gorgée de café.

Il lui en versa un plein gobelet en plastique.

Ils se retrouvèrent tous deux dans la cuisine familiale. Pendant que le garçon prenait un second café au lait bien chaud en tenant son bol à deux mains, le père lui dit :

– Tu as écrit : « Il y a des souris partout… », après quoi tu as ajouté : « J'ai froid. » C'est tout ce que tu as su dire de cette nuit ?

– Cette nuit, il ne s'est rien passé dans cette maison.

L'imprimeur prit un air songeur.

– Le problème est là. Si tu avais vraiment le don, tu aurais pu imaginer une multitude d'événements étranges. Le silence aurait pu être peuplé par ton esprit de bruits curieux. Tu aurais pu croire à l'irruption d'un gang dont cette maison aurait été le lieu de rassemblement. Un SDF aurait pu s'installer dans une pièce pour y dormir à l'abri. Cette maison n'aurait-elle pas servi de lieu de rendez-vous à un couple illégitime ? Au premier, il y a une chambre…

– Oui, mais elle est froide et sale…

– Tu aurais pu avoir l'impression que cette maison abandonnée était un symbole de notre monde à la dérive…

Le garçon le dévisagea.

– Je n'ai éprouvé aucune sensation, à part le froid. J'ai trouvé ton test inutile. Mais toi ? Ce que tu racontes est intéressant. Pourquoi tu n'écris pas, toi ?

Le visage d'Éberlé père refléta de la tristesse.

– Tu as accepté le test, tu as joué le jeu. Je te dirai donc la vérité. À vingt ans, j'ai cru pouvoir écrire un livre. Puis des livres. Après des jours de tourments, j'ai compris que mon imagination se cantonnait à l'anecdote. J'ai calé. Je me suis arrêté au bout d'une vingtaine de pages. J'ai compris que, manquant de souffle, je ne réussirais pas à écrire une histoire qui, indépendamment de ma propre vie, reflèterait le monde, que je ne peuplerais guère l'espace de mes personnages... Je ne suis pas écrivain, et tu ne le seras pas non plus.

Désarmé, Edmond ne se sentait pas humilié, mais anéanti. Son père avait raison. Ses arguments étaient fondés. Edmond renonça à l'écriture.

Qu'est-ce qu'il pouvait en souffrir ! Surtout depuis qu'il était à la tête de sa maison d'édition. Combien de fois ne s'était-il pas remémoré cette nuit-là ! Combien de fois n'avait-il pas maudit et béni à la fois ce père qui lui avait révélé son impuissance à engendrer une fiction littéraire ! Cette histoire lui revenait, lancinante. Il devait s'activer pour meubler ses nuits, ou s'assommer avec des somnifères.

Depuis la visite inopinée de Géraldine à son bureau, il était à la fois intrigué et exaspéré. Cette jeune femme se prétendait douée de cette fameuse imagination, du pouvoir étrange de faire évoluer des personnages d'un continent à l'autre, d'une époque à l'autre, de leur faire prononcer des paroles qu'elle n'avait elle-même jamais entendues... « C'est quoi, in-ven-ter ? » se demanda-t-il une fois de plus.

Chapitre 13

Géraldine reçut une lettre de son père qui réclamait sa présence à Seattle :
« Ma petite fille, viens t'installer ici, dans cette belle ville. L'océan est à côté. L'infini est devant toi. Avec le système des équivalences, il te suffirait de passer un an à l'université ici. Puis tu pourrais te reconvertir, même si c'est difficile, à l'écriture en anglais. Il me semble, d'après ce que tu m'en dis, que l'horizon littéraire est assez bouché en France et que ce roman que tu as écrit avec tant de patience et de passion – je te vois encore, sur ton lit, à la clinique, entourée de tes cahiers – ne sera pas publié.

« J'ai parlé à un de mes camarades qui a des relations dans une maison d'édition de Los Angeles. Il serait intéressant de faire traduire tes cinquante premières pages en anglais, et de voir leur réaction. Évidemment, quand j'ai dit qu'il s'agissait d'un auteur français, ma propre fille, l'ami en question a froncé le sourcil, reconnaissant que ce serait peut-être plus difficile. Il sait qu'ici on n'achète presque plus de romans français ; leur atmosphère, leur intrigue relâchée ne correspondent pas au goût américain. Mais peut-être trouverons-nous encore un lecteur français capable de lire tes cinquante pages, sinon je paierai le traducteur.

« J'aimerais surtout te voir ici. L'air est iodé. On est à deux heures de vol de Vancouver, ville aussi intéressante que Sydney. Tu n'auras aucun souci financier non plus. Je sais que tu tiens à ton indépendance. Tu trouveras autant de petits boulots que tu voudras, presque d'une heure sur l'autre. Tu parles un anglais suffisant pour te faire engager comme réceptionniste, hôtesse ou baby-sitter, qu'importe, le temps pour toi d'intégrer l'université.

« Il te faut entamer une nouvelle vie. Tu as l'âge limite pour faire un choix. À vingt-trois ans, on peut encore vouloir conquérir ce monde-ci, mais il ne faut pas attendre plus longtemps. Je t'embrasse, et maman se joint à moi. »

Et Géraldine déchiffra l'écriture de sa mère : « Viens, ma petite fille. Viens ! Ne reste pas à Paris si on ne t'y aime pas. »

Géraldine montra la lettre à Harold, qui estima que les parents de la jeune femme avaient raison. Lui, il parlait un anglais presque parfait : les Allemands l'apprenaient dès l'école primaire et se perfectionnaient ensuite grâce aux échanges. Dès qu'on franchissait les frontières de la France, on trouvait l'anglais installé dans les plus jeunes classes, surtout chez ceux qui voulaient réussir et traverser en vainqueurs cette jungle qu'on appelle « le monde actuel ».

– Je viendrai avec toi, dit Harold. Mon père a des relations dans une filiale d'un grand éditeur qui possède même des librairies – peut-être les plus belles au monde – en Californie. Pourquoi es-tu restée ici ?

– J'ai eu mon accident, se justifia Géraldine. J'étais attachée à mon roman. Il me faudrait beaucoup de temps pour apprendre à m'exprimer en anglais. Mon bonheur et ma malédiction tiennent à cette langue française qui permet de tout dire avec des nuances, des sous-entendus…

– D'accord, dit Harold, ton amour de la France est magnifique. Mais qu'est-ce que tu aimes le plus : la création littéraire ou ce pays ?

– Les deux ensemble.

– L'Hexagone devient exigu sur le plan intellectuel ; même si tu y obtiens un grand succès, il ne franchira guère les frontières. Réfléchis, Géraldine…

– Harold, est-ce que tu pourrais récupérer mes cinquante pages ?

– Je vais essayer. Maintenant, il a une secrétaire intérimaire : je lui demanderai de chercher le dossier. Il y a le titre et ton nom dessus ?

– J'ai écrit : « *Les Forbans de l'amour* : chapitres 1 et 2, Géraldine Kaufmann ». Le dossier doit moisir sur une étagère… Harold, j'ai adressé hier une lettre à Éberlé pour lui dire que je ne suis pas intéressée par son enquête. Je lui ai retourné le chèque de cinq cents euros d'avance.

– Parfait. Tu quittes ta place d'intérimaire…

Géraldine travaillait dans le bureau d'accueil d'une société de biotechnologies. Son père lui avait trouvé ce mi-temps depuis les États-Unis, grâce à ses multiples relations.

– Viens avec moi en Allemagne, après quoi nous partirons ensemble pour Seattle.

– Je suis triste, soupira Géraldine. J'aurais tellement aimé être aimée en France, par les Français. Mon livre, *Les Forbans*, était destiné à un public de lecteurs intelligents, sensibles, de ceux qui n'ont qu'un souhait : se laisser emporter par une histoire peuplée de personnages.

– Oui, ma chérie, dit Harold. Mais, pour le moment, il te faut prendre un ou deux kilos, puis faire un peu de marche pour avoir meilleure mine. Après quoi je te présenterai en Allemagne à mes parents…

– Ce qui veut dire, Harold ?

– Qu'en définitive, un jour, si on est assez téméraires, on pourrait se marier !

– Et si ça ne marche pas, dit Géraldine, on pourra divorcer tout aussi facilement ?

– Bien sûr, répondit Harold. En fait, chaque fois que j'entends parler d'un divorce, je me demande si ces gens-là, au moment de dire *oui* devant le maire, étaient persuadés d'être liés sinon pour la vie, du moins pour une période indéterminée.

– Je ne sais pas, murmura Géraldine.

Ses yeux étincelaient. Ses cheveux étaient plus souples et brillants que d'ordinaire. Son visage de chat reflétait une sorte de félicité. Sa seule certitude : elle était née pour l'écriture.

– Tu ressembles à tes héroïnes, lui dit Harold.
– Je ne suis pourtant pas issue d'une tribu de femmes amoureuses et romantiques !
– Tu as eu vite fait de liquider les hommes autour d'elles..., remarqua Harold.
– Ce sont elles qui m'intéressent. Cette espèce de ferveur pour façonner leur vie, y compris leur destin professionnel. N'oublie quand même pas qu'en 1900, à Vienne, le personnage numéro un, Frida, possède le premier grand salon où les femmes viennent choisir leurs chapeaux. Elle fait fortune grâce au luxe auquel aspirent les autres femmes. Elle amasse des sommes considérables. Ce qui ne l'empêche pas de tomber dans les filets d'un séducteur... Mais si tu pouvais t'abstenir de faire des rapprochements entre mes héroïnes et moi, ce me serait bien agréable...
– Bien, dit Harold. Je dois partir, maintenant. Tu restes à la maison jusqu'à quelle heure ?
– J'ai deux heures encore à travailler.
– Alors à ce soir, mon amour.
Entre eux tout était harmonieux, élégant et net. Corps et âmes étaient exempts de tout chantage. Une relation « qui pourrait durer », songea Géraldine.

❋
❋ ❋

Éberlé reçut la lettre de Géraldine dans le courrier « personnel » non ouvert que lui présentait sa secrétaire intérimaire. Il la lut avec fureur. Chaque mot le prenait à rebrousse-poil. Cette fille impertinente osait lui donner des leçons, lui signifier qu'elle ne voulait pas de son argent – de fait, le chèque était glissé dans l'enveloppe –, qu'elle n'était pas faite pour mener des enquêtes et que son destin, c'était d'écrire de la fiction. « Écrire ! jura Éberlé. Cette gonzesse se permet de dire qu'il est plus facile d'inventer que de dépeindre la vérité ! » Humilié, il aurait aimé disposer de cette fille d'une manière ou d'une autre. Qu'elle soit réduite à l'état de SDF. « Il doit y avoir des femmes SDF », se dit-il, goguenard. Qu'elle le supplie de lui accorder un emploi, fût-ce de gardienne de nuit ou de standardiste remplaçante. N'importe quoi. Il lui répondrait : « Peut-être... Mais, dites-moi, ce que vous appelez l'"imagination" ne sert donc strictement à rien ? Vous n'avez pas pu imaginer une histoire bonne à être publiée, qui vous permette de gagner un peu d'argent ?... »

Puis, parce qu'à défaut du sens de la justice, il avait celui, inné, des rapports de forces, il donna instruction à la secrétaire de rechercher le dossier Kaufmann. « Un dossier assez mince, dit-il. Je ne sais plus au juste quel était le titre, mais il y a le nom dessus. Apportez-le-moi. » Il l'eut sur son bureau quelques minutes avant la réunion avec plusieurs représentants qui étaient censés partir répandre la bonne parole aux libraires. Il était temps de prévenir ces derniers de ce que les éditions Éberlé leur réservait, à eux et à leur clientèle, pour la rentrée littéraire.

Il faisait semblant d'être sûr de lui. Il s'adressa à eux sur un ton fraternel :

– Merci d'être tous là ! Grâce à vous, une modeste maison comme la mienne a sa place préservée chez les bons libraires.

Un des représentants intervint :

– Monsieur Éberlé, nous rencontrons de plus en plus de problèmes. La masse des parutions les submerge de toutes parts.

– Dites-le à mes collègues. Moi, pour vivre et vous faire vivre, je dois maintenir le rythme. Nous allons donc sortir en septembre trente-sept titres.

– Trente-sept ! s'exclamèrent les commerciaux. Trente-sept ? Et en octobre ?

– Vingt-huit.

L'un des représentants – il avait un vaste territoire à prospecter – intervint :

– Avez-vous une idée, monsieur, de ce que les éditeurs infligent aux libraires ? D'après le décompte approximatif que nous avons fait, nous allons frôler cette année les sept cents romans, malgré la crise que chacun déplore. Sept cents romans concentrés sur septembre et octobre. Des inconnus, des moyennement connus, des célèbres... Un assortiment qui, hélas, est loin d'être extraordinaire...

Éberlé répliqua avec fièvre :

– Il faut vivre avec son époque ! Or notre époque, c'est le choix. Dans un supermarché, vous êtes confronté à vingt-cinq sortes de nouilles et à autant de marques de sauce tomate. Quant aux chocolats... regardez donc les chocolats ! Ne parlons même pas des conserves de légumes. Pourquoi voudriez-vous qu'un client qui pénètre dans une librairie ne soit pas lui aussi sidéré, emporté par le choix des titres ? Ne serait-ce qu'au rayon « mieux vivre », « bien vivre », « contre le mal de vivre », « lutte contre le stress et l'angoisse » : regardez comme il y a le choix ! Et seul Éberlé devrait faire marche arrière et se restreindre ? Je souligne la présence en cette rentrée de notre joyau littéraire, *Le Funambule* III. Et il n'est pas exclu que je vous surprenne avec un roman de très large diffusion…

– Quand ? demandèrent-ils. Quand ? Le temps presse…

Éberlé se fit confidentiel :

– J'ai mon joker, mais je ne peux vous en dire plus.

Son regard s'égara puis se fixa sur le dossier que la secrétaire avait déposé sur son bureau : « *Les Forbans de l'amour* : chapitres 1 et 2 – Géraldine Kaufmann ».

Chapitre 14

Éberlé prit le dossier contenant les cinquante pages. Il se précipita à son rendez-vous dans un bistrot avec l'Émissaire. Celui-ci réclama toute une corbeille de croissants qu'il dévora. Trois croissants : neuf bouchées. Il consommait tout en parlant.

– Éberlé, lui dit-il, je n'ai pas de bonnes nouvelles pour vous. Ils ne souhaitent pas acheter votre maison pour le moment. Le temps travaille pour eux. Ils tablent sur votre faillite. Ils vous savent gravement endetté. Ce qui ne vous dissuade pas de publier encore un grand nombre de titres. Je crois, Éberlé, dit-il en faisant signe au garçon de lui servir un second café, qu'il vaudrait mieux pour vous mettre la clé sous la porte et ne pas essayer de vous prolonger jusqu'à la rentrée 2005. Comment allez-vous faire pendant un an ? Hypothéquer votre immeuble ? En effet, il vaut beaucoup d'argent... Mais, ensuite, il ne vous restera plus que votre ferme à vendre.

Éberlé détestait qu'on compte ce qui lui restait dans la poche. L'autre ajouta que même en affaires, il fallait de l'imagination.

– Je manque d'imagination, dites-vous ?

– Cela fait des années que vous n'avez pu présenter un seul personnage étonnant, ni même un texte qui retienne l'intérêt. Vous n'avez pas su attirer l'attention sur vous en révélant quelque penseur caché...

– Quel penseur caché ?

– N'importe quel transfuge de n'importe quel pays où les gens sont persécutés pour ce qu'ils pensent. Vous auriez pu publier un dissident chinois, par exemple. Ou un Afghan. Ou le dernier des Bagdadis à végéter dans une cache et à écrire sous les bombes. Vous n'avez pas d'idéologie propre, Éberlé, et vous n'avez pas assez d'envergure intellectuelle pour en lancer une qui paraisse inédite... Vous auriez pu alors prétendre au Médicis-essai, au prix Décembre ou à celui des Deux-Magots, lui aussi très coté. Éberlé, il vous manque aussi la considération de vos pairs. Pourquoi ne changez-vous pas de métier ? Il paraît que l'imprimerie de votre père marche très bien : retournez là-bas, imprimez des livres pour le compte d'autres éditeurs. Il y a beaucoup de gens qui font discrètement faillite – on n'en parle pas – et qui ne disposent pas, comme vous, d'une base de repli. C'est de l'or en barres, votre imprimerie ! D'après les dernières nouvelles, elle est à présent entièrement informatisée.

– J'aurai mon succès d'automne ! dit Éberlé. Je vous garantis que j'aurai mon succès ! J'ai quelqu'un à lancer. Il me faut encore deux ou trois semaines...

– Pourquoi devrais-je vous croire ? soupira l'Émissaire. Vous n'êtes pas seul à vous trouver dans l'embarras. C'est tout notre pays qui manque d'imagination. La France est devenue un petit canton, comparé aux étendues d'Amérique où, quand on passe d'un État à l'autre, on change d'état civil et de mentalité comme de chemise, pour ne même pas parler de changer de femme ! Il y a l'Australie, ses kangourous, ses aborigènes. Et la nouvelle Europe de l'Est... Le monde est grand et s'exprime en anglais. Et plus ce monde s'élargit, plus il parle anglais. La France rapetisse, elle se replie sur ses traditions, ses plats mijotés, ses politiciens ringards, sa belle langue que de moins en moins de gens pratiquent...

Éberlé fronça les sourcils.

– Vladimir – il était extrêmement rare qu'il emploie le prénom de l'Émissaire –, en avez-vous terminé avec votre chant du cygne ?

– Voilà qui est bien dit, fit-il. « Chant du cygne »... C'est lyrique à souhait. L'expression remonte à quel siècle ?

Il se pencha en avant.

– Je suis engagé par deux maisons d'édition russes qui vont republier les grands classiques français. Je nage dans le bonheur, car pour les conseiller, je vais enfin pouvoir lire et relire ce qui me plaît. Puis il me faudra aussi les conseiller dans l'achat des grands Américains de naguère comme Tennessee Williams, Thornton Wilder... Comme un énorme aspirateur, les Russes vont continuer à puiser parmi les trésors des cultures occidentales. Là-bas, les écrits actuels n'intéressent personne. Vous comprenez ? Sans un coup d'éclat extraordinaire, Éberlé, vous ne pouvez pas faire parler de vous.

– J'ai édité Isaac Holber...

– Oui, oui... Vous avez édité Isaac Holber, et il est mort aussitôt. La plaquette a disparu dans les bureaux de la rédaction du *Nouvel Observateur,* car vous ne leur avez envoyé qu'un seul exemplaire et quelqu'un l'a barboté. Il n'a jamais eu son article. Vous n'avez pas su vous organiser. Il n'y a jamais eu déferlement des médias sur une de vos productions... Éberlé, le meilleur conseil que j'aie à vous donner...

Il se tourna vers le garçon qui passait.

– Vous auriez un pain aux raisins ? Oui ? S'il vous plaît, faites-le chauffer au micro-ondes...

Il se retourna vers Éberlé :

– Prenez votre retraite. Financièrement, vous n'aurez pas trop de problèmes : l'imprimerie de papa marche, vous avez pour vos vacances la ferme à Senlis... Mariez-vous ! À votre âge, on peut facilement harponner une fille de vingt ans, ne serait-ce que pour quelques années... À propos, qu'est devenue votre Creusoise de vingt-trois ans ?

Éberlé avait recouvré d'instinct quelques restes d'une bonne éducation de jadis. Il avait l'impression que Vladimir parlait des femmes comme de pouliches à la vente annuelle des yearlings.

– Je l'ai, cette jeune femme ! s'écria-t-il. Je l'ai ! Je vous en ai parlé. L'imagination ? Elle en a à revendre. Elle est française de souche. Elle sera la révélation...

– Oui, dit l'Émissaire. Oui... Sauf que je ne serai plus là pour porter la bonne parole. Dans dix jours, je suis à Moscou. Je vais descendre dans un hôtel agréable, tous frais payés, puis je regarderai passer les jeunes Moscovites. Elles sont grandes, elles ont de grands pieds, de grandes bouches, de grands yeux. C'est un autre monde. J'ai mes références : mes arrière-grands-parents et mes grands-parents étaient de vrais Russes. Je vais réapprendre sans mal la langue : je l'ai déjà dans les gènes.

– Opportuniste ! marmonna Éberlé. Vous étiez celui qui fabriquait les trois quarts des prix d'automne, et vous fichez le camp à Moscou ?

– C'est ainsi, dit l'Émissaire. J'ai toujours su à quel moment il fallait partir, et dans quelle direction. C'est tout ce que je vous souhaite. Au revoir, monsieur Éberlé, cher ami...

❋
❋ ❋

Éberlé rentra chez lui, dépité et amer. Il était bel et bien pris dans la spirale de la faillite. Il se rappela la conversation qu'il avait eue avec Philippe, l'attaché de presse, juste avant de quitter la maison d'édition, dans la cour pavée. L'Espagnol était pâle et Éberlé lui avait dit :

– Vous avez mauvaise mine, Philippe.

Celui-ci avait répondu :

– Et je risque d'avoir de plus en plus mauvaise mine. Je ne peux plus parler aux journalistes. Ils ne me prennent plus au téléphone. C'est un martyre... Pour eux aussi, c'est un martyre. Les livres arrivent. Chez certains, une femme de ménage déballe les paquets, car eux-mêmes n'ont plus le temps d'ouvrir quoi que ce soit. C'est la marée montante. Dès qu'ils en retiennent deux ou trois, qu'ils mettent sur leur bureau, la livraison d'après – quelques heures plus tard – repousse déjà ceux qu'ils avaient choisis.

– Merci bien, dit Éberlé. Ce qui veut dire que vous n'obtenez rien pour nous ?

– Je vous répète, monsieur, que je vais quitter le métier. Si on ne trouve pas quelque chose d'exceptionnel, je n'arriverai à rien... L'époque n'est plus que surenchère. Il y a un fait sensationnel, un drame sans précédent, une explosion de violence et de sang deux fois par jour ! On ne peut plus faire concurrence à l'Histoire. On ne peut plus... Je vais vous quitter, monsieur, je voulais vous l'annoncer...

– Vous me quittez ? Qui vais-je trouver pour la rentrée littéraire ? Qui ?

Philippe ferma les paupières.

– La rentrée ! C'est de Niagara littéraire qu'il faudrait parler... Les libraires sont les derniers héros. Ils tombent au champ d'honneur sous l'avalanche des livraisons. Ils n'ont même plus le temps d'avaler un morceau. Il leur faut emballer, déballer, ranger, répertorier. Puis débarque un client qui demande un titre d'il y a trente ou quarante ans. Il faut chercher sur l'ordinateur et, s'il reste un seul volume en stock chez l'éditeur, le commander. Quinze jours de délai pour l'obtenir, si tout va bien. Pendant que les nouveautés déferlent et inondent. Et...

– Calmez-vous ! lui ordonna Éberlé. Honnêtement, vous ne pouvez pas me quitter avant octobre.

– Qu'est-ce qui se passe en octobre, monsieur ?

– Les dés seront jetés.

Il repensa à une scène d'un *James Bond* où Roger Moore jette les dés pipés de son adversaire sur la table et sort un double six.

– Il pouvait le faire...

– Quoi donc ? demanda l'Espagnol.

– Jouer ! Moi aussi, je vais jouer. Restez avec moi jusqu'en octobre, je vous en prie. Je vous promets une nouvelle sensationnelle, comme vous dites, que vous allez pouvoir colporter. Je vous aiderai.

– Vous allez m'aider à vous vendre ?

– Oui, oui !

Soudain il ajouta avec fièvre :

– C'est moi-même qui vais publier un livre !

– Vous, publier un livre en tant qu'éditeur ?

– Oui ! Je vais décrire ma rencontre avec l'Imagination en tant que donnée génétique.

– L'idée a beau être insolite, dit Philippe, elle n'intéressera strictement personne. On n'a jamais pu définir ce qu'est l'imagination.

– Moi, si ! s'entêta Éberlé. Oui. J'ai commencé à écrire un fabuleux petit essai sur ce phénomène, mais je l'ai gardé caché. J'aurais fait trop de jaloux... Un crime, un attentat, même un geste d'amour, tout est imagination...

– Si vous écrivez des choses dans ce goût-là, vous allez être abreuvé d'injures ! On ne peut plus prendre le métro ou le train sans avoir la gorge serrée... C'est l'imagination *littéraire* qui fait défaut. Ce qu'il nous faudrait, c'est quelqu'un qui, dans le bon ou le mauvais sens – toujours le duel entre le Bien et le Mal –, nous emporterait dans un monde de son invention. Quelqu'un qui nous dépayse pour de bon, monsieur Éberlé !

– Donnez-moi encore un peu de temps, et vous verrez...

Chapitre 15

Heureusement, il y eut un petit passage de nuages au-dessus de la capitale, quelques gouttes de pluie qui permirent à Éberlé de prendre dans son vestiaire personnel son imper léger. Il s'en servit pour cacher le manuscrit de Géraldine. Il ne voulait pas quitter la maison d'édition avec un dossier sous le bras. On ne le voyait jamais que les mains libres.

La circulation était dense et son taxi, bloqué dans les files de voitures, s'arrêtait à tout moment. Le compteur tournait.

Parvenu devant son immeuble, Éberlé régla la course et monta chez lui. Sitôt entré, il aperçut, comme d'habitude, le tableau qui lui restait de son père : le portrait d'un typographe penché sur un casier où il triait des lettres en plomb. Trésor familial vénéré par sa mère et apprécié par son père, ce tableau témoignait d'une époque où les livres naissaient d'une main-d'œuvre au sens propre du terme.

Il se dirigea vers le réfrigérateur et y prit deux bouteilles de thé glacé. Il les achetait par caisses entières, tant il aimait cet excitant d'apparence anodine qui l'apaisait et le stimulait à la fois. Il jeta son imperméable sur une chaise. Il y avait déjà dans ce geste la rage de ne pas pouvoir quitter cet appartement. Il brûlait d'envie de partir aussitôt pour Senlis, mais le lendemain vendredi il allait devoir encore affronter ses collaborateurs qui attendaient de lui le salut, le sauvetage de l'entreprise. Il se voyait déjà brandir le dossier de Géraldine. Mais qu'allait-il leur dire ?

Il poussa un soupir. Il alla dans sa chambre et s'étendit sur le vieux couvre-lit qui ne l'avait plus quitté depuis Lille. Il vivait dans un reste de mobilier appartenant à la maison qui jouxtait l'imprimerie.

Il dévissa la capsule d'une bouteille de thé et but au goulot. « Trop froid », pensa-t-il. Il fallait en passer par la lecture. Il regarda sur le dossier l'énergique écriture de la fille. « Géraldine Kaufmann », tracé au crayon feutre. Un prénom vieillot, assez commun. Géraldine ! Qui pouvait avoir eu l'idée d'affubler d'un nom pareil une pauvre fillette vagissante ? Géraldine ! Elle devrait changer de nom, ou se résoudre à devenir, comme la plupart des bonnes femmes, mère au foyer. Avoir les hanches larges. Faire des courses dans les supermarchés. Il avait décidé qu'elle collectionnerait ces petits tickets qui donnent droit à des ristournes en fin de mois. Combien de fois ne l'avait-on pas fait attendre, lui, Éberlé, quand il faisait ses courses, parce qu'en tête de la file d'attente il se trouvait quelqu'un pour troquer sa récolte de petits tickets contre des centimes d'euro !

Il prit la première page et commença à lire *méchamment*. Il désignait par là une façon mauvaise de traquer les défauts de ponctuation, de déplacer une virgule, de repérer une répétition, ou, avec l'œil d'un chasseur, de débusquer les fautes de frappe. Il se promettait déjà de remballer le texte au bout de quatre ou cinq pages, sous prétexte qu'il n'était pas passé entre les mains d'un correcteur et qu'on lui servait un brouillon ni fait ni à faire, quand il lut les premières phrases :

LE ROMAN DE GÉRALDINE

Frida se tenait au premier étage. Dans l'escalier royal qui reliait ce large palier à l'immense salon, elle attendait dans sa robe brodée. Elle leva les bras pour saluer le public installé dans de confortables fauteuils. Toutes les femmes de la bonne société viennoise étaient là et la regardaient avec une admiration certaine.

– Mesdames, dit-elle d'une voix claire et harmonieuse, bonjour ! Dans quelques minutes, toute une année de travail fervent, d'amour de la création au service de votre élégance, passera devant vous. Notre défilé va commencer...

Une double porte s'ouvrit. Sortirent un à un des mannequins vêtus d'un chemisier et d'une jupe longue en cuir, chacun portant un chapeau extraordinaire. Aussitôt les applaudissements retentirent. « C'est donc ça ? se dit Frida. C'est donc ça, le goût du succès ?... » Elle entendait les murmures monter jusqu'à elle. « *Éblouissant...* » « *Unique...* » « *Oh, regardez ce chapeau qui s'envole !* » « *Merveilleux...* »

Les chapeaux créés par Frida Even étaient célèbres dans le monde entier. On venait de New York, de Londres, de Berlin, de toutes les autres capitales européennes assister à ses présentations. Vienne était devenue grâce à elle la Nouvelle Rome des chapeaux. Frida avait construit un empire grâce à ses étranges créations, plus proches du règne des libellules ou des volatiles exotiques que des coiffures utilitaires. Elle avait son secret. Les chapeaux sortis de ses mains portaient sa griffe et devenaient l'emblème du goût et de la fortune de la femme qui les portait.

Par la porte arrière de l'hôtel particulier, réservée au personnel, entra un homme en civil accompagné de deux policiers armés. Se hissant d'un étage à l'autre par l'escalier dit de service, ils se retrouvèrent bientôt dans la pièce d'où sortaient les mannequins. Il ne restait plus qu'à ouvrir la porte, franchir le seuil, et noyer dans les cris de panique et d'indignation cette présentation dont le seul défaut, capital, tenait aux origines de Frida Even. Son vrai patronyme était Epstein. Elle n'avait plus le droit de jouer un rôle éminent dans la mode. On ne lui reconnaissait plus celui de marcher sur un trottoir, elle devait en descendre et avancer dans le caniveau. Et, malgré cela, elle avait osé organiser une présentation de cette envergure ?...

*
* *

Éberlé jeta le manuscrit avec rage. « Encore une affaire de persécutions antijuives que cette gonzesse nous ramène ! Mais on n'en aura donc jamais fini ! » Il avait résolu de ne pas même ramasser le manuscrit. Pourtant, il se ravisa, il voulait savoir comment cette femme allait être arrêtée. En 1938, à Vienne, la situation était-elle déjà si périlleuse ? Quel intérêt de provoquer un scandale au cours d'une présentation aussi chic et de donner une si piètre image de la police viennoise ? Pourquoi fallait-il s'attaquer à une femme aussi belle et respectable ? Qu'est-ce que cette Géraldine avait bien pu inventer pour justifier ça ? En 1938, qu'est-ce qui s'était donc passé en 1938 ? Quel âge avait cette Frida, en 1938 ? D'après ce que lui avait dit Géraldine, le roman commençait par une femme née en 1900. Frida avait donc trente-huit ans. Quelle était sa situation familiale ? Pourquoi une femme qui avait édifié une affaire pareille devait-elle succomber à l'un des *Forbans de l'amour* ? Pour quelle raison n'était-elle pas déjà partie de l'autre côté de l'Atlantique ?

Chaque ligne était une marche destinée à faire monter la tension. Éberlé devenait captif d'une histoire qu'il ne parvenait plus à lâcher. La guerre, les persécutions n'étaient plus qu'un arrière-plan. La menace coupait le souffle au lecteur qui s'attachait de plus en plus à Frida, aussi élégante et intelligente que vulnérable.

À la fin de la troisième page, une des filles, bras droit de Frida, lui annonçait que des policiers avaient fait irruption dans la pièce où se tenaient les mannequins :

Frida leva le bras et s'adressa au public :
– Je vous donne tout le temps de goûter le plaisir que vous apporte la vue de ces jeunes filles coiffées de mes messages d'amour : mes chapeaux. Je reviens dans cinq minutes, si vous permettez. On vient de m'annoncer une curieuse nouvelle.
Puis elle quitta la galerie et s'en fut par une enfilade de petites pièces et de couloirs intérieurs jusqu'à son bureau. Elle se changea et, vêtue d'un costume masculin, affublée de lunettes et d'une perruque de cheveux courts, déguisée en jeune homme ou en jeune femme du style « garçonne », elle sortit dans la rue par une troisième issue. Elle passa avec nonchalance près d'une voiture de police et, une fois qu'elle se fut suffisamment éloignée, elle se mit à courir.

« Pourquoi diable…, s'interrogea Éberlé. Pourquoi diable ne puis-je pas me détacher de cette histoire ? Comment ai-je pu me laisser accaparer par une aventure aussi… » – il pensa, penaud : « rocambolesque ? » Oui, c'est ce que la presse en dirait : « rocambolesque ». Sauf que Géraldine pourrait se trouver épargnée. Il s'agissait de la période nazie, des persécutions antijuives. Le sujet était toujours respecté. Oui, mais qu'en était-il de cette femme ? Que savait-elle d'avance pour être aussi bien préparée à la fuite ? Il fallait reprendre de nouvelles pages. Avoir la suite. Voir comment l'homme qui attendait non loin de l'immeuble chic, dans une rue passante appelée la Kleeblattgasse, parallèle à la Kärntnerstrasse, comment cet homme la sauverait.

On était à Vienne, dont le cœur battait. Vienne, décrite avec amour et précision. Il ne savait pas, Éberlé, combien Vienne était une belle ville. Il ignorait tout de la Kärntnerstrasse. Il ne savait pas davantage que la Kleeblattgasse avait conservé ses vieilles maisons datant de 1500, 1600, où logeait une population ni riche ni pauvre. Il se sentait happé par les dédales d'une Europe inconnue. Les yeux rougis de rage, il découvrait que cette histoire l'intéressait.

Il se serait volontiers cogné la tête contre les murs. Il avait envie de taper du pied dans le béton comme un vieux gosse emporté par la hargne. Il s'acharnait à nier qu'il s'intéressait à la suite. Il regarda autour de lui. Il lui arrivait souvent de craindre d'être filmé par une caméra camouflée dans les stucs du plafond. Il se trouva ridicule et se demanda ce qui pouvait bien être arrivé à cette femme, partie aussi habilement de son hôtel particulier. Il retrouva la page 50 et la retourna dans l'espoir qu'il y aurait au verso quelques lignes de plus. Rien.

Il tournait en rond. Et si jamais le grand public, si maltraité par l'ennui généralisé, éprouvait la même impatience, la même frustration que lui ? Géraldine avait tenté de lui expliquer qu'il y aurait trois générations de femmes. Donc, celle-ci allait être sauvée. Mais où, comment ?

La mort dans l'âme, il feuilleta de nouveau les cinquante pages et découvrit, affolé, au dos de la page 14, cette inscription au crayon : « *Idées de nouvelles* ». Cette tête en l'air de Géraldine n'avait donc pas d'autre papier sous la main pour utiliser son propre manuscrit comme bloc-notes ! Il déchiffra trois, quatre titres prometteurs :

1. *L'homme au chien* (il ne reviendra jamais plus chez lui) ;
2. *Rendez-vous au salon de thé* (fin tragique au rayon pâtisserie) ;
3. *On ne doit jamais sauver la vie de personne...*

Il déposa le feuillet et perçut une sorte de râle. C'était lui. Hormis la femme qui courait dans les rues de Vienne, il y avait d'autres personnages et leurs mystères. Il fit de tête un rapide calcul. Si, pour chaque titre noté, elle pouvait composer des récits de cent à cent quarante pages, il tenait un phénomène : celle qui sait inventer. Ayant pris un calmant, allongé sur son vieux lit dont il avait repoussé la couverture en patchwork sur le parquet, il échafauda un plan. Il fallait inviter Géraldine à la ferme et lui faire avouer son secret.

Devait-il déjà demander, par l'intermédiaire de Harold, les quatre cent cinquante pages manquantes qu'il pourrait dévorer en une nuit si cette garce était capable de tenir l'attention éveillée à ce point ? Il se leva et se mit à tourner en rond dans l'appartement dont les murs semblaient se resserrer sur lui. Il essaya de se remémorer l'aspect physique de Géraldine. Sa fragilité. Sa démarche légèrement claudicante à cause de la jambe qu'elle traînait. Ses yeux immenses... Qu'est-ce qui se passait dans son esprit pour qu'elle pût décider seule de la destination de la femme qui courait dans Vienne ? Pourquoi l'homme au chien, annoncé dans une note, ne rentrait-il plus chez lui ? Géraldine était-elle elle-même une créature née d'un fantasme d'éditeur ? Pourrait-on éventuellement la séquestrer afin de la faire écrire de jour comme de nuit ? En la laissant juste respirer une heure du côté de l'étang ? Si elle criait au secours, personne ne l'entendrait. Le soir venu, le coassement des grenouilles recouvrait tout autre bruit...

« Du calme, Éberlé ! se dit-il. Du calme ! » Il fallait reprendre contact sans perdre la face. Il chercha éperdument le bout de papier sur lequel il avait noté le numéro de portable de Harold. Affolé, il vida ses poches. En tomba un amas de Kleenex chiffonnés mêlés à ces tablettes de chewing-gum garantissant à leur utilisateur une haleine aussi fraîche que conquérante. Puis, ô miracle, il retrouva le numéro dans la poche son imper minable. Avant d'appeler, il se précipita à la cuisine. Il but quelques gorgées d'une eau tiédasse, un fond de bouteille oublié, puis il composa le numéro.

*
* *

– Laisse tomber, chuchota Géraldine, les lèvres dans le cou de Harold.

Ils étaient couchés côte à côte, soudés dans une infinie tendresse.

– Ne prends pas ! répéta-t-elle.

Harold retrouva son téléphone portable dans les replis du drap et lut le numéro d'appel.

– C'est Éberlé, dit-il.

– Je ne veux plus entendre parler de ce monstre, dit Géraldine.
– Monstre ou pas, dit Harold, c'est un éditeur. Tu ne dois pas le jeter sans savoir ce qu'il veut.
– Vas-y, soupira Géraldine.
Elle tira la couverture sur sa tête.
Éberlé était tout miel :
– Harold, je vous dérange, n'est-ce pas ?
– Du tout, monsieur Éberlé. Si je peux vous rendre service...
– Oui, dit l'homme, soudain fébrile. Oui ! Est-ce que vous pourriez renouer le contact avec Mlle Kaufmann ?
– Je crois, dit Harold. Demain ?
La main d'Éberlé qui tenait le téléphone tremblait si fort qu'à un moment donné, la communication fut interrompue. Il renouvela l'appel.
– J'aimerais la rencontrer de manière paisible, dans un cadre un peu plus familial. L'inviter à Senlis... Demain, samedi ? Ce n'est qu'à une heure de Paris...
Harold tira sur la couverture pour dégager la tête de Géraldine et dit à Éberlé :
– Une seconde, s'il vous plaît : on sonne. Je reviens...
Il glissa l'appareil sous la couverture et fit part de l'invitation à la jeune femme.
– Pas la peine, dit-elle. On se déteste tant que l'un de nous deux serait mort avant le soir...
– Je ne peux pas lui répondre ça ! fit Harold.
– Si c'est toi qui m'y conduis, d'accord pour une demi-heure... Pas plus.

– Ça ne lui conviendra pas.
– Alors je n'y vais pas.

Harold reprit le téléphone. Éberlé, livide, pressa son propre appareil contre sa joue.

– Je crois que je pourrai persuader Mlle Kaufmann, lui dit le jeune Allemand. Comme j'ai des amis à voir à Senlis, je la déposerai chez vous. Je la reprendrai plus tard.

Éberlé accepta l'offre. Il décrivit minutieusement l'itinéraire. Il signala qu'il valait mieux éviter la voisine, une femme trop curieuse.

– Je vous amène Mlle Kaufmann vers dix-neuf heures ?

– Parfait, dit Éberlé.

– Et je viens la rechercher à quelle heure ?

– Le téléphone portable nous permettra d'en convenir... Vous pourriez aussi vous joindre à nous et prendre un verre avant de repartir.

Il devenait soudain mondain. Il pensait que Mlle Kaufmann ne ressortirait peut-être jamais plus de la ferme. Harold pourrait la chercher longtemps. Il dirait : « Elle est sans doute partie faire un tour en forêt ». Il souriait, presque heureux.

Chapitre 16

Ils arrivèrent à Senlis vers dix-neuf heures. Harold avait été retardé au départ de Paris. Puis il y avait eu un embouteillage, et une pluie violente. Les essuie-glaces allaient et venaient. Géraldine dit :
– Au moins, nous avons une certitude...
– Laquelle ?
– La voisine ne va pas nous repérer.
– D'après Mme Varoon, se remémora Harold, il faut tourner deux fois sur une route vicinale, puis prendre un chemin à peine praticable pour arriver côté forêt.
– Je ne voudrais pas créer d'incident, dit Géraldine. Si Éberlé découvre qu'on est déjà venus dans les parages...
La pluie tombait si fort qu'ils avaient l'impression que des grêlons heurtaient le toit de la voiture.
– Il faut échapper à l'œil de la voisine. Les gens curieux observent même lorsqu'il pleut.
Ils repérèrent l'arrière de la ferme et purent deviner la pièce d'eau. Il faisait encore assez clair

pour discerner des rosiers ainsi que des plates-bandes que Géraldine présuma appartenir au potager. Harold gara la voiture.

– Tu as ton téléphone portable : tu peux m'appeler à n'importe quel moment, je viens te chercher. Mais ne l'envoie pas promener tout de suite. Montre un peu de patience. Il n'y a pas d'éditeur parfait. Éberlé me semble intéressé ou par toi, ou par le début de ton livre. Quoi qu'il arrive, quoi qu'il dise, pense que cet homme, s'il le veut, peut publier ton roman à la rentrée...

– Je ne le supporte pas, ton Éberlé, dit Géraldine.

– Qu'importe ! Qu'il publie le livre ! Ensuite, tu fais ton service de presse et tu ne le revois plus. Si jamais tu obtiens un petit succès, s'il en vend un peu plus que prévu...

– Parce qu'il aura prévu quoi ?

– Je n'en sais rien, Géraldine. Quand un livre ne se vend pas, il ne se vend pas.

– Et qu'est-ce que je fais ici, moi ?

– Ton livre l'a séduit, ou il trouve tes yeux magnifiques...

– Si ce sale type veut me toucher, je crie et je t'appelle. Tu as bien réglé mon téléphone ? Il suffit que j'appuie sur le bouton pour que ça sonne ? Même si je ne peux pas parler, tu arrives ?

– On ne va pas chez un ogre. C'est une invitation pour faire mieux connaissance. Tu as déjà déjeuné en tête à tête avec lui dans un restaurant chic. Maintenant, tu es invitée chez lui, dans sa ferme.

– Pourquoi il ne voulait pas que tu restes avec moi ? demanda Géraldine.

Elle regarda la pluie ruisseler sur le pare-brise, le long des fenêtres, et ajouta :

– Si je sors, j'aurai de la gadoue jusqu'aux chevilles.

– Qu'importe, dit Harold. Regarde le petit chemin, là : tu continues, tu dépasses les buissons et tu arrives à la porte grillagée.

– Dis-moi une seule chose : pourquoi j'arriverais par ce côté-ci, alors qu'il nous a indiqué l'entrée principale ?

– On dira qu'on s'est égarés, répondit Harold. Nous sommes des doux rêveurs qui n'ont pas le sens de l'orientation. On a tourné en rond, on a été un peu désorientés par tous ces hauts murs, puis, soudain, un espace dégagé, la forêt, le chemin : on arrive chez lui. Si la porte qu'on aperçoit d'ici est fermée, tu fais des grands signes. Il doit t'attendre et guetter ton arrivée des deux côtés.

– Tu me laisses donc au Motel Bates...

– C'est quoi encore, cette idée ? s'exclama Harold. Qu'est-ce que c'est, le Motel Bates ?

– Si on se trouvait au bord d'une route nationale, je dirais que de cette ferme sordide on pourrait faire un motel, comme dans *Psychose*. Et lui, il pourrait attendre les gens pour...

– Géraldine, je vais te ramener ! Si tu te comportes de cette manière-là avec ce pauvre homme, même moi il me virera, parce qu'il aura fini par me prendre en grippe. J'avais encore besoin de quelques mois pour me faire à votre étrange mode de travail où tout le monde court en permanence, tout le monde est stressé, surmené, jamais personne n'est en avance, tout est catastrophe à la veille d'une parution, et puis, soudain, tout devient parfait. Je suis venu apprendre ici la méthode de travail des Français...

— Bon, soupira Géraldine, j'y vais... Le temps que je traverse ces buissons, il sera dix-neuf heures trente-cinq. J'appellerai, il m'ouvrira et me proposera à boire. Puis...

— Ne raconte pas à l'avance ce que tu vas faire, dit Harold. Laisse un petit espace libre à l'imprévu, tu veux bien ? De quoi as-tu peur ?

— Si je le savais... Je crois que j'aurais besoin d'un... soutien psychologique avant de revoir cet éditeur !

— Mais il ne t'a jamais rien dit de très désagréable.

— Non, dit Géraldine. Il a juste voulu me dégoûter de la vie... C'est tout.

Harold tourna la clé de contact ; la voiture redémarra en marche arrière.

— Tu fais quoi ? s'enquit Géraldine.

— On rentre à Paris. Je ne vais pas te laisser y aller dans ces conditions. Il faut sans doute se fier à ton instinct.

— Non ! dit-elle.

Il coupa le moteur. Géraldine descendit et, après lui avoir fait un petit signe, ouvrit son parapluie et partit d'un pas incertain, traînant sa jambe gauche plus qu'à l'ordinaire. Avec son parapluie d'un rouge éclatant, elle ressemblait à un champignon. Le rouge jouait à cache-cache entre les buissons. On la devinait dans les tournants du chemin. Harold l'aperçut devant le portail qu'elle réussit à ouvrir. « Ça y est, pensa Harold. Maintenant, il faut que je parte... »

Elle avança. La porte était encadrée de ce côté-là aussi par deux vasques débordant de géraniums. Éberlé, qui devait l'avoir guettée des deux côtés de la maison, se tenait dans l'embrasure de la porte. Il portait un élégant pull à col roulé blanc, un pantalon gris impeccable, des chaussures marron. Il ouvrit les bras et dit :

– Voilà la jeune fille au parapluie rouge ! Quel plaisir de vous revoir ! Mais pourquoi diable venez-vous par ce côté-là ? Harold aurait pu vous conduire jusqu'à l'entrée principale, et même vous accompagner jusqu'à mon salon. Je lui aurais proposé un verre...

– On a cru que vous ne vouliez pas de nous deux, dit Géraldine, soulagée.

Elle replia le parapluie avant de pénétrer dans la grande pièce. Le sol était pavé. Elle devait faire attention à ne pas glisser.

– Entrez, entrez, ma chère, lui dit Éberlé.

Elle était désorientée. La pièce était bien différente de celle qu'ils avaient visitée en compagnie de la voisine. Pas de grande bibliothèque de ce côté-ci. Il y avait une cheminée avec, de chaque côté, sur le mur crépi, une tête de cerf aux yeux brillants.

– C'est grand, chez vous, fit-elle.

– En effet, dit-il. Et vous n'avez pas encore vu le devant. J'y ai une belle bibliothèque, qui donne malheureusement sur une cour commune que je partage avec la voisine.

Éberlé prit le parapluie qu'elle tenait d'un air emprunté. Il le rouvrit et le posa un peu plus loin sur le sol. Elle détourna le regard des têtes de cerfs.

– C'est vous qui les avez tués ?

– Mais non, dit Éberlé. Elles décoraient cette ferme. Elles sont mitées. Ici, tout est si ancien...

Il désigna l'épais plateau d'une immense table.

– Venez, asseyez-vous et admirez. Ce plateau a au moins deux cents ans. Celui qui a confectionné cette table a découpé le tronc de telle manière qu'on puisse discerner dans l'épaisseur les cercles de vie de l'arbre. Regardez... Rien de plus beau que ces dessins, vous ne trouvez pas ? J'entretiens moi-même ce bois noble avec une cire spéciale.

Elle s'assit sur la banquette et effleura le magnifique plateau de table. Éberlé se pencha sur les nervures du bois et dit :

– Comme un corps humain vieilli...

– Je refuse d'imaginer que votre table est un corps humain.

– D'accord : pas humain. Le corps d'un vieil arbre. C'est naturel, c'est beau. Ce genre d'artisanat remonte à quelque deux cents ans. Mon père, qui était imprimeur, adorait ce genre de pièces.

– Et vous aimez vous tenir dans cette salle ? demanda-t-elle. Avec ces deux cerfs qui vous observent...

– Vous êtes une grande sensible... J'ai lu vos cinquante premières pages, Géraldine.

Le cœur de la jeune femme battait.

– Alors ? dit-elle. Qu'en pensez-vous ?

– Je trouve ça intéressant. Je veux dire : plus qu'intéressant. C'est même très bien.

Géraldine sursauta.

– Comment pouvez-vous dire « c'est très bien » ? C'est fort aimable de votre part, mais trouvez à dire quelque chose de plus original ! Dites « passionnant », ou « mauvais », ou « exaspérant ». Qu'est-ce que ça veut dire, « c'est très bien » ? Vous manquez d'adjectifs, ou vous avez peur d'en mettre un sur une qualité ?

– Hé ! fit Éberlé en pâlissant. Ne montez pas sur vos grands chevaux parce que je me suis fendu de lire vos cinquante pages !

Déjà ils s'affrontaient. « Il faut calmer le jeu », pensa Géraldine.

– Pardonnez-moi, monsieur Éberlé, mais souvent, dans les lettres de refus que j'ai reçues, il y avait cette même remarque : « Votre roman est très bien, mais... » Je trouve que « très bien », c'est minable. Le « très bien » révèle une pauvreté d'esprit et une indigence de vocabulaire...

Son tempérament de feu allait de nouveau l'emporter. Éberlé l'arrêta net :

– Voilà. C'est dit. Du calme... Maintenant, vous allez voir quel thé je vais vous faire...

Quelques minutes plus tard, une bouilloire émit un sifflement aigu.

Éberlé s'affairait autour de deux grands bols. Il versa l'eau bouillante sur les sachets de thé posés dans la grosse faïence.

– Évidemment, ce n'est pas de la porcelaine de Sèvres, dit-il. Pas idéal pour le thé, mais, quand on a froid et qu'on tient à deux mains un bol rempli de cet excellent breuvage... Je peux vous y ajouter une goutte de vodka ou de whisky...

– Non merci, dit Géraldine. Alors, vous avez fait la connaissance de Frida ?

Éberlé réfléchit. Qui était Frida ?... Ah oui, la femme à Vienne, dans la galerie du premier étage, celle qu'on voulait arrêter.

– Ce qui est bien..., dit-il.

Il faillit se mordre la langue.

– Ce qui est intéressant, c'est que cette femme a assez de sang-froid pour s'enfuir quand elle apprend qu'on vient l'arrêter.

– Oui, dit Géraldine. C'est ce qu'on appelle l'instinct de survie.

– Ah bon ? laissa tomber Éberlé.

Il poussa vers elle des morceaux de sucre de canne.

– Servez-vous. Parce qu'à vingt-trois ans, vous savez ce que c'est que l'instinct de survie ?

– Oui, je le sais.

– Il me semble que vous savez beaucoup de choses... Si on allait bavarder près du feu ?

– Où ?

– Par ici...

Il se leva, alla vers la cheminée et fit craquer une allumette. Le petit bois flamba vite. Les grosses bûches s'embrasèrent à leur tour. Géraldine comprit que l'éditeur voulait lui faire plaisir avec cette mise en scène. Elle le détailla. Il n'était pas si mal que ça. Avec son pull à col roulé, son crâne chauve, il était mode. « Je fais presque *people* », avait d'ailleurs pensé Éberlé quand il s'était aperçu dans un miroir, peu avant l'arrivée de Géraldine.

Chapitre 17

Peu après, en allant et venant, elle aperçut une tête de sanglier dans un couloir conduisant au petit côté du « L » de la ferme. Elle était résolue à partir, mais de manière lisse et aimable. Elle glissait souvent sa main dans la poche ouatinée de sa jupe épaisse où se trouvait le téléphone portable. Elle le tenait comme si sa vie en dépendait. Elle pouvait à tout moment appeler Harold et lui dire : « Ça y est, c'est terminé. Je veux m'en aller, maintenant. »
– Vous n'êtes pas très curieuse, Géraldine, remarqua Éberlé. Vous avez bu votre thé, examiné cette pièce, et vous ne me demandez pas ce que je pense de cette femme qui est partie en courant dans les rues de Vienne...
– Il y a quatre cent cinquante autres pages, monsieur Éberlé.
– Appelez-moi Edmond !
– Non, dit-elle, je suis navrée. Je préfère vous appeler monsieur Éberlé ; mais vous, vous pouvez m'appeler Géraldine.

– C'est à cause de notre différence d'âge, n'est-ce pas ? dit Éberlé. Vous avez vingt-trois ans, moi cinquante-quatre... N'empêche, ce genre d'écart est très à la mode...

– Je ne crois pas que ce soit le sujet.

– En effet, ce n'est pas notre sujet... De ce côté, il n'y a que des chambres d'invités. Revenez par ici... Asseyons-nous près de la cheminée.

Il toucha le bras de Géraldine qui fit mine de se dégager assez brutalement, mais se domina. Elle se retrouva dans le fauteuil de cuir râpé. Éberlé s'installa à côté d'elle en tenant un tisonnier à la main pour déplacer de temps à autre un morceau de bois et maintenir le feu en vie. Géraldine n'aimait pas le tisonnier, ni le jeu avec le feu. Elle demanda :

– Monsieur Éberlé, est-ce que je pourrais avoir encore un peu de thé ?

– Mais bien sûr ! Je vous l'apporte, je ne demande que ça.

Il repartit vers la cuisine et revint avec le bol rempli.

– Vous me montrez votre bibliothèque ? demanda Géraldine.

– Revenons à votre Frida, insista Éberlé. Est-ce que vous pourriez me dire comment ce personnage est né en vous ?

– J'ai bien aimé décrire une femme élégante, sûre d'elle. J'ai aimé le fait qu'elle puisse imposer son goût, ses innovations, les matières peu conventionnelles de ses chapeaux. Une maîtresse femme qui a transformé son hôtel particulier en salon de présentation...

Éberlé tira son fauteuil plus près de celui de Géraldine.

– Comment avez-vous eu cette idée ? Comment avez-vous pu bâtir ensuite un si vaste roman ? Qu'est-ce que devient cette Frida ? Est-ce qu'elle va être arrêtée ?

– Il faut lire. Je ne raconte pas.

– Saviez-vous, quand vous vous êtes mise à écrire, qu'elle allait courir le long de ces rues ? Au début de cette scène, saviez-vous déjà où elle devait s'enfuir et qui allait l'aider ?

– Ça n'est pas forcé qu'on l'aide, corrigea-t-elle. Demain, je demanderai à Harold de vous apporter les quatre cent cinquante autres pages. Je serais tout à fait heureuse que vous acceptiez de les lire...

– Géraldine, soyez franche avec moi. Il ne faut plus jouer à cache-cache... Dites-le à votre éditeur, votre confident naturel... N'auriez-vous pas déniché un vieux bouquin allemand ou anglais que vous auriez traduit ? Ces idées ne seraient-elles pas puisées dans quelque œuvre inconnue ? Il arrive que des écrivains piquent çà et là dans des livres d'auteurs morts et tombés dans l'oubli...

Géraldine se domina :

– Ce sont *mes* idées, *mes* personnages. Ils ne doivent rien à personne !

– Mais pourquoi justement Vienne ? Expliquez-moi. Ç'aurait pu être aussi bien Londres, Lisbonne ou Las Vegas...

– J'ai traversé Vienne avec mon père et j'ai aperçu, depuis notre taxi, un hôtel particulier, répondit Géraldine. Quelqu'un venait d'ouvrir la porte. Mon père a demandé au chauffeur de ralentir et m'a dit : « Regarde, les anciennes splendeurs ! » Le chauffeur était fier de nous montrer cette demeure patricienne. J'ai pu entrevoir la cage d'escalier. J'ai deviné qu'il y avait une galerie en haut…

– Et alors ? l'interrompit Éberlé. Ça vous a suffi pour vous lancer dans un livre de cinq cents pages ?

– Oui, parce que j'avais déjà mes personnages qui me hantaient depuis la nuit passée dans la maison de Margaret Mitchell. Il fallait qu'ils soient bien habillés, qu'ils aient des manières, qu'ils impressionnent… Le grand style début de siècle…

– Géraldine ! s'exclama Éberlé. Stop, stop ! De quoi parlez-vous ?

– De mon livre.

– Vous voudriez me faire croire qu'ayant entrevu une cage d'escalier à Vienne, vous y avez placé cette Frida qui vous « hantait » depuis l'Amérique ?

– C'était plus qu'une simple cage d'escalier, monsieur Éberlé. C'était tout le siècle qui me tombait sur la tête avec ses secrets, ses drames, ses bonheurs et ses chagrins…

Éberlé toucha la main de Géraldine, qui la retira aussitôt.

– N'ayez pas peur, fit l'éditeur. Je ne vais pas vous manquer de respect. Je souhaite juste savoir comment ça se passe...

– Quoi ? demanda Géraldine.

– L'inspiration, l'invention, comment une histoire progresse. D'où vous vient cette fabuleuse aptitude à la développer ? Est-ce que vous pouvez m'expliquer un peu mieux ? S'agit-il d'un processus purement physique ? Une sorte de spasme ? Sinon, quelque chose de cérébral ?

Géraldine n'osa pas se lever

– Je l'ignore. Je n'ai jamais essayé d'analyser comment me vient ce que j'écris. Quand je rentrais de l'école, je racontais à mes parents des histoires étonnantes. Il fut un temps où on a dit de moi : « Cette petite ment ! » Puis papa a compris que j'avais mon monde à moi. Ils ne m'ont demandé qu'une chose : étudier. Il y a tant de domaines auxquels je me suis essayée, monsieur Éberlé, y compris l'archéologie ! En apprentissage de fouilles – papa était assez influent pour obtenir qu'on m'engage dans une équipe envoyée sur le site de Vézelay –, quand je palpais la terre, j'étais toute proche de mes propres secrets... Voilà. Vous connaissez la faille de San Andréas ?

– Quand même ! protesta Éberlé. Je ne suis qu'un Français moyen, qui a peu voyagé, d'accord, mais je sais que le tremblement de terre de San Francisco a été provoqué par un mouvement de la faille de San Andréas. Quel rapport avec vous ?

— Il se produit en moi des sortes de tremblements de terre, expliqua Géraldine. Soudain, tout un monde se met en mouvement et le besoin d'en faire jaillir des mots devient impérieux.

À la fois mal à l'aise et impressionné, Éberlé proposa :

— Voulez-vous un cognac ?

— Ah non ! dit-elle. Je ne bois jamais.

— Et le champagne, au restaurant ? J'ai du champagne au frais, ici. Vous voulez que...

— Non.

— Ne me laissez pas avec vos énigmes. Je ne peux admettre que vous soyez incapable d'expliquer la naissance d'une idée...

— Je suis navrée : c'est ainsi.

Éberlé insista :

— Au dos d'une de vos pages j'ai relevé une liste de titres, sans doute des nouvelles que vous avez l'intention d'écrire...

— Ah oui ! J'écris souvent des nouvelles. Je dois d'ailleurs toujours veiller à m'arrêter pour que ça ne prenne pas de l'ampleur, jusqu'à devenir un petit roman. Pour explorer et faire connaître un être humain, il faut que j'avance, que j'avance... Tous sont étonnants : des pochettes-surprises !

— Mais vous les avez créés, ces humains ! Vous faites l'introspection des êtres que vous avez créés de toutes pièces ?

— Je n'ai jamais été confrontée à ce genre de questions. Y répondre ? Tentative inutile... Ce que j'écris est un cadeau du destin, comme m'a dit papa. Le travail vient en plus.

– Bien sûr, dit Éberlé. Bien sûr. Je n'attends de vous que quelques détails...

– Je n'aime pas parler de moi, monsieur Éberlé. Je me trouve fatigante...

Soudain, elle se leva. Éberlé la rattrapa par les épaules :

– Asseyez-vous et ne bougez plus. Je vous propose un pacte. Je vais peut-être publier votre roman – je ne vous le garantis pas, je dis bien : peut-être. À condition que vous me livriez les secrets de votre imagination.

– Il n'y a pas de secrets, monsieur Éberlé. Ou, s'il y en a un, je ne le connais pas... Je crois qu'on naît avec. C'est dans mon cerveau.

Éberlé fut pris de vertige.

– Vous parlez de votre cerveau... ?

– En effet. Je ne peux tout de même pas dire que c'est dans mes doigts de pied ! Je ne suis d'abord qu'une idée qui se ramifie et devient plusieurs idées. Je me démultiplie, comme une amibe... Votre interrogatoire est fastidieux. Si notre entrevue doit se poursuivre de cette manière, je préfère m'en aller.

– On ne part pas si facilement d'ici...

Géraldine se retourna. Il faisait nuit noire. Il pleuvait de plus belle. Elle suggéra :

– J'aimerais bien voir les parages, de ce côté-là. Vous avez un jardin ? *Jardin sous la pluie*, c'est un morceau de Debussy...

– Vous tenez à sortir ? fit Éberlé. Vous êtes bien sûre de vouloir sortir ? Regardez plutôt... Venez près de cette table. Supposons que je vous demande de considérer cette table comme une sorte de grand berceau, comme si l'arbre d'origine vous demandait de vous glisser sous son écorce, de faire corps avec ses vieux cercles de vie...

Géraldine recula.

– Je ne veux rien de ce vieil arbre ni de cette table. Rien...

– Pourquoi avoir peur ? protesta Éberlé. Je ne comprends pas. Je suis un homme courtois, aimable, et soudain je fais peur... Ça m'est déjà arrivé à Amsterdam. J'y étais allé juste pour m'encanailler, le temps d'un week-end. Je me promenais dans cette rue où des prostituées sont exposées dans des vitrines afin que les clients puissent faire leur choix...

Géraldine frissonna.

– ... J'ai remarqué une de ces filles occupée à écrire sur une table. Elle était assise sur une pile de quatre ou cinq coussins afin qu'on puisse admirer le galbe superbe de ses longues jambes. Elle les croisait et les décroisait de temps à autre. De l'extérieur, les hommes la regardaient, mais, bizarrement, aucun n'entrait pour louer ses services. Ce qui gênait, chez cette femme, c'était le fait qu'elle écrivait.

– Et alors ? dit Géraldine. En quoi c'était-il gênant ?

– Ça ne correspondait pas à l'image qu'on se fait d'une prostituée. Cette femme était là pour faire l'amour à un tarif donné. Pour subir des hommes venus de n'importe où. Pas pour penser. C'est un métier terrifiant... Elle s'en était abstraite et écrivait. Je me suis soudain décidé à la déranger. Ce sont des sortes de boutiques où on entre comme pour acheter des mouchoirs et où on demande à coucher avec la patronne... Je lui ai dit : « Combien ? » Elle a refermé son cahier et a répondu : « Ça dépend. » Elle me regardait mais je savais qu'elle ne me voyait même pas. Que j'allais passer sur son corps, pénétrer son corps sans qu'elle pense une seconde à moi. Je lui ai demandé : « Qu'est-ce que vous écrivez ? » Elle m'a répondu : « Un roman. » Il y avait quelques hommes devant sa vitrine, il était déjà tard. Elle ne portait pas de slip. Juste des porte-jarretelles, un soutien-gorge, des chaussures à haut talon. J'ai repris : « Le roman de vos expériences ici ? – Pas du tout. Pour moi, écrire est un refuge, une manière d'évasion. Quand j'écris, je suis ailleurs. Vous voulez passer combien de temps avec moi ? » Je lui ai dit que j'étais un éditeur parisien et que je serais curieux et honoré de prendre connaissance de son roman. Je l'ai invitée ici, à Senlis. Elle était assise à cette place, dans ce fauteuil. Je lui ai posé les mêmes questions qu'à vous...

Géraldine claquait des dents.

– Et alors ? dit-elle. Qu'est-ce qu'elle est devenue ? Vous l'avez publiée ? Comment avez-vous appelé ce roman ? Je l'ai peut-être vu en vitrine quelque part...

– Non. Ça s'est terminé autrement. Les femmes sont fantasques. La vie est faite de heurts et de déceptions. Elle est repartie avec ses papiers.

– Elle écrivait un roman sur quel sujet, dans sa vitrine de la rue des prostituées ?

– Elle écrivait l'histoire d'une fille de province, en Allemagne, dans une belle chambre aux murs blancs. Au-dessus de son lit, une croix comme dans la plupart des maisons de Bavière. Elle décrivait la jeunesse romantique de cette fille, son amour pour son cheval, sa passion pour la propriété que ses parents venaient d'acheter. Son héroïne réussissait à poursuivre des études d'architecture. Elle allait être la première femme à participer à la conception d'une cathédrale nouvelle...

– Pourquoi n'avez-vous pas publié ce livre ?

Éberlé esquiva la réponse.

– Je voulais juste savoir, comme maintenant avec vous, comment lui venaient ses idées... Pourquoi elle n'était en rien conditionnée par l'endroit où elle travaillait.

– Bien, dit Géraldine.

Elle se leva de nouveau pour mettre un point final à la conversation.

– Je dois m'en aller, monsieur Éberlé.

– Pas du tout, fit-il. Je vais vous indiquer votre chambre, si vous acceptez de rester à dîner... C'est celle où cette fille devait aussi passer la nuit...

– Elle était hollandaise ?

– Non, islandaise, élevée dans la langue française par ses parents adoptifs. Puis seule au monde, échouée à Amsterdam... Venez. Il y a un bon lit. Je vous montre le chemin...

Il s'engagea dans un couloir. Géraldine le suivit. Il pénétra dans la première pièce, la chambre qu'il lui destinait. Géraldine tourna deux fois la clé dans la serrure, enfermant Éberlé. Elle empoigna son téléphone portable et parla à toute allure :

– Harold, viens ! Viens ! Je sors d'ici, viens vite...

Elle se mit à courir au-dehors. Elle se trompa, perdit le petit chemin conduisant au portail. Elle longea le bord marécageux de l'étang, puis traversa le potager. À un moment donné, son pied accrocha une petite clôture de fil de fer. Elle s'affala dans la terre détrempée.

Harold vint la rejoindre et l'aida à se relever tandis qu'ils entendaient crier Éberlé. Le jeune Allemand prit Géraldine par la taille :

– Allons-y. Tu me raconteras ce qui s'est passé. Mais je t'en supplie, ne prends pas cet air affolé ! Où est Éberlé ?

– Je l'ai enfermé dans une chambre. Je t'avais bien dit que c'était la ferme de Bates...

– Géraldine, trêve de plaisanterie...

– Oui, dit-elle. Je vais essayer.

Chapitre 18

Après sa visite à Senlis, au lieu de se sentir abattue, apeurée, Géraldine se révéla combative. Elle avait presque honte de s'être enfuie, elle s'accusait d'avoir fait preuve d'une méfiance maladive, de s'être laissée emporter par son imagination débridée. L'homme avait trop insisté avec ses questions, mais n'était-ce pas normal ? Un éditeur peut fort bien s'interroger sur l'origine des idées. Qui serait plus en droit d'essayer de comprendre les ressorts qui donnent naissance à une histoire ? Elle avait sans doute eu le tort d'accepter l'invitation à la ferme, mais ne s'y était-elle pas rendue avec la bénédiction de Harold ?

Géraldine appela donc Éberlé, qui la prit sans rancune au téléphone. Lui aussi était gêné.

– Je suis navré, la soirée a mal tourné... Parfois, à force d'impatience, je deviens insupportable, ma curiosité est déplacée...

Quand Géraldine lui présenta à son tour ses excuses pour avoir filé de manière on ne peut plus cavalière, Éberlé la consola :

– Vous êtes bien aimable, surtout à distance... Vous m'avez enfermé dans cette chambre sans remarquer qu'il y avait une seconde porte... Sans doute ai-je été un peu trop insistant, peut-être même agressif. Mais c'est votre faute, si l'on peut dire : vous m'avez transporté vers des territoires qui me sont inconnus. Je serais ravi de vous revoir chez moi en compagnie de Harold. Si vous aviez la bonté de me faire parvenir vos quatre cent cinquante dernières pages, je vous en serais reconnaissant. Je suis impatient de les lire.

Géraldine se reprocha d'avoir porté un jugement trop rapide sur Éberlé. Elle se dit que c'était un type presque agréable quand il faisait un effort pour le paraître. Il allait lire la suite de son roman. Rien n'était perdu de ce côté-là. Mais, pressée par ses parents, elle préparait déjà son départ pour la Californie. D'ici quelques mois, elle quitterait la France avec son manuscrit dans ses bagages après avoir adressé un au revoir poli à ce M. Éberlé à qui il arrivait d'être, sans aucune raison apparente, si effrayant.

*
* *

Sans avoir pris trop au sérieux la frayeur de Géraldine, Harold était à présent tenté de sonder de plus près la personnalité d'Éberlé. Il sollicita l'autorisation d'assister à la réunion des proches collaborateurs. Éberlé accepta pour deux raisons : il ne tenait pas à perdre l'Allemand qui savait se rendre si utile. En outre, les rares contacts qu'ils avaient avec l'étranger passaient désormais par Harold, qui parlait couramment l'anglais et l'allemand, phénomène plutôt rare dans les maisons d'édition parisiennes.

Il répondit au salut respectueux de Harold, ce lundi-là, surlendemain de la visite de Géraldine à la ferme.

– Cette petite est très sensible, comme elle dit, aux atmosphères... Vous n'étiez sans doute pas loin. Si je ne me trompe, des liens assez subtils se sont tissés entre vous deux, n'est-ce pas ?

Harold esquiva.

La réunion se révéla pénible. L'attaché de presse fut une fois de plus malmené par Éberlé qui lui reprocha de n'avoir obtenu pratiquement aucune interview ni le moindre article pour leurs auteurs en cours de promotion. Ils n'avaient qu'un seul titre qui se vendait : *Votre santé, votre vie*. Cette réédition permettait à la maison de garder la tête hors de l'eau.

– Je n'en peux plus, gémit Philippe. Je dois vous avouer, monsieur, que dans Paris notre maison n'a pas une image flatteuse. Notre fameux succès, *Votre santé, votre vie*, nous a rabaissés au rang de ces éditeurs racoleurs qui publieraient même *Comment ramasser les crottes de votre chien* pour survivre. J'ai eu un seul bon signe, inattendu, dans *Proélite*...

Éberlé tressaillit. C'était une revue de très haute importance. Selon *Proélite*, son lectorat n'était composé que de Français intelligents. Ceux qui n'achetaient pas régulièrement *Proélite* étaient considérés comme des ploucs, et, plus grave encore, des ploucs de droite.

– Qu'est-ce qu'on dit de nous dans cette publication, mon cher Philippe ? dit Éberlé, soudain radouci.

– On dit qu'apparemment, vous n'attachez pas une si grande importance à votre auteur confidentiel. Il se trouve chez vous, et c'est ce qui est inexplicable à leurs yeux... Vous négligez en somme Dignard, alors que son *Funambule*, dont vous venez de publier le troisième tome, est un pur trésor littéraire.

– Mon cher Philippe..., reprit Éberlé.

Quand il devenait si familier, donnant du « Si je vous tape sur l'épaule, ayez confiance en moi... », il y avait tout lieu de craindre la perte de sa place et un licenciement sournoisement préparé.

– Alors, demanda Éberlé, qu'est-ce que je n'ai pas fait comme il fallait ?

– C'est-à-dire... *Le Funambule* pâtit d'une très faible mise en place en librairie...

Élise, la directrice commerciale, intervint :

– Nous voulons éviter des retours. *Le Funambule*, chez nous, c'est la plume au chapeau. Le livre qui justifie que *Proélite* parle de nous. Mais, sur le plan des ventes, c'est le bide total. À la fin de l'année, avec un peu de chance, nous aurons sorti quelque huit cents exemplaires, et je ne compte pas les invendus. Parfois certains libraires les laissent jaunir dans une réserve sans même se donner la peine de les renvoyer...

Philippe hocha la tête.

– J'ai comme une impression étrange. Depuis qu'à *Proélite* on a entendu la rumeur selon laquelle, cette année, le Goncourt chercherait éventuellement à couronner « la littérature française à l'état pur », on cite ce *Funambule* illisible...

– Vous exagérez ! protesta Éberlé. Pourquoi « illisible » ? Notre grande, belle et puissante littérature ne peut être illisible.

– Certes, monsieur, dit Philippe. J'ai appris au lycée français de Bilbao qu'il y a cinquante ans, il en était bien ainsi.

– Que savez-vous de ce qui se passait il y a cinquante ans ? le provoqua Éberlé.

– Je l'ai su par les livres et par mon vieux prof de français... Enfin, vieux : il vient de prendre sa retraite... Toujours est-il que *Le Funambule* redore à point nommé votre blason.

Éberlé se tourna vers son staff et repéra Marius qui se terrait dans un coin de la pièce.

– Et vous, vous ne bronchez pas ? Vous laissez traiter de la sorte un de nos auteurs ?

Marius était impertinent avec modération.

– Monsieur Éberlé, vous le savez mieux que personne, la littérature française est en crise. Plus d'envolées, plus d'envergure, plus de mythes, plus de souffle... Ce qu'on fabrique sous le label de la « littérature pure » n'intéresse que de petites bandes de copains.

– C'est évident, Marius, acquiesça Éberlé. Mais, dans ce cas, pourquoi avoir laissé échapper les mémoires de Vartan ?

– Trop cher, répondit Marius. J'ai en revanche le récit d'un vétéran du Débarquement.

Éberlé étouffa un vilain mot qui lui resta en travers de la gorge.

– Et du côté des jurys ? demanda-t-il. Je sais que c'est le cadet de nos soucis, mais quand même... Que vont-ils tenter pour sauver un tant soit peu leur prestige ?

Élise intervint avec tact :

– Vous nous avez parlé d'une jeune femme et de son roman de cinq cents pages. Vous en avez lu un peu, monsieur ?

– J'ai lu les cinquante premières pages.

– Vous-même ? demanda malencontreusement Philippe.

– Comment ça, moi-même ? Je n'ai personne qui lise pour moi !

– Mais bien sûr que si, contesta Élise. Vos deux lecteurs.

– Oui, mais ce manuscrit m'a été remis en mains propres. J'ai même invité la jeune femme à...

Il jouait les innocents, sachant Harold dans dans la pièce.

– Elle est venue chez moi prendre un verre... un jus de fruit. Très sobre, très bio, la jeune fille... Selon moi, pleine de promesses. Je lui aurais proposé, mais je n'ai pas osé...

Il leva le regard sur Harold et poursuivit :

– ... de publier les cinquante premières pages sous forme de court roman ou de longue nouvelle. C'est très intéressant : l'histoire se passe à Vienne, en 1938. Une femme a pris la fuite, on lui emboîte le pas...

Soudain il se tut ; il ne connaissait pas la suite.

– ... disons que l'époque est un tantinet démodée. Je vous en dirai plus à la prochaine réunion. Elle a du talent... un talent un peu suranné.

Philippe intervint :

– Par rapport à quoi, monsieur ?

Éberlé sentait une sourde révolte gronder. Il avait juste de quoi régler les salaires en fin de mois et faire patienter ses créanciers jusqu'aux prix. Quand ceux-ci constateraient qu'il n'en obtiendrait aucun, ce serait la fin. L'immeuble avait été estimé à plus de seize millions d'euros. D'après l'agent immobilier, il y avait déjà des Américains sur le coup. Une photographe ultracélèbre souhaitait s'y installer. Cette femme, paraît-il, avait un amant français qui avait repéré la cession éventuelle de ce lieu prestigieux. Éberlé, qui couvrait ses dettes grâce à une hypothèque, pourrait peut-être en tirer un pactole de dix millions d'euros et filer à Tahiti vivre sur pilotis. Il rêvait de voir des bancs de poissons dans l'eau transparente et de les compter sans que l'addition tire à conséquence.

– Ce que j'ai glané comme renseignement, poursuivit Philippe, c'est que *Le Funambule* figurera sur la première liste des Goncourt. La liste des politesses.

Éberlé haussa les épaules.

– Personne ne veut être poli avec moi.

– Pas avec vous. Ils veulent ménager *Proélite*. La première sélection relève de la compassion. On salue une publication méritante qui ne vaudra à son auteur ni public ni argent. Il lui restera la gloire.

– Vous me garantissez la présence du *Funambule* sur la première liste du Goncourt ?

– Oui, affirma Philippe. Enfin, à peu près. Ça peut toujours disparaître en cours de route si c'est un stagiaire qui tape la liste sur ordinateur. Vous savez ce qu'il en est des listes : il suffit de tomber un cran plus bas pour disparaître.

– Oh oui ! dit Éberlé. Mais *Votre santé, votre vie* ne figure sur aucune liste…

Élise l'interrompit doucement :

– Il ne s'agit pas de littérature, monsieur.

– Je sais, dit Éberlé. Je sais. Le problème n'est pas là. Il devrait bien apparaître quelque part : c'est une grande vente !

– De fait, reconnut Élise.

Elle songea que, si on la virait avant que la maison fasse faillite, elle n'obtiendrait aucune compensation matérielle. Pour quelle raison pourrait-on la licencier ? Faute grave ? Certainement pas. Peut-être l'âge ? Non, à cinquante-deux ans, c'était exclu. Elle se méfiait toujours d'Éberlé dont le regard se collait soudain à elle. Elle avait alors l'impression d'avoir des taches sur la joue.

– Si la maison ne vous plaît pas, Élise, je ne vous retiens pas.

– Je n'ai rien dit, monsieur.

Harold eût aimé intervenir pour plaider la cause des cinq cents pages de Géraldine, mais il ne pouvait décemment le faire. Cette intervention n'aurait d'ailleurs présenté aucun intérêt. Éberlé l'aurait rembarré en disant : « À ma connaissance, mon cher Harold, vous n'êtes pas conseiller littéraire. Vous êtes devenu indispensable par votre don des langues, mais, pour l'heure, ce n'est d'aucune utilité dans le cas de notre pauvre littérature en souffrance. »

– Vous êtes un grand observateur, Harold, lança Éberlé, légèrement agacé.

– Moi, monsieur ?

– Vous ! dit Éberlé. Vous ne me quittez pas du regard.

– C'est que vous êtes captivant quand vous parlez. On vous écoute aussi avec les yeux.

Éberlé éprouva une bouffée de satisfaction.

– Croyez-vous ?

– J'en suis sûr.

– C'est bien aimable à vous de me dire cela. Je ne sais pas si tout le monde partage votre opinion...

Il fit un ample geste de son bras droit. Marius, Élise et Philippe émirent un « Oui, monsieur ! » douloureux mais puissant. L'espace de quelques secondes, Éberlé fut content. Il eut un autre geste inattendu que Harold remarqua : il palpa le côté droit de son bureau pour atteindre la serrure du haut.

Il avait un bureau démesuré, beaucoup plus imposant que ce genre de meuble en général. Des tiroirs latéraux, hermétiquement clos, tenaient lieu de décoration. Devant, la place pour les jambes, surmontée du tiroir principal. À ceux qui pénétraient pour la première fois dans l'antre de l'éditeur, et pourvu qu'ils présentassent un intérêt quelconque sur le plan personnel ou parisien, Éberlé expliquait que ce bureau lui venait en héritage de son père, lequel en avait fait l'acquisition auprès d'un vieux notaire qui faisait imprimer ses poèmes à ses frais chez lui. Un jour que, ses clients se raréfiant, il n'avait pas pu régler quelque facture, il avait dit : « Je vous donne ce que j'ai de plus cher : mon bureau, fabriqué sous le Second Empire. » « C'est ainsi, racontait Éberlé, que ce bureau est entré dans la vie de mon père malgré son poids et sa taille. Il a beau avoir un aspect peu flatteur, il n'en est pas moins en chêne massif. Par la suite, il est entré en ma possession. Avant de mourir, mon père, laissant l'imprimerie à ma mère et me léguant la maison d'édition, m'a dit : "Ne vends jamais ce bureau, il porte chance." »

L'éditeur revint à l'objet de la réunion.

– La presse ne s'intéresse pas à moi, soupira-t-il.

– Les journalistes de *Proélite* vous ont-ils déjà vu derrière votre bureau, dans votre maison, pour reconnaître le travail extraordinaire que vous accomplissez dans l'intérêt de la littérature française ? déclama Harold.

– Comme c'est bien dit ! apprécia Éberlé. Vous me flattez.

– Non. Il m'a suffi d'avoir lu *Le Funambule*.

– Vous avez lu *Le Funambule* ? fit Éberlé, ahuri. Quelle idée ! Pourquoi avez-vous pris la peine de lire *Le Funambule* ?

– Parce que j'ai consacré une partie de ma thèse à la littérature française des années 2000. Dans la littérature d'aujourd'hui, *Le Funambule* fait figure d'exemple.

– De quoi ? s'étrangla Éberlé. J'ignorais que les Allemands avaient un pareil sens de l'humour.

– Je ne fais qu'apprécier une situation. Pour écrire un roman sur un personnage qui, changé en statue humaine, reste immobile pendant cent soixante-quinze pages, il faut avoir du génie. J'ai lu ce « rien » avec volupté.

– Vous avez lu le « rien » avec volupté ? Quelle bande ça ferait !

– Non, il ne faut pas mettre « rien », protesta Élise. Cela constituerait un aveu. Il faut dire que notre *Funambule* est un prestidigitateur des mots !

– Splendide ! admit Éberlé. Élise, vous vous rachetez ! Je vous en remercie, j'en ai grand besoin. Philippe, avez-vous entendu ? « Le prestidigitateur des mots » !

– Oui, monsieur. Mais c'est moi qui vous ai informé de la rumeur qui court à *Proélite* et même de notre présence éventuelle sur la liste du Goncourt.

– Mais, fit l'éditeur, ragaillardi, si nous avions le moindre espoir au Goncourt, ne serait-ce qu'une petite voix dans le score final, ça mériterait bien une bande : « *Le Funambule* : une voix au Goncourt ! » Ça nous ferait quoi, comme ventes, Élise ?

– Je ne peux pas le calculer, monsieur, mais ce serait toujours mieux que rien du tout. Le résultat serait en tout cas honorifique.
– Digne du contenu du livre, approuva Harold.

Chapitre 19

Harold rendit compte de la réunion à Géraldine et ne lui épargna guère ses propres commentaires.

– Éberlé a des qualités. Sans doute est-il frustré sur certains plans. Je n'ai jamais vu quelqu'un réagir comme lui à un compliment. Même au plus plat, au plus convenu, il marche, il court...

– Tu ne le vois que de l'extérieur, dit Géraldine. Moi, il me rend littéralement malade... J'ai senti des présences dans cette ferme...

– Normal, répondit Harold avec son pragmatisme germanique et sa bienveillance masculine. Les murs ont au moins cent cinquante ans. Les gens qui y ont séjourné ont laissé leur empreinte...

– Tu ne me comprends pas : j'avais l'impression d'être chez lui sous surveillance.

– Éberlé t'a déboussolée, constata Harold.

– Peut-être... Quand il m'a raconté l'histoire de la prostituée d'Amsterdam, j'ai cru sentir se poser une main sur mon épaule. Elle y aurait exercé comme une pression, pour m'avertir... Alors je me suis levée et, devant la porte de la chambre où cette femme a dû dormir, prise de panique, j'y ai enfermé Éberlé à double tour.

— Il a dû te trouver puérile.

— Dans le meilleur des cas. Plutôt hystérique. Dans ma course pour te rejoindre, mon pied a accroché quelque chose dans le potager. Je me suis affalée, les bras en avant. Ma main droite a heurté une sorte de clôture... Je me suis blessée, comme tu peux voir...

Elle ôta un sparadrap de sa paume.

— Si tu ne me crois pas...

— Je te crois ! Mais, ma pauvre chérie, si tu te casses la figure dans son jardin potager, ça n'est tout de même pas sa faute !

— Ses cultures sont entourées d'un grillage. Pas plus de dix centimètres de haut, mais une clôture quand même. À quoi bon protéger des tomates ?

— Quelle importance ? Il a dû lire quelque part qu'il n'est pas de meilleure détente, pour les intellectuels, que de bêcher ou de biner ses plates-bandes. Il jardine...

— Étendue par terre, j'ai une fois de plus senti une présence.

— Des taupes, peut-être ?

— Continue à te moquer... Mais tu as raison de plaisanter... N'empêche, j'ai perçu une sorte de message...

— Quel message ?

— Je ne saurais dire. On cherchait à me prévenir...

— De quoi ?

Elle resta muette.

– Il est temps de partir aux U.S.A., dit Harold. Là-bas, même en creusant, tu ne trouveras rien : il n'y a pas de passé. C'est fabuleux, un pays qui n'a ni mémoire, ni ruines à explorer... Qu'est-ce qu'on sait du jardin d'Éberlé ? Il y avait peut-être jadis un autre bâtiment qui a été démoli. Villiers-Saint-Frambourg est une survivance du Moyen Âge. Il y a peut-être une caverne sous le potager, ou un tunnel creusé il y a des décennies, voire deux ou trois siècles. Éberlé ne le sait sans doute pas : il n'a fait que recevoir la ferme en héritage.

– Tu n'as rien compris, fit Géraldine en haussant les épaules. Pas la peine de continuer...

– Qu'est-ce que tu trouves de mal chez Éberlé ? Garde plutôt espoir qu'il te publie... Il a parlé d'éditer tes cinquante premières pages sous forme d'une longue nouvelle.

– Il a dit ça ? s'écria Géraldine. Il veut faire de mon roman des rondelles d'histoires ? Parce qu'il y a trois femmes, sur trois générations, il serait bien capable d'en faire trois volumes séparés...

– Possible, dit Harold. Mais laissons tomber : déjà, chez mon oncle, on est en train de traduire ton livre en allemand. Puis nous le présenterons à un éditeur anglais. On le resoumettra à Paris sous un pseudonyme allemand ou anglais. On leur dira : « La traduction française est faite, il n'en coûtera pas un euro ! »

– Éberlé nous trahira. Il révélera que le texte d'origine est français.

– Le temps de mettre à exécution notre projet, il n'y aura plus d'Éberlé. D'après ce que je sais, il est sur le point de vendre son immeuble et de partir pour l'étranger.

— Et la ferme ? demanda Géraldine.

— La ferme sera liquidée à son tour.

* * *

Harold feignit de passer l'éponge sur les présomptions de Géraldine. Par tempérament, il n'était guère attiré par l'ésotérisme. Il connaissait en revanche la redoutable sensibilité de son amie. Qu'avait-elle pu pressentir pour avoir si peur ?

Il ne lui dit mot de son projet. Ce dimanche-là, elle écrivait dans leur petit logement. Les bruits ne montaient pas jusque sous les toits, mais le soleil les taquinait dès le petit matin.

— J'ai une course à faire. Au retour, je te ramènerai un plat chinois. Qu'est-ce que tu préfères ?

— Si tu trouves un traiteur en qui tu as confiance, prends du poulet, du riz… rien que de classique.

— Si tu as envie de sortir, je repasse te chercher…

— Non, merci. Je me trouve actuellement à Anchorage, dans la neige jusqu'à mi-mollets. Mon héroïne…

— Je vois…, coupa Harold. Tu me raconteras ça plus tard. Je reviens. Mon téléphone reste allumé.

— Je ne crois pas qu'Éberlé ait l'intention de venir jusqu'ici pour me supprimer, sourit Géraldine.

– Je ne crois pas non plus, lui répondit Harold. D'abord, on ne tue pas le dimanche, c'est bien connu. C'est jour chômé. Ensuite, il n'a aucune raison de t'en vouloir. Mais tu as tellement harcelé les éditeurs avec tes envois que, maintenant que tu en connais un, tu ne peux t'empêcher de penser qu'il te veut du mal... Calme-toi ! Sois un peu terre-à-terre...
– Quelle horreur ! se récria Géraldine. « Terre-à-terre » ? C'est justement mon problème, avec Éberlé : je sens encore dans ma paume blessée le contact de cette terre, derrière sa maison...
Harold revint vers elle et ponctua chacune de ses syllabes d'un baiser :
– I-ma-gi-na-tion. Voilà : tu as trop d'imagination. Je t'adore. À tout de suite !

*
* *

Il prit sa voiture et se dirigea vers le Marais. Ce dimanche matin, la place ne manquait pas pour se garer. Il avait réussi à obtenir de la standardiste, aimable mais toujours débordée, un double des clés. Il pénétra dans la maison d'édition et, en gravissant les marches quatre à quatre, monta jusqu'au bureau d'Éberlé.
À l'intérieur, les portes n'étaient jamais fermées. Durant la semaine, chaque employé avait l'impression d'être épié : Stefi à la photocopieuse ; la secrétaire intérimaire, quand elle allait au petit endroit ; Marius, quand il osait sortir de son tiroir *L'Écho*

d'Ajaccio, son journal favori ; Élise, quand elle recevait des communications personnelles sur son portable et que celui-ci ronchonnait dans son sac comme une bête mécontente ; Philippe enfin, quand, désertant le terrain, il lisait en secret une biographie de Noureïev, cachée dans son tiroir.

Ce jour-là, personne. Çà et là, des bouteilles d'eau minérale encore au quart ou à moitié pleines, rebouchées et gardées pour le lundi. Un poudrier bon marché à côté d'un ordinateur : si on tenait à rester tant soit peu une femme dans la maison d'édition d'Éberlé, il fallait se remaquiller sans quitter sa place, à l'aide de ce petit miroir rond qui passait de main en main.

Harold entra dans le bureau d'Edmond Éberlé. L'atmosphère y était si pesante que, refermant la porte derrière lui, il leva la tête et parcourut du regard la corniche : n'y avait-on pas dissimulé de petites caméras de surveillance ? L'éditeur était assez intelligent pour ne pas verrouiller la porte, sachant qu'on peut de nos jours forcer n'importe quelle serrure, surtout dans un de ces vieux immeubles bientôt déclarés monuments historiques. « Quelle misère ! avait gémi un jour Éberlé. Un jour, on ne pourra plus rien réparer. On aura du mal à vendre. Pourvu que je puisse m'en débarrasser avant qu'il ne soit classé ! » Heureusement, l'administration du Patrimoine était lente. Le problème avait été différé grâce aux successifs changements de gouvernements.

Harold scruta donc la corniche : pas de caméras. Habile et averti, il aurait été capable d'en repérer même de la taille d'un œil. Il s'approcha à pas feutrés du lourd bureau d'Éberlé, le contourna et s'assit dans le fauteuil directorial en cuir. Il ouvrit le tiroir central, sous l'épais plateau de chêne. Il découvrit à l'intérieur deux romans policiers anglais en format de poche, des crayons neufs, des taille-crayons, un paquet de chewing-gums entamé, un petit bloc-notes, un réveil arrêté gisant à côté de quelques piles.

Le côté gauche était aménagé en petit placard. Il l'ouvrit. Des feuilles blanches par paquets de cinq cents. Un manuscrit. Sur le dossier, marqué au crayon-feutre : « À lire », et la date : 1997. « Eh bien, se dit Harold, si l'auteur attend encore la réponse... » À droite, trois tiroirs commandés par une seule et unique serrure. Il rouvrit le tiroir central, chercha en vain une clé.

Un des murs de la pièce était tapissé d'une bibliothèque. On y voyait encore des exemplaires numérotés, non massicotés, d'éditions originales datant d'il y a cinquante, soixante, quatre-vingts ans. Il remarqua un *Retour d'URSS* d'André Gide, non coupé. De quoi susciter la convoitise des collectionneurs. Harold fouillait avec respect. Derrière des affiches roulées, ses doigts heurtèrent un bout de métal. La clé. De fait, elle ouvrait d'un coup les trois tiroirs latéraux.

Il se mit en quête d'éventuels secrets. Dans le premier tiroir, un manuscrit, des feuilles en vrac manifestement tirées d'une imprimante. Sur certaines, on avait indiqué « Version 3 », sur d'autres, « Version 4 ». Harold chercha d'autres indications, mais cette liasse était impossible à identifier : ni date, ni titre.

Il ouvrit le tiroir du dessous. Dans un emballage en papier kraft qu'il défit précautionneusement, il trouva une chaussure rouge à talon haut. « Un fétichiste, se dit Harold. Il doit collectionner les chaussures. » Celle-ci n'était pas destinée à une femme-poupée : du trente-huit, voire du trente-neuf. Un escarpin de luxe à talon aiguille. « Accessoire rêvé pour Almodovar », songea Harold. Il faillit sourire, mais eut presque honte de s'immiscer ainsi dans une zone interdite de la personnalité d'Éberlé. « Fétichiste... C'est ce que Géraldine a dû pressentir... » Il eut presque pitié de l'éditeur : « Un être vulnérable, contraint de cacher son secret... »

Il ouvrit le tiroir du bas. Dans un sac en plastique portant le nom d'une boutique de luxe parisienne, un objet enroulé dans du papier de soie. L'ayant déballé, il ne sursauta même pas. C'était une perruque ou un de ces postiches qu'on fixe sur la tête des femmes aux cheveux trop peu abondants. Un tantinet dégoûté par le contact, il remit l'accessoire en place, referma le tiroir, se cala dans le fauteuil d'Éberlé et se mit à réfléchir.

Chapitre 20

Harold sortit comme un voleur de la maison d'édition. Ayant refermé la porte d'entrée, il glissa la clé dans une fente – à peu près invisible à qui ne connaissait pas le défaut du mur – sur laquelle se rabattait le portail, dans la semaine, et il se retrouva dans la rue. Le Marais, le dimanche matin ? Un soleil mal réveillé, des trottoirs déserts, presque trop propres.
Harold avait des remords. Il n'aurait pas dû faire si grand cas des pressentiments de Géraldine. C'était à cause d'elle, par amour, qu'il venait de commettre un acte qu'il jugeait profondément répréhensible : une indiscrétion. Mais comment agir autrement quand la femme qu'il aimait prétendait que l'individu en question avait peut-être voulu l'assassiner ? « Absurde ! se dit Harold. Il faut la ramener à une existence plus équilibrée. » Mais pouvait-on être plus équilibrée que cette fille qui assumait son travail à mi-temps, confectionnait de si délicieuses petites salades et de si longs chapitres ? Elle était même apaisante. Quoique pas toujours.

De temps à autre, il fallait évidemment goûter ou subir – ça dépendait des moments – des fragments d'une de ses histoires avant qu'elle ne les couche sur le papier. Ou bien juste après. Elle racontait des épisodes souvent troublants. Par politesse ou par amour, il fallait faire une place aux personnages qu'elle inventait et développait d'un jour sur l'autre. Elle expliquait leur comportement comme s'il s'agissait d'un cercle d'amis proches. Il fallait demander de leurs nouvelles, s'enquérir de ce qu'ils avaient fait depuis la veille. Où ça ? Mais dans le cerveau de Géraldine...

Harold n'avait pas seulement évolué dans la maison d'édition de son oncle. Son père, industriel, vendait du papier. Dans son usine, Harold, enfant, avait vu transformer, sur un immense tapis roulant, de l'eau et des copeaux de bois en énormes rouleaux immaculés. L'imprimé ne lui était donc pas étranger, mais il sentait que Géraldine, elle, l'attirait dans un monde où il perdait pied.

Il aperçut une épicerie marocaine ouverte, y acheta quelques fruits de saison. Mais de quelle saison, en provenance de quel pays ? Qu'importe ! Il acheta des pêches, ou des abricots, un hybride des deux, des sortes de pêches-abricots. Il trouva même un petit marchand de fleurs qui avait du muguet.

Il revint les bras chargés et un grand sourire aux lèvres vers Géraldine qui l'attendait, toute fraîche, toute belle, les yeux rayonnant de bonheur.

– J'ai réussi mon chapitre ! fit-elle, triomphante.

Harold avait décidé de l'emmener dîner à la campagne. Géraldine leva sur lui un regard inquiet :

– La campagne ? Il faut rouler au moins sur trente kilomètres autour de Paris pour rencontrer un arbre...

– Mais non, la rassura-t-il. On va trouver...

Il prononça un mot qui l'avait enchanté lorsqu'il l'avait entendu dans la bouche de son grand-père, qui avait passé une partie de sa jeunesse à Paris :

– ... une guinguette !

– Une quoi ? interrogea Géraldine. Oh, que tu es mignon... Si tu savais combien je t'aime !

Ils passèrent un après-midi délicieux. Géraldine ne raconta rien de ce qu'elle venait d'écrire. Le soir, ils s'installèrent sur une terrasse non loin de Rambouillet. Harold s'était arrangé pour éviter Senlis et ses environs. D'autant que, là-bas, il n'y avait que des champs de betteraves et une forêt baignant dans un halo noirâtre et angoissant, même en plein jour. Géraldine déclara :

– Harold, il faut oublier Éberlé.

– C'est un homme qui souffre.

– Ah ? s'étonna Géraldine. Il souffre de quoi ? Le remords le ronge ?

– Il n'est coupable de rien, répondit Harold. Il s'égare peut-être de temps à autre – en secret – dans des livres de science-fiction.

– Je t'assure que non, dit Géraldine. Ce n'est pas un lecteur de science-fiction qui me demandait comment mes idées naissaient tout en braquant sur moi un regard qui me transperçait jusqu'à l'estomac !

– Justement, dit Harold. C'est la marque de l'intérêt d'un éditeur qui souhaite te publier.

Géraldine posa sa fourchette et dit d'une voix douce et grave :

– Harold, il va finir par nous séparer. Tout ce que nous avons réussi à éviter pendant deux ans, il le provoque. Nos idées et nos opinions vont se heurter… Tu as été élevé parmi des femmes au foyer qui faisaient la cuisine, parfaites Allemandes et bonnes chrétiennes, dans un milieu où il y a une croix au mur de chaque chambre à coucher. Moi, non. Je n'ai cessé d'être une personne déplacée depuis que je suis née.

– Pourquoi ? demanda Harold.

– Parce que ma mère et mon père ont décidé que, malgré ce que nous avions dans la Creuse, je devais partir un jour faire mes études à Paris. Ce que j'ai fait. Puis papa est parti aux États-Unis. Il a voulu que je le rejoigne là-bas. Si la Creuse n'était pas mon avenir, je comprends maintenant que Paris ne l'est pas non plus.

– Tu vois…, approuva Harold.

Il prit un morceau de pain.

– J'ai eu tort de t'envoyer chez Éberlé, reconnut-il.

– Tu ne m'y as pas envoyée. C'est moi qui t'ai demandé ton aide. Je voulais connaître un vrai éditeur. C'est fait. Je t'en remercie.

– Mais tout cela n'a servi à rien, puisqu'il ne te convient pas.

– Il ne me convient pas ? fit Géraldine. Dis plutôt qu'il me déteste. C'est un homme qui, sous des dehors tranquilles, ne demande qu'une chose... Enfin, je ne sais pas au juste ce qu'il veut. En tout cas, pas mon roman !

– Voilà, c'est ma faute : tu n'aurais pas dû aller à son bureau, ni à Senlis...

Elle expliqua :

– Il m'a assaillie de questions. Il voulait à tout prix connaître le destin de Frida...

Frida ? Harold était tenu d'entrer instantanément dans le vif du sujet. Il chercha une seconde. Ah oui, Frida était la première femme de la trilogie, celle qui possédait un hôtel particulier à Vienne et qu'on aurait arrêtée si elle n'était partie à temps.

– Frida, qui prend la fuite dans Vienne...

– Une fuite d'une rue à l'autre, d'un siècle à l'autre... À Vienne, on sent le temps s'imprimer sur l'épiderme, chaque mur est imprégné d'histoire, de présences...

Harold se retint de sourire pour ne pas la blesser. Elle s'en rendit compte :

– Tu ne me crois pas ? Je te le répète, j'ai moi-même senti chez Éberlé des fluides, des ondes, des vibrations...

– Tu n'es tout de même pas un médium !

– Rien que le mot me fait frémir. Non, je suis en lutte permanente avec un autre phénomène. Disons que je vois beaucoup trop clair en ceux que je rencontre.

– Soit ! dit Harold. Je me sacrifie : dis-moi qui je suis.

Elle répondit :

– L'homme que j'aime.

– Tu n'as pas beaucoup d'expérience…, souligna Harold.

– Crois-tu ? J'ai toujours vécu libre. Ce qui m'intéressait dans le rapport physique, c'était d'observer les transformations qu'il suscitait en moi. Les quelques hommes que j'ai connus m'ont servi de tests.

– Merci ! Voilà les rôles bien définis. Géraldine, comment as-tu pu écrire une histoire d'amour à travers trois générations et en liquider jusqu'à la notion pour ce qui te concerne ?

– J'ai dû mal m'exprimer, protesta-t-elle. J'ai parlé de l'acte physique, pas de l'amour.

– Voilà une phrase d'homme ! s'exclama Harold.

– Une phrase de femme, aussi… Mais je ne vois pas pourquoi nous parlons de moi quand j'essaie de te démontrer qu'Éberlé est dangereux…

Harold ne pouvait guère garder un secret. Il avoua à Géraldine son expédition de la matinée.

– Il suffit de franchir le seuil du rez-de-chaussée et on se retrouve dans une maison de papier. Partout, rien que du papier. Des montagnes de manuscrits. Des ordinateurs sur le retour. La photocopieuse qui gémit, même éteinte. Les lampes qui clignotent, les parquets qui grincent…

– Continue…, dit Géraldine.

– Tu ne vas pas être dégoûtée ?

– S'il s'agit de mieux connaître Éberlé, je ne pourrai que t'être reconnaissante.

– Quand tu es entrée chez lui, tu as examiné son bureau ?

– Il y a juste la place pour passer les pieds au milieu... On voit d'ailleurs le bout de ses chaussures. Le meuble a l'air vieux, massif...

– C'était le bureau d'un notaire de Lille.

– Comment le sais-tu ?

– Parce que sur le côté droit, il porte une inscription avec le nom de l'artisan qui l'a fabriqué : « 1787, Lille. Fabien. » J'ai ouvert le tiroir du milieu, qui fait face au fauteuil.

– Tu y as trouvé quoi ? demanda Géraldine, tendue.

– Des taille-crayons, des gommes, des feuilles blanches, des post-it. Et deux romans anglais traduits en français, en format de poche.

– Ah ? Mais ce meuble démesuré doit bien contenir autre chose que des accessoires d'écolier.

– J'ai trouvé la clé de la serrure qui ouvre les trois tiroirs du flanc droit...

– Je t'écoute.

– Tu ne devineras jamais ce que j'ai trouvé dans le deuxième tiroir...

– Non, dit Géraldine, je ne devine pas.

– Mort de honte, j'ai découvert que M. Éberlé, à qui tu prêtes tant de défauts, est tout simplement un fétichiste.

– Rien que ça !, s'exclama Géraldine. Qu'as-tu découvert au juste ?

– Une chaussure. Rouge. Talon haut, lanières fines... Pas un petit pied. Elle a dû appartenir à une femme plutôt grande.

– Il lui aurait volé sa chaussure ?
– Je l'ignore, Géraldine. Je te dis ce que j'ai vu. L'inventaire du tiroir du bas était encore plus désagréable...

Le garçon passa à côté d'eux et demanda s'ils désiraient un dessert.

– Bien sûr, acquiesça Harold. Si vous avez de la tarte aux pommes...

– Pour moi aussi, dit Géraldine.

– Deux Tatin, ça marche !

– Alors, dit Géraldine, quoi ?

– Une sorte de perruque, ou plutôt un postiche. Rudimentaire, grossièrement monté sur un support en simili-cuir.

– Quelle couleur ?

– Terne, de médiocre qualité.

– Et tu as fait quoi ?

– J'ai tout remis en place, refermé les tiroirs, et je suis reparti, rouge jusqu'aux oreilles.

Le garçon revint pour annoncer qu'il n'y avait plus de tarte aux pommes, seulement aux pruneaux.

– Apportez ce que vous voudrez, lança Géraldine.

Elle poursuivit son idée.

– Tu trouves que le fétichisme, ça n'est rien ?

– Pour nous. Pas pour lui, bien sûr. Les hommes sont si fragiles... Les femmes aussi ! Pas la peine d'aller fouiller dans les difficultés des gens. Lui, a besoin d'une chaussure pour trouver son plaisir... La question est : pourquoi au bureau ?

– Moi, murmura Géraldine, j'aimerais bien savoir où est passée la femme qui portait cette chaussure. Est-elle partie de chez Éberlé comme une Cendrillon ? Harold, je t'en supplie, ne proteste pas : je jurerais que la seconde chaussure est à Senlis !

– Quel intérêt de chercher à compléter la paire ?

– On apprendra peut-être qui était l'inconnue aux chaussures rouges, et ce qu'elle est devenue...

Chapitre 21

Ce dimanche était le jour de la plus grande affluence au Salon du Livre. Éberlé souffrait, tassé devant les rangées de volumes qui garnissaient les étagères de son stand exigu. « Petit éditeur, petit stand, se morfondait-il. Qui sait le prix au mètre carré de cet emplacement ? Qui le mesure à l'aune du désintérêt du public pour ce que je publie ? » Il espérait un énorme effondrement. Une catastrophe qui ne ferait aucun mort – il avait un bon fond –, mais qui détournerait la foule et obstruerait l'allée où il se trouvait, secondé par Élise. Le visage de sa collaboratrice était magnifié par le sacrifice de son week-end pour l'entreprise. Elle en portait presque une auréole. Oui, on pouvait toujours compter sur Élise, tandis que l'attaché de presse, Philippe, ne faisait que passer :

– Si jamais je trouve un journaliste égaré qui accepterait de pondre deux lignes sur votre stand, comptez sur moi, je le traînerai jusqu'ici... Je vous assure, le public n'est pas acheteur, seulement curieux... À propos, j'ai lu que vous aviez organisé une signature pour Dignard ?

– En effet. Sinon, il en aurait été vexé pendant toute l'année. Un carton annonce sa présence. Vous ne l'avez pas remarqué ? Dignard devrait être là dans une demi-heure... Mais je me demande qui va se déplacer, au risque de se faire piétiner par cette foule, pour demander sa signature... Élise, sait-il que son livre ne marche pas fort ?

– De temps en temps il se renseigne, répondit Élise. Il est aussi timide que disponible.

– Je sais, se remémora Éberlé. J'ai dû le recevoir le jour où j'ai racheté les deux précédents volumes du *Funambule* aux éditions Jours de Pluie... Vous vous souvenez de cette maison dont le slogan était : « Il pleut ? Lisez. Lire sous la pluie est un plaisir ! » ?

– Avant d'être engagée chez vous, j'ai travaillé pour eux. Vous avez racheté les droits et le stock restant pour une bouchée de pain...

Éberlé s'impatienta :

– Où est Marius ? Mon directeur des programmes n'est pas là ? Il est payé pour quoi, je me le demande !

– Il nous remplacera demain toute la journée, précisa Élise. Attention, regardez qui, au bout de l'allée, essaie de se frayer passage parmi la foule. Dignard arrive...

Élise alla accueillir l'auteur qui, enfin parvenu près du stand, salua son éditeur.

– Bonjour, monsieur, souffla-t-il. J'espère n'être pas trop en retard...

Dignard était un garçon plutôt joufflu, le crâne légèrement dégarni, l'œil vif. Il avait l'air jovial d'un bavard de bonne compagnie, mais ne prononçait jamais un mot superflu. On aurait pu penser tout de Dignard, sauf qu'il écrivait des romans immobiles.

– Monsieur Éberlé, merci de prendre soin de mon *Funambule* III, dit-il d'une voix humble.

– Venez, cher ami, prenez place, lui dit l'éditeur.

Ils trouvèrent quelque part une chaise de plus et Éberlé resta – « comme un idiot », se dit-il – à côté de l'écrivain pour ne pas le laisser seul. Il y avait quatre *Funambule* disposés en éventail devant Dignard. Philippe, qui allait et venait dans l'allée, déposa un stylo-bille à côté des exemplaires et dit :

– Attention à ce qu'on ne vous le pique pas ! Je viendrai le reprendre : c'est l'unique Bic que j'ai sur moi.

Éberlé était livré à son auteur que nul ne lisait. Le moment était délicat. Dignard aurait aimé dire dans les formes qu'il était on ne peut plus heureux d'être édité par la maison Éberlé. L'éditeur aurait dû lui répondre que, pour lui, c'était un privilège de compter l'auteur des *Funambule* parmi les écrivains-phares de son catalogue. Mais tous deux se taisaient. Durant cette trêve, chacun avait compris qu'il ne valait pas la peine de faire l'effort de parler pour ne rien dire.

Soudain, comme par enchantement, il y eut un assaut de journalistes et de photographes, puis l'on vit deux acheteurs essayer de se faufiler pour accéder à Dignard. Chaque fois, Éberlé dit :

« Non, ce n'est pas lui. C'est au stand à côté. » De fait, journalistes et photographes s'étaient trompés d'auteur. L'autre stand affichait en vedette *Le Trapéziste légendaire*. Dès que l'erreur devint manifeste, la foule se pressa ailleurs.

– Navré, soupira Éberlé à l'adresse de Dignard. J'espère que vous n'êtes pas trop froissé...

– Pas du tout, répondit Dignard. Quand j'ai écrit mon premier *Funambule*, mon père en a lu quelques pages et m'a dit : « Tu peux faire une grande carrière. » J'ai demandé pourquoi. « Parce que c'est intemporel. Tu seras toujours à la mode. Ceux qui oseront dire que ce que tu écris est ennuyeux passeront pour des cons. »

– Ah, lâcha Éberlé. Votre père vous a parlé comme ça ?

– C'était un agriculteur évolué. À un moment donné, il voulait être physicien. Il a renoncé au monde des connaissances abstraites pour les chevaux, les vaches. Il aimait le contact des bêtes, de la terre...

– Il n'est plus de ce monde ?

– Non, il a été piétiné par un taureau.

– Désolé, marmonna Éberlé.

Il reprit :

– Monsieur Dignard, vous n'avez donc pas besoin de vivre de votre plume ?

– Non. Je bénéficie des revenus des propriétés de mon père. Je me rends d'ailleurs souvent là-bas pour y puiser ma force...

– Votre force ?

– Celle de ne pas se laisser emporter par l'action. Vous savez, il y a des œuvres pleines de tumulte, des écrivains capables de vous sortir un personnage neuf à chaque page. Personne n'en parle. Alors moi, j'ai décidé de créer le vide...
– Vous en êtes donc conscient ?
– Bien sûr. J'ai compris ça dès l'âge de dix-huit ans, quand un journal a recommandé à ses lecteurs un livre considéré comme un pur chef-d'œuvre. Je l'ai acheté. J'y ai cherché un fil conducteur. J'ai eu beaucoup, beaucoup de mal à aller au bout. Pourtant, il comptait peu de pages. J'ai entrevu alors ce mystère : à partir du moment où on n'est pas obligé de lire un livre – qu'on n'en est donc pas esclave –, il lui échoit souvent de somptueuses critiques. Sans doute est-ce d'ailleurs mérité... Je me suis livré à un premier exercice sur une chaise isolée au milieu d'une pièce. J'ai réussi à rédiger vingt pages sur cette chaise... Ce furent mes débuts. Tout devenait possible... Une femme entre dans un salon ; un homme l'y attend. C'est le crépuscule. Personne n'allume...
– Et alors ?
– Au bout de quinze pages de silence, la femme dit : « Tu allumes ? » J'ai eu droit à un superbe papier dans *Le Monde* et au cours d'une émission télévisée, l'animateur m'a demandé d'une voix haletante : « Alors, il a allumé ? » J'ai dit oui. Moment magnifique !...

S'arrêta devant le stand un jeune homme aux cheveux longs, aux yeux noirs comme la nuit. Il

sortait directement d'une toile espagnole. Il interpella l'auteur :
— Vous êtes monsieur Dignard ?
— Oui.
— Pourrais-je vous demander de me dédicacer votre dernier *Funambule* ?
— Avec plaisir. À quel nom ?
— Jean Dupont.

Dignard prit un des quatre *Funambule* disposés sur la table et Éberlé, pour se manifester en tant que l'heureux éditeur, lui tendit le stylo. Dignard écrivit : « À Jean Dupont. Avec toutes mes amitiés. »
— Merci, dit le jeune homme. Merci ! C'est un grand jour pour moi. J'ai trouvé *Le Funambule* II chez un bouquiniste, sur les quais. Ma vie a aussitôt changé ! J'ai commencé à mesurer l'importance des objets. Je me souviendrai toujours d'une chaise... de ces vingt pages sur une chaise en Formica... Encore merci, monsieur.

Dignard était comblé. Son visage poupon rayonnait. Avec la grâce d'un seigneur qui se préoccupe du sort d'un serf, il demanda :
— Quel est votre métier ?
— Actuellement, je profite de mon année sabbatique. Je cherche ma voie. Je veux écrire.

Éberlé se rétracta. Il se leva soudain et souffla à Dignard :
— Si vous n'avez pas besoin de moi, je peux m'absenter deux minutes ?
— Je vous en prie, dit Dignard. Il arrive qu'on fasse de merveilleuses rencontres dans la vie...

Éberlé se dirigea vers les toilettes tout en jetant de furtifs coups d'œil aux autres stands. Il revint l'âme lourde et la vessie soulagée.

Dignard resta encore une heure devant ses trois livres invendus tandis qu'Élise s'affairait derrière lui. Elle lui servit même du café gardé dans un thermos, puis lui proposa un peu d'eau minérale, mais Dignard remarqua que l'eau venait d'une bouteille déjà entamée, il pensa qu'on avait dû y boire au goulot et refusa.

« Que c'est beau, cette foule, tous ces livres ! songea Dignard. Quelle merveille pour un auteur d'être au milieu de tous ces lecteurs !... Dieu a dit : "Si je trouve un seul Juste, j'épargnerai..." » Quelle ville au juste ? Il ne savait plus. « Un seul lecteur a sauvé ma foi dans ce métier. » Il était heureux, Dignard.

*
* *

Ce même dimanche, sûrs de ne pas être surpris à la ferme, Harold et Géraldine arrivèrent vers vingt-deux heures à Senlis. Ils traversèrent la petite route rectiligne qui menait à la forêt. C'était par ce côté qu'ils pouvaient échapper au regard de la voisine qui, depuis leur visite, se tenait souvent dehors à guetter les chemins environnants, espérant voir réapparaître le jeune couple candidat à l'achat de sa maison.

Pas une ride ne troublait la pièce d'eau jaunâtre. Aucun coassement ne se faisait entendre. Le potager s'étendait, tranquille, bordé de rosiers somptueux.

— Il a des roses magnifiques, dit Géraldine.

— Je te l'avais bien dit : c'est un intellectuel qui aime jardiner, soigner ses fleurs et ses légumes, et qui déteste l'humanité. C'est bien son droit, murmura Harold.

— Je veux trouver l'autre chaussure, répondit Géraldine, tenace.

Chapitre 22

La nuit était noire, le ciel couvert. Même pas une étoile égarée au-dessus de la forêt.

– Si le portail est fermé à clé..., dit Harold en considérant depuis la voiture les obstacles à franchir.

– Essayons, dit Géraldine. Quand je me suis enfuie, le taquet était rabattu dans le vide.

Ils quittèrent la voiture et s'approchèrent du grillage. De fait, le portillon était resté légèrement entrebâillé. De loin, on pouvait le croire fermé, mais il s'ouvrait à la moindre pression.

Pour accéder au bâtiment, il fallait traverser le potager, frôler les rosiers. Harold tenta à mi-voix de persuader Géraldine de ne pas pénétrer dans la ferme qui se dressait comme une forteresse sombre et trapue sur fond de ténèbres. Il aurait voulu rebrousser chemin, mais Géraldine lui agrippa la main.

– Si on ne trouve rien, si tu penses que tout ce que je ressens n'est que le fruit de mon imagination, tu me quittes et je te quitte : à partir de demain matin, nous n'existons plus l'un pour l'autre. Tu as assez d'argent pour prendre une chambre à l'hôtel, et j'ai assez de forces pour continuer à vivre sans toi...

— Je n'aime pas ce genre de chantage. Si je ne te crois pas, tu t'en vas ? C'est absurde. On ne peut pas être aussi excessif.

— Si, dit Géraldine. On peut.

Ils s'approchèrent de la maison. La porte était protégée par un auvent.

— Arrête une seconde, dit Harold. Tu es ce qu'on appelle une jeune fille de bonne famille...

— *Why ?*

— Moi, je sors d'un milieu ultra-traditionnel, continua Harold, et tu veux que j'entre avec toi sans autorisation, sans y être invité, dans une maison ?

Géraldine haussa les épaules.

— Ce ne serait pas la première fois pour toi. Et le bureau ?

— Je l'ai fait une fois, mais pas deux.

— Voyons, Harold, tu n'as qu'à considérer que nous sommes dans un film que nous créons d'un instant à l'autre. Dans un scénario, je nous ferais entrer dans cette maison.

— Tu n'as pas de motivation, répondit Harold.

— Bien sûr que si ! fit Géradine. Tu ne me crois manifestement pas. J'ai eu très peur de ton éditeur. Il avait un regard qui me faisait fuir. Et j'ai fui. Mais, pendant que j'étais assise dans son fauteuil, près de la cheminée, j'avais l'impression qu'il y avait des personnes autour de nous. Femmes ou hommes, qu'importe... Reste dehors, moi j'entre et je regarde... Suppose qu'il y ait un otage caché quelque part, dans un réduit ou dans une cave ? Un otage bâillonné, qui, les yeux exorbités d'espoir qu'on le découvre, écoute nos pas ? Dans les films d'horreur, on passe toujours devant les cachettes. Pendant que le public espère que les enquêteurs finiront par comprendre la situation, de l'autre côté, le prisonnier ou la prisonnière meurt.

Harold la prit par les épaules.

– Je rentre pour te libérer de tes fantômes.

– Si j'entrais en toi..., dit Géraldine.

– Ah non ! s'exclama Harold. Je te ficherais dehors. Laisse mes pensées tranquilles.

Il appuya sur la poignée de la porte, évidemment fermée.

– En tout cas, ton truc ne va pas marcher, dit Harold. Il n'y a pas de clé.

– Si. Quelque part. Il y a quelque part une clé.

Elle s'agenouilla et tâta quelques pierres du petit muret décoratif qui encadrait le seuil.

– Cherche, dit-elle à Harold. Moi, je n'ose pas mettre la main à l'intérieur. J'ai peur des serpents.

Il trouva en effet une clé. Une petite clé de sécurité pour une petite serrure moderne.

– C'est toi qui ouvres, dit Harold.

Géraldine obéit, soudain comme déchargée de toute responsabilité. Elle se retourna :

– Tu as trouvé la clé. Nous devions donc entrer : c'est le destin...

– Bravo, dit Harold. Qu'est-ce que tu t'organises bien avec ta conscience !

Il était persuadé qu'il la quitterait un jour, sans doute même dans pas longtemps. Rationnel, attaché à ce qui était reconnu comme « normal », il supportait mal sa nature aussi exubérante que péremptoire.

Ils se retrouvèrent dans une grande pièce au sol pavé.

– C'est ici que j'étais, marmonna-t-elle.

Puis, tâtonnant au gré de ses souvenirs, elle s'approcha de la première fenêtre jouxtant la porte, puis de la seconde qui lui faisait face.

– J'y suis. Sors ta lampe de poche. Donne.

Harold obéit. Braquant la lampe vers le sol, elle fit courir le clair faisceau sur le mobilier rustique. Elle reconnut le vaisselier aux étagères garnies d'assiettes en faïence décorées, la table épaisse avec ses dessins en surface.

– Regarde. Les cercles de vie que dessinent les années...

Harold n'avait qu'une envie : partir. Géraldine accrocha la lampe de poche sur sa blouse.

– Suis-moi..., dit-elle à Harold.

Les rôles étaient bel et bien inversés. Le jeune Allemand aurait dû ouvrir, fouiller, s'exclamer, découvrir, mais il semblait perdu dans cette situation faite d'effractions et de présomptions qui lui semblait confiner à la folie.

Elle revint vers les deux fauteuils placés devant la cheminée. Elle s'assit dans celui de gauche.

– C'est ici que j'ai eu la première fois l'impression d'une *présence*...

– Il ne faudra pas raconter tout cela à mes parents, dit Harold. Ils ont horreur des médiums, des voyantes et des gens qui savent tout.... Tu fais quoi, Géraldine ?

Elle était en train d'essayer de passer sa main entre le coussin du fauteuil et l'accoudoir. Elle extirpa avec difficulté le quart d'un peigne de danseuse espagnole. Un objet de quatre sous.

– Voilà, dit-elle. C'est ce que j'ai senti. Il y avait une femme ici, qui devait avoir de longs cheveux. Il s'est passé quelque chose. Ce morceau est tombé...

– S'il était simplement tombé, dit Harold, impressionné, il n'aurait pas été coincé entre le coussin et l'accoudoir.

– Je ne peux pas répondre à tout ! s'écria Géraldine. Viens, on va voir à l'extérieur, à l'endroit où je suis tombée... là où la terre est si molle.

– Il a plu, dit Harold.

– Là-bas, j'ai aussi senti qu'il y avait *quelqu'un*...

Elle découvrit dans un placard des outils de jardinage. Au-dessus des pelles, pioches, râteaux appuyés contre la paroi, des gants épais étaient suspendus à un crochet. Quelques vieux vêtements étaient empilés à côté d'une paire de bottes en caoutchouc.

– Prends une pelle, Harold.

– Qu'est ce que tu veux faire ?

– On va juste creuser un peu. Il n'y a rien dans cette pièce. La *présence* flotte autour de nous. On va sortir examiner le jardin.

Ils longèrent un carré de salades splendides, puis s'immobilisèrent devant des plants de tomates fixés à leurs tuteurs par des bouts de raphia. Chaque rectangle était entouré d'une petite bordure en fil de fer. Géraldine poussa un soupir, souleva sa pelle, la planta au milieu des cultures et se mit à creuser. Elle ordonna à Harold :

– Creuse.

– Je ne peux pas. On va trop loin, Géraldine. Tes obsessions finiront par nous envoyer en prison.

Elle transpirait, haletait. Soudain, le fer de sa pelle accrocha quelque chose. Elle s'immobilisa. On apercevait au loin les phares d'une voiture.

– Ça y est ! fit-elle d'une petite voix. C'est lui qui rapplique.

– Non, la rassura Harold. Il ne peut pas venir de ce côté-là.

– Creuse !

Cette fois, il s'exécuta.

Géraldine enfonça sa propre pelle, ramena de la terre qu'elle déversa de côté, puis poussa un cri. Penchée au-dessus du trou, elle appela Harold.

– Regarde... Tiens bien la lampe, elle va tomber... Prends ce qui est accroché à ma pelle.

Harold obéit et, avec précaution, détacha de l'outil une chaussure à talon haut engluée de boue.

– Continuons, dit Géraldine.

Ils déblayèrent jusqu'à dégager, sur la longueur d'une fosse, les restes d'un corps. Un squelette sans tête.

L'autre plate-bande recelait elle aussi son macabre secret, mais le cadavre qui y avait été enfoui ne portait pas de chaussures. En revanche, lui aussi était sans tête.

Égaré, Harold chercha Géraldine, qui avait disparu. Elle était allée vomir à l'écart. Il posa sa pelle, la rejoignit et la prit dans ses bras. Elle hoqueta :

– Alors, est-ce qu'il n'y avait pas une présence ? Est-ce qu'il n'y avait pas *des* présences ?

– Je reconnais que tu avais raison, répondit Harold. Mais ça suffit. Barrons-nous....

– Il a voulu me tuer, dit Géraldine dans un souffle. Si je ne m'étais pas enfuie, j'aurais été le troisième corps... À moins qu'il m'ait portée ailleurs, jetée au fond de la forêt. Sans tête...

Elle se tourna vers Harold :

– Les deux crânes, dans son bureau, de l'autre côté... ? Je t'avais bien dit qu'Éberlé était un tueur.

Chapitre 23

Comme des enfants pressés de dissimuler les traces d'une mauvaise plaisanterie, ils entreprirent de remblayer les fosses à gestes rapides et maladroits. Géraldine claquait des dents.
– Je sens que je vais encore vomir...
À quatre pattes, ils repiquèrent tant bien que mal tuteurs et plants de tomates.
– Il faut aller au commissariat de Senlis, dit-elle.
– Tu imagines la tête des flics à qui on déclarera avoir retourné le potager de l'éditeur Éberlé, et pour quelle raison ? On nous prendra pour des dingues, ou des camés victimes d'hallucinations...
Ils essayèrent de gommer leurs traces du bout de la semelle de leurs baskets, puis se dirigèrent vers la voiture. Enfin à l'intérieur, Géraldine frissonnait. Elle annonça :
– J'ai une crise de spasmophilie... Mes doigts sont insensibles.
– Comment t'aider ? demanda Harold.
– Rentrons.
Elle ajouta, à peine audible :

– Selon toi, il les a mis il y a combien de temps, là-bas ?

– Il me semble avoir entendu dire qu'un corps en contact direct avec la terre met un ou deux ans à devenir squelette.

Il boucla la ceinture de la jeune femme et tourna la clé de contact.

– Essaie de te détendre.

Géraldine craignait que leurs relations souffrent de l'horreur vécue. Elle n'aurait pas dû insister en évoquant des « présences ».

– Tu m'en veux ? dit-elle à Harold.

– Tu racontes des bêtises, dit-il.

– L'autre squelette est aussi celui d'une femme ?

– Je suppose, dit Harold. Il faut voir maintenant ce que nous allons faire.

– Dans un récit, je n'aurais pas pu entrer dans la peau d'un serial killer, continua Géraldine. Un jour, j'ai rompu avec un garçon qui avait tué net un lapin en lui brisant les vertèbres cervicales. « Pour le dîner », avait-il indiqué. Je ne l'ai plus revu.

Il garda le silence. La jeune femme se tourna vers lui. Jamais le garçon ne lui avait semblé aussi beau que dans la pénombre de la voiture.

Harold ralentit et arrêta le véhicule sur un terre-plein, descendit et, courbé en deux, vomit à son tour. Géraldine parvint avec difficulté à détacher sa ceinture pour le rejoindre.

– Qu'est-ce qui se passe ?

Harold se redressa et revint vers elle en s'essuyant la bouche.

– L'horreur ! dit-il. Il y a quelques mois, Éberlé a ramené des tomates de son jardin. J'en ai mangé trois...

Il tremblait de dégoût.

– Tu as mangé de ses tomates ?

Elle fut prise d'un accès de rire irrépressible.

– Pardonne-moi..., pardonne-moi... C'est un rire nerveux.

Elle ne pouvait plus s'arrêter. Harold reprit le volant. Au bout d'une vingtaine de kilomètres, ils se retrouvèrent sur l'autoroute.

– Géraldine, nous devons disparaître de la vie d'Éberlé. Tu partiras pour Seattle. Moi, je vais lui envoyer une lettre de démission en prétextant que je dois retourner plus tôt que prévu en Allemagne.

– Tu veux fuir ?

– Lorsqu'on rencontre un serial killer, il vaut mieux ne pas l'agacer. Passer inaperçu. Ne pas le provoquer.

Les phares d'en face les éblouissaient. L'autoroute mouillée brillait. La jeune femme put bientôt bouger normalement les doigts ; elle se redressa sur son siège.

– La crise passe », dit-elle, puis elle ajouta : « J'ai emporté une preuve : j'ai plié en deux la chaussure pourrie et l'ai cachée dans la poche de mon imper.

– Folle ! s'exclama Harold. Complètement folle ! Tu emportes avec toi un objet auquel tu n'aurais même pas dû toucher ?

– Je crois que nous sommes les premiers à avoir trouvé deux cadavres dans le potager d'un éditeur.

Affaire insolite, solution inédite ! Il faut aller à la police.

– Géraldine, tu n'aurais jamais pu écrire un roman policier !

– Pourquoi ? demanda-t-elle, intéressée.

– Ta démarche est simpliste. Tu nous vois, à minuit, déclarer à un flic : « Nous avons deux cadavres à vous signaler. » Nous ne sommes pas dans un roman, mais confrontés à un sadique... Pour le moment, faute de preuve légale, il faut nous taire. Éberlé fera faillite. L'immeuble sera vendu à un confectionneur chinois...

– Selon moi, on devrait l'accuser et le faire avouer.

– Comment ?

– Il y a les deux crânes dans sa bibliothèque. Des tests ADN feront le lien avec les squelettes.

– Ces crânes peuvent aussi bien appartenir à d'autres, objecta Harold.

– Mais qu'est-ce qu'il aurait fait des têtes qui manquent ?

L'argument était convaincant.

– Pour le moment, on va rentrer prendre une bonne douche, puis se coucher.

Ils restèrent silencieux. L'affaire était trop lourde pour qu'ils s'y attaquent.

Harold trouva rapidement une place pour sa voiture. Le logement leur parut plus petit que jamais. Géraldine pinça les narines.

– Je sens une odeur.

– Quelle odeur ?

– De la terre mouillée...

– Mouche-toi.
– Harold, tu ne m'aimes plus.
– Bien sûr que si. Mais ce qu'on a vu, c'est trop pour moi !
– Tu n'es pas étudiant en médecine, dit Géraldine. Les études de littérature française ne constituent pas une préparation idéale pour déterrer des cadavres. Même chez un éditeur...

Géraldine s'enferma dans la douche. Elle revint vêtue d'un gros peignoir de bain et dit à Harold :
– À ton tour...

Il se lava longuement les cheveux, les oreilles, et jusqu'aux yeux, car il devait aussi se débarrasser de certaines images qui risquaient fort de rester gravées dans sa mémoire. Harold cherchait une porte de sortie. Il n'avait rien d'un aventurier, n'avait jamais pris de drogue, fuyait les visions traumatisantes.

Vers quatre heures du matin, Géraldine s'assit dans le lit et toucha l'épaule du garçon :
– Réveille-toi...

Harold bougonna. Elle insista :
– J'ai quelque chose à te dire. Je peux t'apporter une tasse de café ?

Elle se leva, s'affaira à la cuisine et revint avec du café.
– Tiens !

Il but. Quelques minutes plus tard, il semblait presque alerte. Géraldine lui prit la main.
– J'ai une idée.
– Je t'écoute.
– Il faudrait faire croire à cet Éberlé qu'il est un génie.

– Et alors ? Peut-être qu'*il est* un génie ! N'importe qui ne peut pas tuer deux femmes, les enterrer dans son potager et poursuivre son existence quotidienne comme si de rien n'était.

– Harold, pour lui faire avouer ses crimes, il faudrait qu'il les considère comme un exploit dû justement à ses dons exceptionnels. Si on est habile, admiratif, il y aura peut-être un déclic. S'il perdait son contrôle, son sang-froid, il serait presque heureux de se vanter de ses crimes.

– Tu rêves ! dit Harold. Tu rêves...

– S'il se croyait le centre d'intérêt d'une foule...

– Ce sont là des théories... Pour le moment, il faudrait plutôt essayer de nous rendormir.

Ils se recouchèrent l'un à côté de l'autre en gardant une certaine distance entre eux deux. Géraldine réfléchit et décréta :

– Éberlé a cassé notre liaison. Tu ne me supportes plus.

– Je suis juste fatigué. Comme toi !

– La raison en est différente. Quand on traverse ensemble une aventure monstrueuse, mieux vaut sans doute se séparer ; sinon, chacun rappellera tout le temps à l'autre ce qui est arrivé.

Harold haussa les épaules et ne dit plus rien. Ils restèrent ainsi comme deux enfants effrayés à l'idée de devenir un jour adultes.

*

Harold se réveilla le lendemain matin à huit heures, alors que Géraldine achevait de préparer le petit déjeuner. Tout ce qu'il aimait : un œuf à la coque, une cafetière remplie de café brûlant, des toasts blonds qui sautaient de l'appareil.

– Tu ne les laisses pas assez longtemps, dit le jeune Allemand.

– J'ai réglé l'appareil ainsi car j'ai peur de les brûler, expliqua Géraldine. Bon, on va oublier Senlis. Jamais plus on n'en reparlera.

Harold la considéra avec reconnaissance. « Une fille formidable, pensa-t-il. Elle prend la balle, la renvoie, elle ne cède pas, mais sait exactement à quel moment il lui faut sortir du cauchemar. »

– Géraldine, dit-il en se tournant vers elle. Je peux t'annoncer une grande nouvelle ?

– Oui, si elle est agréable.

Harold se mit à sourire :

– Je t'aime.

« Un beau moment... », soupira Géraldine, mais elle voyait grandir dans le même temps la silhouette d'Éberlé. Elle avait l'impression que le soleil s'obscurcissait, que les nuages affluaient, charriant avec eux la peur.

Elle reprit :

– Tu m'as parlé d'amis, un caméraman et un preneur de son qui étaient à Paris pour tourner un épisode de je ne sais quel feuilleton allemand...

– ... qui se passe sous l'Occupation. La France occupée par les Allemands...

– Qui est le metteur en scène ?

– Un jeune cinéaste français qui a réussi à trouver l'argent pour son premier film. Ils ont tourné les intérieurs dans un studio privé...

– C'est bien ça, dit Géraldine.

– Cette histoire ne présente aucun intérêt.

– Si. Tu m'as dit que l'un d'eux connaissait un imitateur célèbre ?

– En effet, dit Harold. Il le surnomme « la Voix universelle ». Il peut s'exprimer comme De Gaulle, pour prendre ensuite le ton de voix de Mitterrand, puis de Chirac ou de qui tu voudras. C'est le génie des cordes vocales... Il a l'intelligence des situations et improvise ses numéros au gré de l'actualité.

– C'est l'homme qu'il nous faut..., conclut Géraldine. Veux-tu un autre toast ?

– Je ne vois pas pour quelle raison tu... Il reste un peu de confiture d'abricots ?

– Oui. Attends...

Elle se leva, ouvrit le buffet, s'empara du bocal de confiture encore à moitié plein, le déposa sur la table et reprit méthodiquement :

– Il nous faut la complicité de tes amis, la « Voix » et le studio.

– Qu'est-ce que tu veux faire, Géraldine ?

– Un montage... Créer une situation vraisemblable. Simuler un enregistrement. Tu m'as aussi parlé d'un jeune psychologue de tes amis...

– Le professeur Hummer ? Tu veux le connaître ?

– Il faudrait l'avoir comme complice. Pour lui, ce serait une expérience singulière... non ? On ne peut pas laisser Éberlé en liberté. Il faut qu'il avoue !

– Avouer ? l'interrogea Harold. Mais comment ?
– Tu me répètes depuis longtemps qu'il souffre de son insignifiance. Il se sent écarté du milieu intellectuel. Tenu à distance. S'il croyait qu'enfin on l'écoute... Que la France entière l'écoute...

Chapitre 24

Éberlé était troublé par la rencontre du lecteur de Dignard. Lui, dignitaire des lettres, professionnel méconnu mais conscient de ses responsabilités, serait-il passé à côté du filon que pouvait représenter son *Funambule* ? Il avait envie d'incriminer Philippe, l'attaché de presse, qui n'avait pas pensé à un slogan du genre : « Le nouveau Nouveau Roman est né. »

Le monde était en guerre, une guerre tantôt ouverte, tantôt inavouée. Quelle félicité pour le lecteur, dès lors, que de s'enfermer dans un vide apaisant ! Au lieu d'être brusqué par les aventures absurdes d'une fiction, d'un roman d'aventures, effectuer un pèlerinage dans le huis clos de la stérilité intellectuelle, fuir ainsi l'accumulation des charniers et des fosses communes. Le minimalisme ne refaisait-il pas surface ? Plus un texte était court et ses phrases anodines, plus le succès était au rendez-vous. « Quand j'écosse les petits pois, je suis ému, je pense à mes enfants », contait tel auteur qui berçait ainsi un public sensible. Ne continuait-il pas avec des mots câlins : « Chou ? vous avez dit chou ? Mon petit chou, comme on s'aime ! » ? Quelle paix de l'âme ! N'avait-on pas annoncé un « Festival des grandes petites voix » ? Il y avait même des chansons qu'il fallait lire dans les livres ! Les pièces de théâtre créées pour deux acteurs rencontraient les faveurs de la presse. Le « monothéâtre », naguère appelé « one man show », était hissé au pinacle. Le public frissonnait d'émotion quand il imaginait entendre la voix d'une célébrité disparue dont on lisait la correspondance dans un décor réduit au cercle de lumière d'un projecteur.

Éberlé avait aussi été saisi par la visite à son stand d'une femme du genre « ménagère de moins de cinquante ans » telle que s'employaient à la fidéliser, il y avait peu, les chaînes de télévision. Elle portait un sac d'où émergeaient deux aiguilles à tricoter piquées dans une pelote de laine. Elle s'était arrêtée devant Éberlé. « Bonjour. C'est vous, M. Dignard ? – Non. Je suis son éditeur. – Où est-il ? – Il va venir, madame. » Éberlé avait considéré avec inquiétude les quatre exemplaires du *Funambule* dont il disposait. « Vous souhaitez le rencontrer ? – Oui. Je désire lui faire mes compliments. Il est le seul écrivain qui me permette de tricoter tout en lisant. » La femme s'était aussitôt lancée dans l'évocation de son passé. « Mon mari était musicien, il est mort. Il a laissé un lutrin sur lequel je peux poser un livre ouvert. M. Dignard, je peux le lire sans sauter une maille. De temps en temps, je jette un coup d'œil sur une ligne, j'en passe ensuite deux ou trois et je m'occupe du tricot. Je peux ensuite reprendre le fil de ma lecture exactement de la même façon que je reprends mes mailles. M. Dignard me permet ainsi de bénéficier d'un double loisir. M. Dignard nous rend conscient de notre intelligence. »

Éberlé avait fait amende honorable vis-à-vis de son auteur. N'avait-il pas en effet l'art de sécréter, à une époque saturée de drames, de la détente mentale ? D'ailleurs, qu'était-ce que ce « rien » fabuleux ? Une parenthèse où l'on ne tuait personne, où aucun bâtiment ne sautait, où aucune révolution n'éclatait, où aucun car ne tombait dans un ravin avec ses soixante retraités. C'était la fête du non-événement.

Éberlé avait eu peur que la femme fût envoyée par une publication humoristique pour le piéger. Une fois de plus, il avait craint d'être enregistré. Il se devait aussi de défendre ses autres auteurs : « Il y a des écrivains qui vous comblent par leurs histoires palpitantes, avait-il repris. – Notre vie est assez palpitante comme ça, monsieur..., avait répliqué la femme en regardant autour d'elle. Où est M. Dignard ? – Il va arriver d'une seconde à l'autre. – Je vais faire un tour et je reviens... » Il n'avait pas rapporté l'incident à Dignard : il ne fallait pas faire enfler l'ego de son auteur. Quant à la femme, elle n'était pas réapparue.

*
* *

Après les maigres satisfactions du Salon, Éberlé reprit contact avec l'Émissaire. Au téléphone, l'homme se montra évasif. Il dit qu'il n'avait guère d'informations sur les noms qui seraient avancés pour le Goncourt. Les éditeurs cachaient bien leur jeu, leurs petites et grandes manœuvres.

– Paris se tait, reprit-il. On n'entend pas le bruissement habituel. L'époque est difficile. Les jurys sont de plus en plus imprévisibles. En cas de flottement, de mésentente entre les membres, la voix du président compte double. Cette année, c'est Tourbillon. Il s'est remis de son deuxième pontage. Un vrai gaillard ! On lui prête encore des aventures extra-littéraires... S'il décide de voter pour un inconnu, même cette fille qui traîne la patte pourrait décrocher la timbale, Éberlé.

– Ne plaisantez pas. Les temps sont durs.

– Figurez-vous – je ne dis pas ça pour vous consoler – que j'ai entendu prononcer le nom de Dignard. Une seule fois... Vous avez un contrat pour combien de titres avec Dignard ?

– J'ai un contrat-type, et sa parole. Personne ne le réclame. Il n'y a donc pas de problème. Pourquoi parlerait-on de son *Funambule* ?

– Parce que c'est une année de purgatoire, expliqua Vladimir. À Paris, il n'y a plus de grand scandale. Les changements vont vite. Une bonne fraction des hommes politiques a été écartée de la vie publique. On congédie les chefs d'entreprise et les banquiers qui ont commis trop d'erreurs de calcul. Les Français sont blasés, soucieux, ils en ont marre des jeux de chaises musicales, mais ne peuvent s'empêcher de zapper. La preuve, en une nuit, nous voici redevenus socialistes !

– Que savez-vous de plus ?

– Hélas, c'est tout.

Éberlé insista :

– J'aimerais une consolation. Même maigre. Vendez *Le Funambule* aux Russes !

L'Émissaire poussa un léger grognement :

– Pour un franc symbolique ?

Il réfléchit. Éberlé était bon payeur, il ne fallait pas le lâcher. Il reprit :

– Vous m'avez vanté les mérites de la fille aux cinq cents pages. Vous allez en faire quoi ?

– Ce qu'elle écrit n'est pas du tout à la mode, mais le début est intéressant. Un air de valse traverse ses pages... À dire vrai, je n'ai pas eu le temps de lire les quatre cent cinquante pages restantes.

– Vous la laissez tomber ? Vous n'aviez pas fait référence, à son propos, à Margaret Mitchell ?

– Une boutade !

Éberlé se fit confidentiel :

– Mes finances ? Un désastre. Les libraires pensent que je suis en fin de parcours. Le seul mérite dont je peux encore me prévaloir, c'est la défense de la langue française avec *Le Funambule*. Mais c'est bien peu de chose à côté de la concurrence des usines à livres...

– Et si l'une de ces usines voulait racheter votre maison, y compris la fille et *Le Funambule* ?

Éberlé s'exclama :

– Mais c'est ce que je cherche depuis des années ! Dites-moi la vérité : quelqu'un s'intéresse à moi ?

– Je ne dis rien de plus par téléphone...

Ils se mirent d'accord pour un rendez-vous.

Éberlé se replongea dans ses comptes. Dix minutes plus tard, la standardiste lui annonça un appel du professeur Hummer.

– Un professeur ? demanda-t-il.

– Oui. Il voudrait vous parler personnellement.

– Vous lui avez demandé à quel sujet ?

– Je ne suis qu'une standardiste. Votre secrétaire *intérimaire* n'est pas là ?

Elle avait souligné « intérimaire » dans le seul but d'agacer Éberlé. Ce matin-là, il ne lui avait pas même dit bonjour.

– Passez-le-moi.

De l'autre côté du monde ou de la ville, peut-être même du bistrot d'à côté – grâce au téléphone portable, tout était possible –, une voix chaleureuse l'interpella :

– Monsieur Éberlé ?

– Oui.

– Vous êtes le grand éditeur Éberlé ?

– Oui, dit-il, agréablement surpris, mais je ne peux me permettre d'accepter un qualificatif aussi exagéré... Est-ce qu'on se connaît ?

– Pas encore, mais, depuis des années, en tant que membre de l'Observatoire du Déclin de la Langue française, je suis de près votre travail...

– Vous devez vous tromper de personne. Je ne connais pas votre Observatoire.

– Fondé par une association d'intellectuels belges, suisses et québécois.

– Ah, lâcha Éberlé, déçu : des francophones...

– Sans les pays africains.

– Mais en quoi est-ce que je vous intéresse ?

– Un article paru il y a peut-être quinze ans dans une revue. Sur l'imagination, dont l'absence appauvrit le vocabulaire. « Un texte riche en actions n'a pas besoin d'adjectifs fumeux, mais de mots précis. Mais qu'est-elle devenue, l'imagination française ? » Notre Conseil de l'Observatoire estime que vous êtes l'un des rares à essayer de mettre au jour les causes du dépérissement actuel de la création littéraire... Monsieur Éberlé, quand on analyse de près vos publications, on comprend que vous êtes l'incarnation du Français en quête des valeurs linguistiques dans leur diversité...

– Moi ?

– Oui. Votre ligne de recherche est claire. Vous aspirez à toucher sans concessions des lecteurs de tous niveaux... Accepteriez-vous de me rencontrer ? Je suis belge et dévoué à la défense de notre langue commune...

– Sympathique pays, commenta Éberlé. Et pas loin : une heure, avec le Thalys. J'y vais de temps à autre. À dire vrai, je n'y trouve pas forcément en librairie les livres que je publie...

– On voit partout *Votre santé, votre vie*.

– En effet, acquiesça l'éditeur. Une sorte de bible de l'homme qui entend se porter bien jusqu'au bout.

– Mieux qu'une bible ! dit le professeur Hummer. La Table de la Loi des régimes. Mais, fait étonnant, selon mes renseignements, vous avez parmi vos auteurs classiques – je veux dire : morts –, quelques œuvres encore méconnues de Kraft-Ebing. Vous cherchez d'autres titres de cet auteur dont vous ne possédez pas tous les droits...
– Qui vous l'a dit ?
– Internet. Vous êtes signalé comme détenteur de quelques Kraft-Ebing et en désirant d'autres. Seriez-vous attiré par les déviances sexuelles ?
Parler de sexe le matin déplaisait à Éberlé. Il pensa aussi que quelqu'un pouvait écouter sa ligne.
– Cette maison a été achetée par mon père imprimeur avec un fonds diversifié. Il y avait de tout... Aussi bien la vie des plantes que celle des frustrés. Le désir de satisfaire des envies qui sortent de l'ordinaire suscite des pulsions...
– Accepteriez-vous de faire un essai de dialogue dans nos studios ? Tous gagneraient à mieux connaître votre personnalité. Vous pourriez être la première vedette pour notre émission-pilote. Ne serait-ce qu'en racontant des anecdotes qui ont marqué votre carrière. Ce serait passionnant.
– Je suis flatté, répondit Éberlé, mais je ne suis pas forcément le personnage dont vous avez besoin. Je ne vois pas trop le rapport entre le sexe, le vocabulaire et l'imagination...
– Faites-nous confiance, insista Hummer. On a un studio près de Clichy. Production allemande, personnel belge...

– Je serai le seul Français ? s'enquit Éberlé.
– Cette fois-ci. Mais l'émission s'adresse au large public de langue française.
– Sur quelle chaîne ?
– *Psychochaîne*. Que des débats ciblés sur les secrets des individus et leurs désirs souvent inavoués. La chaîne de ceux qui dépérissent sous le poids de leurs frustrations. Votre problème se résume en un mot : « l'imagination ». La direction nous donne l'antenne pour une tranche horaire exceptionnelle.
– Vous me tentez, même si je ne vois toujours pas quel intérêt je pourrais susciter. Je n'ai pas obtenu de grands succès de librairie depuis fort longtemps…
– Si : *Votre santé, votre vie*.
– Ce titre-là ferait vendre n'importe quoi.
– Monsieur Éberlé, vous pourriez nous éclairer sur l'homme qui est capable de vendre à la fois *Votre santé, votre vie* et *Le Funambule*. Et qui, paraît-il, aime la littérature étrangère, mais n'en publie que peu.
– Les traductions sont de plus en plus chères et de piètre qualité : les lecteurs qui connaissent les deux langues en sont souvent mécontents. Nous sommes faits pour vivre à l'intérieur des frontières de notre beau pays, et « autoconsommer ».
– C'est-à-dire ?
– Lire « restreint », pour ne pas trop se dépayser. Ne pas se donner l'envie d'être ailleurs.
– Bravo ! dit le professeur. Bravo : vous avez le courage de vous exprimer librement. Vous reconnaissez qu'un « ailleurs » existe. Si vous osez

prétendre que d'autres pays sont plus productifs que la France, vous n'êtes pas politiquement correct ! Je vous proposerai un rendez-vous. Je peux avoir votre adresse personnelle ?

— Appelez-moi sur mon téléphone cellulaire.

Perplexe, Éberlé se dit qu'il pouvait encore refuser cette étrange et flatteuse invitation. Il retint son interlocuteur à la dernière seconde.

— Je vous ai trop rapidement laissé entendre que j'étais d'accord... En fait, quel rapport entre votre émission et ce que je suis ? Expliquez-vous.

— Je reviens à l'article que vous avez publié il y a longtemps dans *L'Œil écoute*. La revue a cessé d'exister au bout de deux ans, mais votre opinion a survécu.

Éberlé se souvenait de cet article rédigé dans les plus grandes difficultés juste après la reprise de la maison d'édition. Il fit semblant de l'avoir oublié.

— Qu'est-ce que j'y disais de si important ?

— Je vous en ai déjà cité un passage. Vous y affirmiez que l'esprit français, aussi brillant qu'il soit, n'exerce aucune influence sur l'imagination littéraire. Vous y traciez la ligne de partage entre l'esprit et l'imagination. L'esprit permet de s'exprimer mais reste impuissant devant le manque d'imagination.

— En effet, confirma Éberlé. Dire qu'un seul article laisse des souvenirs pareils ! Je suis presque ému... Mais si je participais à votre émission, je vous demanderais d'éviter les questions politiques.

— Ce qui nous intéresse, c'est une petite phrase comme : « Même celui qui est complètement

dépourvu d'imagination trouve des solutions de survie. » S'agit-il là d'une expérience personnelle ?
Éberlé tomba dans le piège :
– Bien sûr, dit-il.
– Je me permettrai de vous appeler quarante-huit heures avant l'enregistrement, dit Hummer.

*
* *

Cette sollicitation inespérée, par la popularité qu'elle semblait promettre, avait renvoyé Éberlé à son passé. Il allait peut-être sauver quelque chose de son existence ratée. Lors de ses années d'université, il rêvait d'être un philosophe reconnu et, plus tard, un meneur d'hommes. Son père lui avait remontré que, pour être philosophe de métier, il lui faudrait vivre dans une grotte, ou bien être rentier. Il avait saisi la première occasion de travailler pour une publication quotidienne. Le chef de service lui avait fait sous-titrer des photos, puis l'avait gardé comme pigiste. Dans ces années 80 où l'on cherchait encore des « jeunes talents », il n'était pas suffisamment « prometteur » pour obtenir une place stable ; aussi s'était-il laissé engager ensuite par un éditeur de province qui faisait imprimer ses livres chez son père.

C'est seulement à l'ouverture du testament qu'il apprit que M. Éberlé père avait acheté quelques années auparavant une maison d'édition dont les bureaux étaient dans le Marais. Le jeune Éberlé se trouva alors à la tête d'une affaire qui lui donnerait à terme, croyait-il, un certain pouvoir sur la création littéraire. En attendant, il vendrait l'esprit des autres.

Au fil de ces années, il avait souffert de son anonymat. Il lui manquait la considération de ses pairs. Il n'était qu'un héritier qui n'avait pas fait d'études de haut niveau et ne pouvait guère envisager une carrière politique. À l'époque où Éberlé père avait signé l'acte d'achat de la maison d'édition, une obscure histoire de collaboration était remontée à la surface. L'ancien propriétaire avait publié un brûlot favorable aux nazis, espérant ainsi obtenir les faveurs de l'occupant, du papier, voire rafler des sociétés aux patronymes non aryens... L'imprimeur ne pouvait supposer qu'il avait acheté du même coup la haine des anciens résistants, voire de leurs descendants. Edmond Éberlé aurait pu se débarrasser de cette mauvaise réputation reçue en héritage, mais il n'avait jamais eu le courage de choisir son camp. Se déclarer lui faisait horreur. Peur de l'avenir et de ses incertitudes ? Il préférait s'abstenir d'afficher la moindre obédience.

À partir du moment où il avait commencé à rechercher la popularité bon marché, l'estime des libraires et de la plupart des critiques s'était dégradée. Éberlé avait tout essayé, y compris de publier des traductions de best-sellers anglo-saxons censés se vendre à tous coups. À tous coups un échec. Il s'était alors mis à éditer des souvenirs ou des essais de journalistes collaborant à des quotidiens ou à des hebdomadaires en vue, imaginant ainsi en obtenir automatiquement des articles sur ses publications. Il eut des articles de complaisance, aucune vente, et cette stratégie stérile lui coûta une partie de son crédit moral. Il mit sur le marché des reconstitutions de scandales politiques qui duraient le temps d'un feu de paille. Quand un de ces pamphlets hâtifs mordait sa cible, un confrère publiait la défense de la personnalité ou de l'entreprise attaquée. Les Éditions Éberlé perdirent rapidement leur auréole de « petite maison courageuse ».

Les romans occupaient peu de place parmi ce va-et-vient de produits périssables. Le fonds – quelques auteurs classiques – était relancé dans les moments de creux. Éberlé n'avait jamais osé prendre de gros risques. Non, il n'avait pas envie de tout perdre juste pour gagner l'estime de ceux qui lui feraient un magnifique enterrement sur deux colonnes dans les journaux que lisent des intellectuels contents d'être encore de ce monde.

Depuis qu'il avait donné son accord pour l'émission, il était inquiet, mais l'idée d'exprimer enfin tout ce qu'il ressentait le plongeait dans une bizarre euphorie. La perspective de se trouver face à la caméra et de devenir, fût-ce le temps d'une soirée, l'homme qu'il avait toujours voulu être, celui qu'on écoute, le grisait. Il aimait impressionner.

N'y avait-il pas eu, deux ans auparavant, cette femme qui lui avait crié, à la ferme : « Vous m'affolez, quand vous me fixez comme ça. On ne voit que vos yeux... J'ai envie d'appeler au secours... Non, ne vous fâchez pas... Non... Que faites-vous ? Vos yeux me dévorent... » Elle n'avait pas souffert. Pas trop.

Chapitre 25

L'appel de Hummer l'avait renvoyé au passé. Il lui fallait revenir dans l'immédiat au souci de l'entreprise. Se montrer victorieux, à tout le moins camoufler sa prochaine faillite. Il songea même à annoncer le projet d'émission à son « cabinet » – il usait parfois d'un langage ministériel, surtout en période de fièvre électorale ou de crise gouvernementale : « Vous voyez, on a enfin découvert qui je suis vraiment. On n'écrit jamais pour rien. Quand j'ai publié cet article... » Il s'arrêta net. Comment pourrait-il se vanter ? Il n'avait publié qu'un seul article.

Ces jours-ci, la chance semblait tourner en sa faveur, même si, quand il était touché par de bonnes nouvelles ou des phénomènes agréables, il pensait toujours qu'il s'agissait d'une rémission avant la fin. Il maudit aussi son sens de l'économie. Pour donner l'exemple, il avait refusé de jeter l'argent par les fenêtres en faisant installer un mini-réfrigérateur dans son bureau, ne fût-ce que pour y garder au frais deux ou trois bouteilles d'eau. Il crevait de soif. Il haussa les épaules et appela Élise.

Elle entra, toujours aussi joliment habillée. Elle portait un chemisier rouge vif orné d'ancres de bateau imprimées, une jupe plutôt courte. Impression d'été. Elle croisa les jambes sans tirer sa jupe sur ses genoux. « Elle a dû voir *Basic Instinct*, songea Éberlé. Elle va donc au cinéma ?... On ne voit pas sa culotte, mais c'est une femme qui cherche à plaire. Tant mieux : je ne vis pas avec des cadres féminins desséchés. On sait que je suis encore un homme... » Il ne fit aucun compliment, mais se montra aimable.

– Élise, je voulais vous remercier pour votre participation au Salon du Livre.

– Monsieur, je n'ai fait là que mon devoir.

– Non, Élise : vous faites un peu plus. Vous m'avez en outre procuré le manuscrit de *Maigrir*. Nous remporterons peut-être un succès égal à celui de *Votre santé, votre vie*.

– J'étais chez mon professeur de yoga. C'est lui qui m'a parlé de l'auteur de ce manuscrit. Il paraît que le simple fait de le lire fait déjà maigrir, tant la probabilité de succès est grande. D'ailleurs, l'auteur, avec l'aide d'un laboratoire, cherche à fabriquer des injections intramusculaires de protéines extraites de viande de bœuf ou de blancs de poulet lyophilisé. On se pique et on a déjeuné.

Éberlé trouva la méthode un peu expéditive. Il en revint à *Maigrir* :

– Élise, ce que vous avez dit avant de parler du steak soluble est un slogan en or pour la publicité : « Déjà le fait de le lire vous fait maigrir. » Mais il y a deux « fait », il faut trouver mieux... Si on disait : « Vous maigrirez déjà rien qu'en le lisant » ? Mais, vous-même, l'avez-vous lu, ce chef-d'œuvre amaigrissant ?

– Pas encore, monsieur. Mais j'ai vu la table des matières. Avant d'en arriver à la solution de poulet à injecter, l'auteur était partisan du « Tout fruits, tout légumes ». Une journée fruits, une journée légumes, et ainsi de suite. Les tomates dont vous nous gratifiez avec tant de générosité nous comblent...

Éberlé sourit, jovial :

– Voilà qui me fait grand plaisir ! Donc, l'effort de les cueillir, les apporter, les disposer dans une corbeille et vous les présenter, n'est pas vain. C'est ce que j'aime le plus : partager...

Il sentit un mince filet lui couler entre les omoplates. Il se rendit compte que, depuis quelques semaines, il transpirait en permanence, même quand il faisait froid. Il était pris de spasmes, d'accès d'inquiétude, de peurs soudaines. Chaque fois, il se disait : « Personne ne peut rien contre moi. Ce qui s'est passé là-bas restera un secret absolu. »

Il se tourna vers Élise.

– J'étais perdu dans mes pensées... Dès qu'on me parle légumes, je songe à mon potager... Je dois aussi avoir une trop forte tension. Pourtant je ne bois guère de café, je ne me soûle pas au thé glacé... Je suis un homme sage...

– Mais un sacré tempérament ! s'exclama Élise. C'est ce que j'admire le plus chez vous.

Éberlé la contempla. Peut-être était-ce cette femme-là qu'il lui faudrait. Devrait-il aller jusqu'à l'épouser ? Elle lui serait utile, mais aurait vite des velléités de commander.
– Élise, je vais participer à une grande émission de télévision.
Elle s'exclama :
– Quelle bonne nouvelle ! À la suite du Salon du Livre ?
– Non. J'ai dû écrire un jour une étude sur l'imagination. Ces réflexions ont frappé... un penseur. C'est drôle, non ? On se rencontre comme ça, grâce à quelques pages plutôt bien tournées, imprimées dans une revue qui a disparu depuis des années... Élise, je voulais aussi vous dire que notre maison sera vendue un jour. Je recommanderai au futur propriétaire – sauf, bien sûr, s'il s'agit d'un de ces confectionneurs chinois qui observent le quartier – de vous garder avec votre salaire actuel, voire plus.
– Monsieur, supplia Élise, ne nous quittez pas ! Qu'est-ce qu'on fera sans vous ? Mais pourquoi ces confectionneurs chinois ? dit-elle d'une voix angoissée. Ils arrivent déjà par ici ? Ils veulent acheter l'hôtel particulier ?
– Ils veulent tout acheter, partout, répondit Éberlé. Un jour, je recevrai la visite d'un de ces yeux bridés...
Il eut peur qu'Élise l'accuse de racisme. Il se reprit aussitôt :
– ... d'un homme d'affaires qui débarquera avec une ou deux valises bourrées de billets pour me dire : « J'achète tout. » Je crois que je n'hésite-

rai pas. Je lui demanderai juste de bien vouloir vous garder.

— La confection est un métier excitant, remarqua Élise. Les broderies surtout m'intéressent. Parce que broder, c'est comme écrire...

— Ne me dites pas que vous écrivez encore !

— Oh non ! susurra Élise. Juste quelques lignes de-ci, de-là. Après une journée de travail chez vous, comment faire plus ? Voilà, monsieur : merci d'avoir partagé avec moi vos soucis, vos projets... un peu de vos bonheurs, aussi... Si vous me permettez de vous donner un conseil, il vaudrait mieux que vous partiez quelques jours pour Senlis. Il y a de méchantes allergies qui courent dans Paris. À cause du changement de saison, mais aussi de la pollution. Dans notre Marais, on peut à peine respirer. Les paupières me démangent, je me frotte les yeux en permanence dans le métro. L'autre jour, on m'a tendu un mouchoir en papier, croyant que je sanglotais...

Éberlé eut l'impression que la pièce tanguait.

— Vous avez raison, Élise. Je vais rentrer à Senlis. Cet échange aimable m'est d'un grand secours. Même si je vendais la maison, j'aimerais que nous gardions des relations aussi agréables...

— Mais bien sûr, monsieur. Je n'ai aucune raison de ne pas vous rester dévouée par la suite...

Éberlé craignait un malaise. Il dit à Élise :

— Puis-je vous demander un grand service ?

— Bien sûr !

– Pourriez-vous m'apporter une bouteille d'eau et un gobelet ?

La machine à café était en panne, mais chaque employé avait sa bouteille d'eau. Élise en avait acheté une, ce matin-là, et fut tout heureuse de la lui apporter avec un gobelet en carton.

– Merci, dit Éberlé. Merci.

Resté seul, il tourna la clé de la porte du bureau et ferma les volets. Il s'étendit sur le parquet dont il respira l'odeur d'encaustique. La femme de ménage en mettait toujours une quantité exagérée. Il faudrait la rappeler à l'ordre.

C'est à ce moment-là qu'il aperçut un stylo tombé au bas des tiroirs. Il l'examina et réfléchit. Jamais il n'avait possédé de stylo pareil. À quatre pattes, il s'approcha du tiroir du bas sous lequel avait roulé le stylo au capuchon d'un bleu vif. Il le prit en éprouvant une sensation désagréable. Quelqu'un se serait-il installé à son bureau en son absence ?

Comme il continuait à redouter une syncope, il se rallongea sur le parquet rayé par le soleil qui filtrait entre les vieilles lattes de bois des volets. C'est ainsi, zébré de lumière, qu'il entendit presque un violent « bang » dans sa poitrine. « L'extrasystole », se dit-il. Il aperçut alors deux-trois cheveux qui dépassaient du dernier tiroir.

Il se leva. Affolé, il prit la clé de la serrure qui ouvrait l'ensemble des tiroirs de ce côté-là du bureau. Il ouvrit le premier, pratiquement vide. Dans le deuxième, il découvrit une fois de plus la chaussure rouge, qu'il prit dans sa main, serra une seconde contre lui, puis remit en place. Il sortit du troisième tiroir l'étrange postiche, mal monté sur un morceau de simili-cuir rabougri, et le considéra. Il se mit à pleurer en silence, puis épongea ses joues avec ces cheveux morts. Il les remisa ensuite dans le tiroir, qu'il referma. Il venait de prendre la décision, au cas où il ne ferait pas faillite, ou s'il venait à être racheté par une grande maison, d'installer près de son bureau un cabinet de toilette. Se passer un peu d'eau froide sur le visage aurait été à ce moment d'un grand soulagement.

Il lui fallait recouvrer son calme après cet accès de peur. Il décrocha le téléphone et se recoucha sur le parquet en ayant glissé un gros manuscrit sous sa tête. Il avala un tranquillisant et attendit. Ses employés le croyaient plongé dans ses papiers. Il entendait la maison d'édition respirer, des rires étouffés lui parvenaient. Deux filles devaient dévaler en plaisantant l'étroit escalier. Qu'est-ce qu'il y avait de si drôle dans la vie pour rire de la sorte ?

Le Funambule lui revint à l'esprit. Il n'était plus sûr de son jugement à propos de ce roman vide d'action. Il ne savait plus si les péripéties que déversaient à foison les cinquante pages de Géraldine, cette fille sauvage qui lui témoignait si peu de déférence, avaient ou non la moindre valeur littéraire. C'était quoi, la valeur littéraire ? Une formule classique le fit sourire, pourtant l'école, le temps des cartables étaient loin : trois unités, celles de lieu, de temps, d'action... Où était la vérité ? Fallait-il donner priorité aux mots qui recouvraient comme une coquille d'œuf l'absence d'action, ou bien laisser courir les personnages, les charger d'adjectifs, en arriver à perdre en route quelques virgules, à ne pas aller assez souvent à la ligne, à galoper, à sentir le vent, l'odeur de villes étrangères, à rouler sur les vagues de telle ou telle époque ? « Oui, surfer, surfer ! » se dit-il. Il n'avait jamais osé aller plus loin dans la mer qu'à mi-mollets. Il trouvait à sa peur de l'eau quelque chose d'obscène.

Il quitta la maison d'édition vers dix-neuf heures, récupéra sa voiture dans le garage proche où il avait une place louée à l'année. Il s'engagea dans la direction de Senlis. Il y avait toujours de la circulation sur cette route. Il conduisait les mains crispées sur le volant. Il prit son portable ; le numéro de Mme Varoon y était enregistré. Il lui téléphonait souvent à l'époque où elle devait nourrir le chien. Profitant d'un embouteillage, il appela la voisine qui fut tout étonnée de l'entendre.

– Monsieur Éberlé ! Vous êtes là ? Je ne vous ai pas vu arriver.

– Non, je suis encore sur la route. Je voulais juste vous demander si tout allait bien. Pas de visites, pas de rôdeurs… ?

– Je ne surveille plus tellement votre maison… Mais, d'ici, tout paraît calme

– Madame Varoon, j'aurais aimé m'entretenir avec vous, depuis… l'accident. Par téléphone, ce sera peut-être plus facile. Vous avez eu un choc, quand j'ai mis fin à la vie de mon chien, n'est-ce pas ?

– C'était horrible. Je vous ai pris pour quelqu'un de très méchant.

Le mot le secoua. Il eut envie de pleurer comme un jeune enfant à qui on fait un pareil reproche. Le mot « méchant » était décidément un méchant mot.

– Je sais. J'ai été pris d'une crise de colère que je n'ai pas pu dominer. Au fond, je n'ai jamais accepté que quelqu'un morde la main qui le nourrit. Je regrette...

Mme Varoon répondit, gênée :

– Monsieur, ça m'ennuie de vous savoir triste. Je n'aurais pas pensé que vous ayez des remords. En vérité, j'ai été pour quelque chose dans ce drame. Je taquinais le chien. Je lui montrais un os, et, chaque fois qu'il voulait l'attraper, je le reprenais... Ça n'était pas par mauvaise volonté, juste pour lui prouver que c'était moi qui le tenais, cet os, et que j'étais la maîtresse.

– Oh, dit Éberlé, bouleversé, c'est donc pour ça qu'il vous a mordue ?

– Oui, monsieur.

– Merci, madame, dit-il avec une profonde amertume. Je viendrai vous voir un de ces jours prochains, avec un cadeau. Pour vous consoler.

Il maudit cette voisine et la chargea de tous les maux qui accablent l'humanité. Il sentit couler ses larmes. Il avait été injuste avec son chien. Il l'avait pris pour une bête méchante alors qu'il avait été le jouet d'une femme cruelle. « Mon Dieu... » Il se reprit aussitôt : « Pourquoi les mécréants comme moi invoquent-ils Dieu si souvent ? » Des coups de klaxon, derrière lui, le ramenèrent à la surface de l'instant. Il n'avait pas vu la file de véhicules s'ébranler devant lui.

Chapitre 26

Il se sentait misérable. La mort de son chien, accusé à tort, l'avait bouleversé. L'image de cette femme agaçant une bête qu'elle n'avait pas nourrie de la journée le navrait profondément.
En proie à une angoisse mêlée de remords, il repensa au Bic d'un bleu vif qu'il avait découvert sous son bureau. Il s'en voulut de n'avoir pas osé examiner de plus près ce stylo. L'objet était tombé au pied du meuble qu'il se croyait le seul à occuper. Quand il faisait la tournée des libraires pour vérifier la présence de ses publications et, à l'occasion, critiquer la manière dont elles étaient exposées, on lui offrait parfois un stylo de réclame qui traînait sur le comptoir, arborant le nom de telle maison de presse ou de tel papetier. « Peut-être, pensa-t-il, que c'est moi qui l'ai perdu. » De quoi avait-il peur ? D'une intrusion ? L'intrusion de qui ? Était-il possible que l'un de ses collaborateurs soit venu et ait essayé de forcer les tiroirs de ce bureau qui devait représenter, pour la maison, plus qu'un meuble : le symbole de la puissance ? Qui ?

Tenant le volant d'une seule main, il prit de l'autre le stylo dans sa poche. Il n'y voyait pas bien, dans l'obscurité. Il n'y avait pas de veilleuse au-dessus du siège du conducteur.

Il allait traverser Senlis. La ville et ses murs épais le rassuraient. Il croyait y avoir son havre, sa coquille. Il arrêta la voiture devant la boulangerie-pâtisserie, encore ouverte à cette heure tardive. Il s'achèterait une baguette, peut-être une tarte aux pommes. Il quitta la voiture et pénétra dans le magasin. La boulangère le salua d'un sourire aimable. Pour quelques secondes, Éberlé fut rasséréné. Il existait donc. Il y avait des gens qui l'estimaient. N'était-il pas l'éditeur parisien qui avait trouvé refuge en pleine nature, non loin de la vieille ville ? Il demanda la moitié d'une tarte aux pommes, tout en serrant le stylo trouvé dans sa main droite. Il prit dans sa poche gauche la monnaie destinée à payer la baguette et la moitié de tarte. Quand il eut réglé, au lieu de sortir de la boutique, il se rangea du côté de la vitrine illuminée et affronta le stylo : *Volkerbacher-Verlag*. Il éprouva un choc profond, aussi agressif que la couleur bleue de ce capuchon, ce bleu glacé qu'il appelait « bleu morgue ». Volkerbacher-Verlag était le nom de la maison d'édition de l'oncle de Harold.

Harold dans son bureau ? Il eut sa deuxième extrasystole de la journée. Il la ressentit jusqu'au fond de la gorge. Il eut l'impression que le spasme avait remonté son cœur dans sa poitrine. Il songea à Harold avec frayeur et dégoût. Ce type charmant, cultivé, amoureux de la langue française, qui lui avait extorqué une multitude de renseignements pour sa thèse, serait venu l'espionner jusque dans son bureau ? Il avait dû se pencher, chercher quelque chose au niveau du sol. Avait-il essayé d'ouvrir les tiroirs ? Mais, à supposer que le visiteur ait été quelqu'un d'autre, peut-être Harold n'avait-il fait que lui prêter son stylo ? Qui ?

Éberlé pensa, affolé, aux quelques cheveux à peine visibles restés coincés par le tiroir. Il fallait avoir du temps devant soi pour enquêter sur l'origine de ces cheveux. Laisser des empreintes digitales et s'en fiche revenait à présumer que jamais ce pauvre Éberlé, au bord de la faillite, ne saurait que son bureau avait été fouillé. Le stylo du confrère allemand avait dû tomber à ce moment-là et rouler sur le sol.

– Pardon, monsieur, fit une femme corpulente qui souhaitait s'introduire dans le magasin.

Éberlé prononça :

– Veuillez m'excuser, je barre le passage... Je m'en vais...

Aux heures de grand péril, il prêtait une attention exacerbée à son vocabulaire et à sa manière de s'exprimer.

Il sortit de la boulangerie, faillit rater une marche, mais recouvra son équilibre. Il retourna jusqu'à sa voiture. La portière n'était pas fermée. Il se jeta sur le siège du conducteur et déposa sur celui d'à côté la demi-tarte aux pommes et la baguette. Son cerveau fonctionnait comme un moteur emballé. Il démarra.

Sa voiture chemina lentement par une rue étroite. Il n'avait pas pris le bon itinéraire. Il fallut tourner, s'embrouiller dans les sens uniques, revenir vers la nationale pour reprendre enfin vers le nord. Il avait l'impression que la ville l'avait piégé et qu'il n'était guère plus qu'une pièce d'un jeu de patience dans la main d'un gosse cruel.

Cet Allemand avait-il un but ? Il devait bien chercher quelque chose de précis, mais quoi ? Grâce aux rumeurs, Éberlé n'ignorait plus que Harold avait une liaison avec la fille, auteur de ce roman obèse. L'hystérique était venue jusqu'à la ferme pour s'enfuir aussitôt. « Quelle idiote ! » se dit Éberlé. Elle avait dû raconter à son petit ami des choses bizarres. « Et l'Allemand est allé fouiner dans mon bureau, pensa-t-il. Mais pourquoi dans mon bureau, et pas à la ferme ? Non, pas à la ferme ! Personne ne peut imaginer... » Pour ne pas devenir fou, s'écraser contre un des hauts murs de la ville, il fit en sorte de cloisonner ses appréhensions.

Il arriva chez lui par l'entrée principale. On l'espionnait ? Quelle importance ? Il se persuada qu'il n'avait rien à cacher ni à craindre. Il pénétra dans la cour et descendit de voiture pour ouvrir les deux battants de l'ancienne écurie devenue garage, puis rentra la voiture et, une fois ressorti, referma le portail. En se retournant, il se retrouva face à Mme Varoon qui tordait un mouchoir dans sa main droite.

– Monsieur Éberlé, vous devez me détester ! J'ai été surprise que vous vous inquiétiez pour moi. Vous êtes donc un homme sensible... Depuis la mort de ce chien, je me sens coupable...

Éberlé l'interrompit :

– Nous avons tous deux commis une faute. Si vous le voulez bien, on ne reparlera plus jamais de ça.

– Monsieur, dit Mme Varoon, j'ai une proposition à vous faire. À l'agriculteur qui a enterré le chien j'ai dit la vérité. Si vous êtes devenu violent, c'est à cause de moi. Au fond, ce sont vos bons sentiments qui vous ont mis dans un état pareil...

– Oui, lâcha Éberlé. Mais restons-en là.

– M. Tournou, le paysan, peut vous offrir un chiot. Il en a eu une portée de trois. Il va les garder, c'est un homme qui aime les bêtes, sans compter qu'il a beaucoup de place. Si vous voulez donc un chiot pour remplacer Bravo, mort à cause de moi, je le nourrirai. Vous pourriez même en prendre deux. Ils joueraient ensemble, et vous auriez des compagnons pour vos week-ends. Ce serait plus plaisant que de rester toujours seul...

– Je ne suis pas toujours seul, répondit Éberlé.

La pitié de cette femme l'offusquait. Il détestait toute cette histoire. Redoutant une autre révélation, il reprit :

– Vous aviez encore quelque chose à me dire ?

– Oui.

– Vous me cachez quoi ?

– Vous n'avez pas regardé les Actualités régionales ?

– Pas le temps pour la télévision ! Je suis à la tête d'une importante société d'édition. Pendant le Salon du Livre, c'était de la folie.

– Je sais, s'excusa Mme Varoon, que vous êtes un monsieur important. Mais voilà : il y a eu une descente de sangliers dans la nuit de dimanche à lundi. La télévision en a parlé. Juste un flash... Il vaut mieux être discret : les paysans organiseraient une battue, interdite hors de la saison de chasse. Ces sales bêtes retournent jardins et potagers...

Éberlé fit trois pas en arrière et s'appuya contre sa porte.

– Des sangliers ? Continuez...

– Nous sommes allés du côté de la forêt avec M. Tournou. Près de la pièce d'eau. Le portillon de votre clôture était resté ouvert.

Éberlé l'interrompit :

– Impossible !

– Les sangliers l'auraient enfoncé ? demanda la voisine. Peut-être. Rassurez-vous, votre potager n'est pas le seul à avoir été piétiné... Il y a eu tout un remue-ménage pour les faire fuir, ces bêtes. Des cris, des bâtons. Tous les environs étaient sens dessus dessous. Dans votre potager, ils semblent avoir creusé frénétiquement...

Éberlé se dit : « D'où elle connaît cet adverbe ? » Il prononça d'une voix lisse :

– Où avez-vous appris ce « frénétiquement » ?

– Il m'est venu comme ça, monsieur. Ça ne se dit pas ?

– Si, si. Vous parlez un excellent français, madame Varoon.

Il savait que, s'il ne pouvait rentrer chez lui, il allait mourir sur place. Il ne serait plus qu'un cadavre adossé à la porte.

– Donc, vous avez vu mon potager retourné ?
– Je préférais vous prévenir afin que vous n'ayez pas une vilaine surprise.

Il repensa au stylo. Son bureau, ce lieu sacré, avait été fouillé par un curieux ; son potager – ses plants de tomates, ses pommes de terre, ses carottes – ravagé par ces sales bêtes... Il se pencha en avant, prit la clé, ouvrit et rentra chez lui tout en présentant ses excuses à Mme Varoon :

– Ne m'en veuillez pas, je passe devant vous...

Il se retourna aussitôt pour prendre congé. Il tenait à se montrer d'une politesse impeccable.

– Vous voici prévenu..., insista Mme Varoon. Écoutez, j'ai fait une bonne soupe de légumes. Je peux vous en apporter : elle vous remonterait. Votre maison est si froide... Vous auriez dû installer depuis longtemps le mazout, mais je sais : vous aimez tellement votre cheminée...

– Un jour, je ferai installer le chauffage central, dit Éberlé.

– D'accord pour la soupe ? C'est comme un minestrone... plein de petits légumes.

Éberlé accepta dans l'espoir qu'elle retournerait enfin chez elle.

Mme Varoon l'observa :

– Vous préférez peut-être venir manger chez moi ?

« "Manger chez moi", se répéta Éberlé à part soi. Plus personne ne dit : "Venez dîner chez moi". On "mange ensemble", comme des bêtes. On "mange" ! On "bouffe"... »

– Non merci, madame. Votre soupe me sera déjà un réconfort. Je vais me réchauffer chez moi grâce à votre soupe.

– J'ai préparé aussi un gratin dauphinois. Je le réussis bien. Quand j'ai entendu le moteur de la voiture, je venais de le sortir du four, il est donc encore brûlant. On aperçoit sous la croûte dorée les petites lamelles de pommes de terre. Un régal...

Éberlé eut un haut-le-cœur.

– Vous me pardonnerez, madame, mais j'ai des problèmes d'estomac. En tout cas, je n'aurais pas pris de votre gratin dauphinois... Ma mère en faisait beaucoup...

Et le souvenir tomba sur ses épaules. Le souvenir de son père, de sa mère. Le gratin dauphinois, le verdict du père qui avait déclaré que lui, le fils, l'héritier, n'écrirait jamais de roman.

– Et les chiots, monsieur Éberlé ?

– Nous discuterons demain de l'affaire des chiots. J'irai les voir, si vous m'accompagnez...

– En attendant, je vous apporte la soupe, reprit Mme Varoon.

Éberlé leva la main.

– Au fond, non. Je ne me sens pas bien. La foule du Salon du Livre, le changement de saison... Je ne m'en remets pas. Je vais me préparer du thé...

– Du thé ? se récria Mme Varoon. Pour un homme aussi fort que vous, du thé ?

– Du thé, répéta-t-il. Je vais me coucher tôt. Demain, si vous permettez, je vous rappelle...

Nous pourrons aller voir les chiots. Si vous acceptez d'en prendre soin...

Il put enfin se séparer de Mme Varoon. Celle-ci, désemparée, s'attarda un peu devant la porte tout en effleurant les géraniums grimpants.

Éberlé traversa le couloir et pénétra dans sa bibliothèque. Il alluma le plafonnier, parcourut du regard les rangées de livres. Des éditions originales héritées de son père, bibliophile. L'un des crânes tenait lieu de serre-livres aux *Mémoires d'outre-tombe* et à l'*Ancien Testament*. L'autre calait les œuvres historiques de Voltaire en plusieurs volumes.

L'éditeur empoigna le marchepied d'acajou que son père utilisait pour accéder aux rayonnages supérieurs. Il y monta et ses doigts palpèrent l'un après l'autre les deux crânes. Il explora les orbites vides, puis sa main remonta sur le sommet de la boîte crânienne, là où une nette cassure avait été rajustée et collée. Il imagina les yeux d'un vert profond de Géraldine. Il n'aurait pas dû la laisser partir de manière aussi abrupte. Quel manque d'éducation que d'enfermer son hôte dans la pièce qu'il voulait juste lui montrer...

Quelqu'un frappa alors à la porte. Il entendit la voix de la voisine.

– Je vous ai quand même apporté un peu de soupe, M. Éberlé.

Il faillit dégringoler, traversa l'entrée, ouvrit et prit des mains de Mme Varoon la casserole chaude protégée d'un couvercle.

– Merci, madame. Vraiment...

La femme partit, satisfaite. Éberlé déposa la soupe dans la pièce qui servait de cuisine et d'où on accédait au potager. Il sortit, s'avança vers le petit sentier qui séparait les plants de tomates des rangs de carottes et de pommes de terre. Dans les deux plates-bandes rectangulaires, ses superbes cultures avaient en effet été culbutées, arrachées, piétinées. Il examina à genoux l'état des lieux. Il devina d'instinct que les sangliers n'étaient pas seuls coupables. Il y avait eu au préalable le passage d'êtres humains armés d'outils.

Il s'allongea parmi les plants écrasés et, à un emplacement précis, qu'il connaissait mieux que les autres, il entreprit de gratter la terre et d'enfoncer de plus en plus profond sa main entre les mottes humides. En quête de la chaussure, il ne la trouva pas. Sa main ne rencontra que quelques ossements. Il se recroquevilla et réfléchit. Il sut ce qu'il lui restait à faire sans attendre le lendemain matin.

Chapitre 27

D'une main boueuse, il prit dans sa poche son téléphone portable. Il composa le numéro de Harold. L'appareil sonna quelque part dans Paris. La voix du jeune Allemand retentit :

– Allô ?

Couché sur le flanc, le visage à hauteur de ses plants de tomates dévastés, Éberlé chuchota :

– Bonjour, Harold. Je ne vous appelle pas trop tard ?

– Je suis toujours à votre disposition, monsieur.

– Vous êtes un grand indiscret, Harold.

Le garçon encaissa la phrase avec son sang-froid habituel. Éberlé aurait-il appris ou soupçonné la visite qu'il avait rendue à son bureau ?

– Pourquoi, indiscret ?

– Vous avez parlé de moi à votre ami le professeur Hummer...

Harold réprima un soupir de soulagement.

– En préparant ma thèse, j'ai collecté les opinions de personnalités des lettres sur l'imagination. Je suis tombé sur votre article, je l'ai conservé et montré au professeur Hummer.

— Quelle est sa spécialité ?

— La psychologie. Il travaille sur les tourments refoulés.

— En quoi suis-je concerné ?

— L'agonie de la langue française, les mauvais coups qu'on lui porte peuvent provoquer chez vous des crises...

— Qu'en sait-il ?

— L'a-t-il deviné ? Il souhaite vous faire raconter des anecdotes qui témoignent que vous étiez né pour être un militant de la culture.

Éberlé constata la parfaite duplicité de Harold et voulut mesurer jusqu'où l'autre saurait résister.

— C'est donc à vous que je dois cette invitation ?

— Pure coïncidence, monsieur. Si j'avais travaillé chez un de vos confrères, j'aurais agi de même.

— J'ai appris par hasard vos liens avec Géraldine. Puisque je vous dois cette émission, en guise de remerciement je vais lire le roman de cette jeune femme...

Éberlé se retourna dans la boue.

— C'est donnant-donnant, dit-il, presque agressif. Si on ne vient pas perturber ma vie privée — je veux dire : par des intrusions, des suppositions erronées —, alors il n'est pas exclu que je publie *Les Forbans de l'amour*. Il y faudra des coupes, un réaménagement du texte dont le rythme accéléré est un peu trop dans le style américain, vous voyez ? Je ne juge que d'après les cinquante premières pages, mais ses dialogues me semblent assez peu travaillés...

– Je ne crois pas qu'elle accepte de changer un seul mot de ses dialogues, dit Harold. Pour elle, aussi bien en 1900 qu'aujourd'hui, les gens parlent avec leurs propres mots, ils se fichent des règles.

– Bien, bien, acquiesça Éberlé. Le point de vue de l'écrivain est à respecter.

Il sentait couler dans son dos un filet de sueur.

– Mon cher Harold, le problème n'est pas là. Le style de Géraldine n'est qu'un sujet secondaire. Il s'agit essentiellement de votre comportement dans l'avenir. Si nous avons un accord tacite, il faudrait que vous m'apportiez le manuscrit au bureau demain à la première heure.

– Si tôt ? Je ne peux pas vous le garantir. Ce soir, je ne suis pas avec elle.

– Vous n'habitez pas au même endroit ?

– La plupart du temps, nous vivons ensemble. Mais aujourd'hui est une exception. Je pourrai aller chercher les quatre cent cinquante pages et vous les apporter vers midi.

– A-t-elle un exemplaire disponible chez elle ?

– Évidemment.

Éberlé répéta l'adresse de Géraldine :

– C'est bien là qu'elle habite, n'est-ce pas ? Je ne vous demande pas si c'est avec vous : ça ne me regarde pas. Mais je crois me rappeler qu'elle m'a indiqué cette adresse, pour le courrier...

– L'adresse est exacte. Sa tante lui prête un petit appartement.

– Comme c'est bien de pouvoir s'appuyer sur une famille aussi généreuse ! Croyez-vous que je pourrais appeler Géraldine à une heure si tardive ?
– Pourquoi pas ? Essayez. Elle n'a pas d'horaires précis. Elle travaille le jour quand elle ne va pas à son mi-temps. Sinon, elle écrit la nuit.
– Vous êtes où, en ce moment, mon cher Harold ?
– Je suis avec les amis qui montent leur émission-pilote pour *Psychochaîne*. Ils espèrent que vous serez… « événementiel » !
– Vous dites ? s'exclama Éberlé, étendu dans la boue.
– Quelqu'un qui crée l'événement.
– Merci pour l'explication…, fit l'éditeur avec ironie. Puisque vous faites partie de l'encadrement de l'émission, dites-moi : serai-je le seul à intervenir ?
– Pour le pilote, oui. Vous êtes notre première vedette, mais nous contacterons ensuite d'autres personnalités… Hummer étudie l'évolution de l'édition française. Il observe certains éditeurs en analysant les œuvres publiées. Il se serait adressé à vous, même sans mon intervention.

Harold se méfiait des questions d'Éberlé. D'où appelait-il ? Cette amabilité soudaine signifiait-elle qu'il les suspectait ? Se serait-il aperçu que son potager avait été malmené ? Ils avaient certes redonné leur forme ancienne aux deux tombes. Ils avaient soigneusement nettoyé les pelles. Éberlé n'avait aucune preuve que les intrus étaient eux. Ils n'avaient laissé aucune trace derrière eux. Évidemment, Géraldine avait exagéré, comme toujours.

Jamais elle n'aurait dû emporter la chaussure. Harold espérait qu'elle l'avait jetée.

– À demain, Harold. Je vous attends vers midi.

*
* *

Seule chez elle, Géraldine se sentait anéantie. Elle était hantée par la vision des ossements ; les yeux voilés d'horreur, elle voyait flou. Le souvenir de ces restes humains sans tête la faisait vomir. De temps à autre, elle restait à genoux devant la cuvette des toilettes et pleurait de honte et de rage. Seule la présence du chat la réconfortait.

Elle avait la détestable impression de sentir Éberlé tout proche. Sa peur le transformait en fantôme qui la suivait pas à pas.

Elle restait persuadée que lors de sa visite à la ferme d'Éberlé, sa vie avait été en danger. Elle s'interrogeait sur les motivations de l'éditeur. Pourquoi elle ? Qu'avait-elle de particulier pour devenir sa cible ? Pourquoi aurait-elle été plus tentante qu'une autre pour ce type mentalement déréglé ?

Seule dans l'appartement du cinquième étage, elle guettait les bruits de pas dans la cage d'escalier. Elle composa le numéro du portable de Harold. Elle tomba sur sa boîte vocale. Il avait coupé son téléphone, sans doute à cause de sa réunion. Le silence la fit frissonner. Et si quelqu'un se tenait derrière la porte d'entrée ? Elle s'approcha, regarda par le judas. Les mains

plaquées devant sa bouche, elle étouffa un cri. Elle venait d'apercevoir les yeux d'Éberlé. Il n'avait pas encore sonné. Qu'attendait-il ? Géraldine resta pétrifiée, le souffle coupé. Puis elle osa inspirer à petits coups. Éberlé l'interpella :
– Je sais que vous me voyez. Laissez-moi entrer. N'ayez pas peur. Je me suis un peu sali dans mon jardin. J'ai dû constater les ravages opérés par les...
Il se tut une seconde. Géraldine attendait. « Il devrait se lasser et partir », espéra-t-elle.
– Laissez-moi entrer.
– Il est tard, monsieur Éberlé.
– J'ai demandé votre manuscrit à Harold. Il ne pourra me l'apporter que demain. J'ai préféré venir le chercher moi-même... J'arrive de Senlis... Je trouve le début de votre roman très attachant... Vous n'allez pas me laisser dehors ? J'ai soif, aussi.
Il semblait pitoyable. Géraldine tourna la clé, décrocha la chaîne de sécurité et fit entrer Éberlé. Il était sale et sentait mauvais. Elle recula.
– N'ayez pas peur, Géraldine. Vous voyez juste un peu de boue. Il a tellement plu... J'ai décidé de vous lire dès cette nuit... Si je prenais la décision de vous publier, ce serait pour cette rentrée littéraire.
Ils étaient dans l'étroit vestibule.
– ... La seule chose qui pourrait me consoler, après les ravages qu'a subis mon jardin – il paraît que ce sont des sangliers –, ce serait de trouver quelque réconfort dans la créativité. La vôtre. C'est l'éditeur en quête d'un vrai talent que vous voyez devant vous. Vous ne m'en voulez pas ? Si

je pouvais me laver les mains et boire un verre d'eau, je me sentirais mieux...

Géraldine était perplexe. Et si tout ce qu'ils avaient découvert avec Harold n'était qu'un cauchemar ? Si Éberlé ignorait la présence des squelettes dans son potager ? Si les crânes venaient d'un magasin d'antiquités ? Mais pour quelle raison les restes de cadavres enterrés dans son jardin n'avaient-ils pas de tête ?

– Pourrais-je me laver les mains ? répéta-t-il.
– Oui, monsieur Éberlé. Venez à la cuisine... Attention ! L'eau au-dessus de l'évier est très chaude. Ne vous brûlez pas. Tenez, une serviette...

Éberlé se lava longuement les mains, à la manière d'un chirurgien. Il se retourna, saisit la serviette, puis s'assit.

– De l'eau... Sinon, un verre de vin.
– Pas de vin à la maison. Sauf pour les repas de fête.

Elle lui apporta de l'eau gazeuse. Il but avidement.

– Vous désirez autre chose ?
– Votre manuscrit. J'en suis resté à la femme qui courait dans les rues de Vienne...
– Elle est bien, cette scène, n'est-ce pas ?

Géraldine en venait presque à croire qu'il était venu pour son roman.

– ... Je l'ai réécrite plusieurs fois. L'intensité est une question de dosage. La femme court et réfléchit en même temps. Je ne devais pas ralentir sa course par sa réflexion, mais il ne fallait pas non plus qu'elle cesse de raisonner à cause de sa course... Vous vous sentez mieux, monsieur Éberlé ?

Elle cherchait comment le renvoyer avec ménagements.

– Un peu mieux. Mais le Salon du Livre m'est souvent néfaste. Je vois le succès des autres, je vois ce que j'ai à vendre, les gens qui passent devant le stand laissent parfois échapper des remarques qui m'agacent...

La cuisine était une pièce accueillante éclairée par un lustre rétro. Elle ne contenait qu'une table et deux chaises, une plaque chauffante et un frigo.

Éberlé était attablé, un verre d'eau posé devant lui ; Géraldine le contemplait. Elle avait l'impression d'être deux : elle et sa peur. Ne se retrouvait-elle pas seule, à minuit, face à un homme qui avait déjà assassiné deux femmes ? Harold ne reviendrait pas avant le petit matin ; il lui avait parlé du montage du décor du studio où Éberlé serait conduit.

L'éditeur demanda à Géraldine s'il lui était possible à présent de se laver le visage ; il se justifia ainsi :

– J'ai eu un petit accident dû à ma maladresse. Je me suis accroché à la clôture qui entoure mes tomates... Je suis un fanatique de légumes. J'essaie de les préserver. Dans le noir, je suis tombé...

Il n'ajouta pas : « comme vous au cours de votre fuite ».

– De quoi avez-vous eu si peur, chez moi ? demanda-t-il soudain en levant ses yeux brûlants sur elle.

– Franchement, je ne saurais vous dire. C'était absurde, je le reconnais.

– Vous êtes tombée, vous aussi, à cause de mon petit grillage...

Il sourit et continua.

– Mes tomates ont été malmenées.

– Je suis navrée pour vos tomates, Monsieur Éberlé... Il est tard, ajouta-t-elle, vous devriez rentrer prendre du repos. Voulez-vous que j'aille chercher le manuscrit, la suite des cinquante pages ?

– Bien sûr, dit Éberlé. Je suis venu pour ça... Je peux vous suivre ? Une fois chez moi, je prendrai une douche et vous lirai. J'ai honte de m'être présenté dans un tel état de saleté...

Il lui emboîta le pas. Malgré une tache de boue restée sur son visage, il n'était pas ridicule.

« Mais qu'est-ce qu'il veut ? s'interrogea Géraldine. Qu'est-ce qu'il veut ? Le manuscrit n'est à l'évidence qu'un prétexte... »

Le logement était composé de trois pièces. Dans la chambre à coucher, il y avait juste la place pour un lit pour deux personnes, deux lampes de chevet et une armoire. Éberlé y jeta un coup d'œil indiscret. Il s'exclama :

– Quelle belle armoire Louis XIII... Il est rare d'en voir d'aussi petite taille. Je peux regarder de plus près ?

Sans attendre la permission de Géraldine, il pénétra dans la chambre et se précipita pour ouvrir l'armoire. Il inspecta les étagères, le linge empilé. La chaussure serait-elle cachée par ici ?

Il s'avança ensuite vers la salle à manger dont le centre était occupé par une table ronde entourée de trois chaises. La dernière pièce était le bureau de Géraldine. Il s'approcha de la table de travail surchargée de papiers et de stylos.

– Vous travaillez donc ici ?

Elle émit un « oui » presque inaudible.

« Il faut rester calme, se dit-elle. Ne pas le contrarier. Il n'est pas sûr de lui. Il ne sait pas encore si nous avons découvert les squelettes. » D'où il était, il avait vue sur le vestibule ; quelques vêtements étaient accrochés au portemanteau. Il y avait aussi une étroite commode dans le tiroir inférieur de laquelle était cachée, emballée dans du papier kraft, la chaussure rouge.

Éberlé ne cessait d'aller et venir. Il cherchait. Son regard glissa vers la fenêtre.

– Vous permettez ?

Il tourna la poignée et ouvrit. La hauteur, depuis le cinquième étage, était impressionnante. S'il venait à dire « Approchez » à Géraldine, est-ce qu'elle obéirait ? Lorsqu'elle se pencherait, il la balancerait dans le vide. L'acte serait considéré comme un suicide causé par le désarroi de la jeune femme. Chagrin d'amour. Ou, si on voulait, il serait venu lui annoncer qu'il ne publierait pas son roman, et elle se serait jetée par la fenêtre après son départ.

Géraldine fit quelques pas en arrière en direction du vestibule. Si elle quittait brusquement l'appartement, elle devrait descendre en courant les cinq étages, poursuivie par l'éditeur.

– Monsieur Éberlé, dit-elle d'une voix polie, il se fait tard. Je suis fatiguée.

– Non, fit l'éditeur en se tournant une fois de plus vers la fenêtre. Vous avez peur, n'est-ce pas ? Depuis votre visite à Senlis... Pourquoi avez-vous si peur ? Vous n'osez pas contempler les toits de Paris ? Vous n'êtes donc pas romantique ? Votre génération souffre de l'influence américaine. Au lieu de lire un Michel Tournier, le dernier écrivain français à avoir encore de l'imagination, vous vous nourrissez des films de Hitchcock, n'est-ce pas ? Ces scénarios à suspense où les personnages basculent dans la démence et où on baigne dans l'hémoglobine... *Psychose*... *Vertigo*... Et aussi ceux de Brian de Palma ! C'est ça qui ronge votre système nerveux. Facile ! Non, croyez-moi, un beau meurtre est toujours préparé, élaboré, réfléchi...

– Monsieur Éberlé, j'aimerais que vous refermiez cette fenêtre.

– Le vide attire, n'est-ce pas ? Souvent, ceux qui tombent d'une telle hauteur perdent connaissance avant de toucher le sol.

Il s'approcha d'elle. Elle pensa qu'il suffirait qu'il l'empoigne, l'assomme, puis la fasse basculer par la fenêtre. Ulysse, le vieux chat, qui la suivait, miaula. Géraldine sauta sur l'occasion pour se pencher et le saisir. Elle se redressa en pressant l'animal sur sa poitrine.

– Il est craintif, monsieur Éberlé. Quand je l'ai acheté, on m'a dit qu'ayant été rejeté par sa mère, il serait peureux toute sa vie. J'essaie depuis de longues années de lui expliquer que je suis sa mère et que je l'aime...

En Éberlé, le ressort de la violence venait soudain de se casser.

Mère. Rejeté. Chat. Animal. Chien...

Il regarda Géraldine.

– Êtes-vous venue à la ferme ?

– Quand vous m'y avez invitée.

– Non. Vous savez fort bien de quoi je parle.

– Non, protesta-t-elle. Pour quelle raison serais-je venue ? Je n'avais rien oublié là-bas, et vous ne m'avez pas réinvitée...

– Vous mentez bien. Comme souvent les femmes... Pourquoi trembler ? fit Éberlé en s'approchant d'elle. Où est le manuscrit ?

Géraldine lui tendit un exemplaire dans sa chemise cartonnée.

La visite de l'éditeur n'était pas pour autant finie. Il restait à le faire partir. Ulysse s'agrippa de toutes ses griffes à Géraldine.

– Tu me fais mal ! s'exclama-t-elle.

Éberlé esquissa un sourire.

– Vous avez de la chance, avec votre Ulysse... Je vous appellerai, pour le roman...

Il tenait, haineux, le manuscrit.

– Lourd à porter, fit-il.

Sur le seuil, il se retourna.

– Jolie commode.

Géraldine fit barrage devant le meuble.

– Si vous partiez, maintenant ?

– Je vous appellerai. Bonne nuit, Géraldine.

Chapitre 28

Rentré chez lui, Éberlé prit une longue douche et avala un somnifère puissant. Il s'effondra sur son lit et sombra dans un sommeil sans rêves. Il se réveilla vers les huit heures du matin, prit un bol de café noir et appela l'Émissaire.

Il était sûr de lui, comme un futur suicidé qui n'a qu'un coup de pied à donner dans la chaise sur laquelle il se tient pour que le nœud se resserre autour de son cou et que tout soit fini. Il n'avait plus le choix, il devait abattre une carte maîtresse et contrecarrer les desseins de ce couple impossible.

L'Émissaire était mécontent :

– Vous avez vu l'heure ?

– Je ne pouvais pas attendre.

– Je vous écoute.

– Je tiens le Goncourt.

– Ah ? Dites plutôt que vous croyez avoir le livre écrit sur mesures pour le Goncourt ! Mais vous ne tenez rien du tout.

– Ne soyez pas susceptible. Je vous ai déjà parlé de la fille de vingt-trois ans…

– Celle qui traîne la jambe ? Et alors ?
– J'ai une proposition à vous faire : un pourcentage sur les recettes nettes du Goncourt.
– Non, décréta l'Émissaire. Ça me compliquerait l'existence avec le fisc. Seulement du liquide.
Éberlé essaya encore de l'intéresser.
– J'ai un tuyau increvable. La certitude absolue qu'il ne s'agit pas seulement d'une rumeur...
– J'écoute.
– L'un des membres du jury voudrait divorcer pour la seconde fois. Pour que sa femme actuelle lui laisse sa liberté, il a besoin d'argent.
– La source ?
– La pédicure de la première femme. Elle soigne aussi les pieds de ma directrice commerciale...
– Continuez.
– Si la Grande Maison, avant d'absorber la mienne, accepte d'éditer les œuvres de jeunesse du juré en question moyennant une avance importante, il pourra faire établir le contrat au nom de sa seconde épouse et satisfaire ainsi à ses exigences. Par rapport au fisc, aucun ennui : c'est elle qui paiera des impôts sur les montants perçus. Lui pourra ainsi se libérer.
– Et en échange il donnerait sa voix ? questionna l'Émissaire, intéressé. Vous pensez bien sûr à Jérôme Tourbillon ?
– À son âge, il est sans doute victime pour la dernière fois du démon de midi. C'est un auteur à succès, les femmes espèrent, en plus de ses mots d'esprit, bénéficier aussi de son argent. La légitime tient à son standing.

– Je ne comprends pas pourquoi ces gens-là tiennent coûte que coûte à se marier, dit l'Émissaire. À l'occasion des divorces, ils se font plumer de tout ce qu'ils ont, voire de tout ce qu'ils peuvent encore recevoir...

– Tourbillon a près de soixante-dix ans. La troisième femme exige le mariage. Elle veut être Mme Tourbillon. Quant à la deuxième, elle ne partira qu'avec de l'argent.

– Pour une seule voix, autant de complications ? s'étonna l'Émissaire. Vous exagérez.

– J'ai besoin de ce Goncourt, répondit Éberlé. Et le roman de cette fille est formidable : un vrai déferlement de cosaques dans les librairies...

– Pourquoi ? Elle est russe ?

– C'était une métaphore. Je veux dire que ce livre est ample et puissant, les péripéties s'enchaînent, on n'a pas le temps de respirer...

– Pour une seule voix, un effort pareil ? Qu'est-ce que vous faites pour avoir les autres ?

– Tourbillon risque fort d'hériter cette année de la double voix. D'accord, il en faut quatre de plus, mais il adore avoir raison seul contre tous et chercher à convaincre les autres. Aux jurés susceptibles d'être à ses côtés, il va expliquer qu'il s'agit d'un renouveau de la littérature française. De sang frais. De tempérament. La preuve que l'imagination existe...

– Vous avez couché avec elle, Éberlé ?

– Mais non ! Pourquoi ?

– Pourquoi êtes-vous soudain si enthousiaste ? Vous avez une autre motivation que le fric.

– Écoutez... Oui, j'ai une autre raison ! Je veux fermer ma boutique, mais glorieusement. Promettez la vente de mon hôtel particulier, bientôt classé monument historique. Il faut vite conclure, autrement on aura besoin de l'autorisation des Beaux-Arts pour changer un simple interrupteur... Je fais tout cela au nom de la littérature...
– Vous me fatiguez, grogna l'Émissaire. À moi il ne faut pas faire le numéro de la défense de la langue française. Avez-vous pensé à Larabi ?
Larabi était un juré connu pour son indépendance. Il n'avait jamais écouté personne. Il était capable de s'abstenir ou de prolonger d'une heure les délibérations et le déjeuner. Par principe, il allait contre toute majorité qui lui semblait trop bien accordée.
– Larabi est intouchable..., reprit l'Émissaire.
– Il pourrait aimer *Les Forbans de l'amour*.
– Et votre *Funambule* ? Le roman-culte du début de cette année 2004 n'obtiendrait rien ?
– Les deux précédents Dignard n'ont pas eu de succès public non plus. Pourtant, quelle presse, surtout dans *Proélite* ! Mais revenons à l'essentiel : entreriez-vous dans mon jeu, pour la fille ?
– Je ne dis jamais non quand il s'agit de rendre service à notre pays, proclama l'Émissaire.
– Puis-je vous demander avec insistance d'entamer dès maintenant les manœuvres ? dit Éberlé. Nous n'avons que peu de temps devant nous pour mettre sur pied l'édition des œuvres de Tourbillon. Il faut lui donner le temps d'obtenir l'accord de sa deuxième épouse pour le divorce et faire patienter la

future troisième. Elle est assistante en Sorbonne, intelligente, mais exige un statut social.

– Et si, avec tout cela, vous ne décrochez pas le Goncourt ?

– La Grande Maison est consciente de la valeur de mon immeuble, mais il vaut mieux pour elle acheter ma boutique de livres les caisses pleines. La vraie question est d'avoir, dans l'actuelle production, plutôt éteinte, un joker. Je l'ai. C'est une fille intéressante... Tiens, elle ressemble aux fleurs à la mode. J'ai vu des roses vertes : pas seulement les feuilles, mais aussi les fleurs. C'est une fille verte. Très écolo, comme apparence. Et puis, elle aime les bêtes.

Il pensa avec rage et amertume à la scène nocturne où celle qu'il aurait aimé balancer par la fenêtre avait été sauvée par un vieux chat agrippé à elle. Il lui fallait de la patience pour vaincre ce couple maudit, sans doute au courant du secret de sa ferme. D'ailleurs, se rassura-t-il, personne ne pourrait jamais prouver qu'il y était pour quelque chose. Les corps auraient pu avoir été enterrés dans son jardin à son insu. Le criminel ? Pourquoi lui ? La ferme était isolée, la terre, molle. Évidemment, deux cadavres seraient plus difficiles à justifier qu'un seul, mais on n'en était pas encore là.

Après avoir parlé avec l'Émissaire, il se rasa, s'habilla et partit, plutôt rasséréné, pour la maison d'édition. Il se sentait combatif. Comme tous les malheurs du monde paraissaient lui tomber sur la tête, il voulait, en contrepartie, avoir aussi toutes les chances pour lui. Obtenir le Goncourt et vendre ses biens avec une marge plus que confortable. Puis partir. Il fallait informer ses collaborateurs de ses plans, briefer l'attaché de presse afin qu'il sache ce qu'il fallait dire, et à qui. Il se surprit à siffloter en entrant dans la cour pavée.

Il la traversa, passa devant la standardiste, monta directement à son bureau. Entre le deuxième et le troisième étage, il pressa le pas. Il ne voulait surtout pas entendre ce qu'on pouvait dire de lui. Il s'assit à son bureau, puis fit appeler par la standardiste sa garde rapprochée.

Quand Marius, Philippe et Élise furent près de lui, il leur déclara d'un ton neutre :

– J'ai une grande nouvelle à vous annoncer. Après avoir traversé ce mois d'avril pénible, je vois clair dans nos affaires.

– Oh mon Dieu ! fit Élise.

Elle avait toujours peur d'être licenciée et que cet homme en vienne à liquider la maison d'édition qu'elle aimait tant.

– J'ai lu jusqu'au bout les cinq cents pages de cette jeune femme dont je vous ai déjà parlé. Soyons francs, rectifia-t-il ; plutôt parcouru. J'ai décidé de la publier. Nous allons la présenter aux jurys. Vous, Philippe, vous aurez pour tâche immédiate de trouver Stefi...

Il souleva le manuscrit.

– ... et de lui faire faire des photocopies.

– La machine ne supportera pas une masse pareille, remarqua Philippe.

– Louez une machine supplémentaire !

– Ce sera compliqué...

– Je ne veux pas être encombré de problèmes d'intendance. Il faut que tout le monde lise ce livre que j'ai choisi comme étendard pour la rentrée : *Les Forbans de l'amour* ! Que Marius l'inscrive en tête du programme. Il faut faire une édition avec une jaquette de style romantique... Imaginez un pan de jupe qui balaie la page, avec les lettres du titre en bordure... Le prière d'insérer sera rédigé par Philippe.

– Je n'ai jamais bien su résumer, objecta l'Espagnol. Je préfère raconter des histoires...

Ce n'était pas le moment de fâcher l'attaché de presse.

– Je vais vous aider ! Vous allez lire ou parcourir le livre, et vous jetterez vos impressions sur le papier. Des formules appétissantes. Imaginez les femmes qui pénètrent dans une librairie, qui examinent les piles, prennent un livre, le retournent et lisent soudain : « Frida, amoureuse, aveuglée par la peur, s'éloignait en courant dans les rues de Vienne... »

– Difficile de courir quand on est aveuglé par la peur, objecta Philippe.

– J'improvise ! s'écria Éberlé. Vous croyez que c'est facile ? Je vous conseille de lire ce livre sur-le-champ, après quoi vous me concocterez tous trois la quatrième de couverture. En plus, il me faut six lignes pour le programme...

– Et qu'est-ce qu'on fait avec *Le Funambule* ? demanda Élise.

– *Le Funambule* ? Vous dites : « Nous avons la fierté d'annoncer pour septembre une réimpression du troisième volume de ce joyau de la langue française que nous a offert Dignard avec sa grâce et sa modestie coutumières. Ce livre dont l'histoire… »

Philippe intervint :
– Il n'y a pas d'histoire.
– Mais si, il y a une histoire ! protesta Éberlé. C'est celle d'un homme qui était funambule et qui s'est mis à avoir des vertiges. Alors, comme font maintenant les saltimbanques ou certains étudiants, il a décidé de se faire homme-statue. Tout de blanc vêtu, le visage figé, impassible, avec un chapeau à ses pieds. Les passants y jettent des pièces. Il devient ainsi le symbole d'une forme d'éternité, mais aussi de la ténacité d'un écrivain français qui, par la force de son talent, se hisse sur un socle et devient statue. Superbe, comme métaphore !

– Bien sûr, soupira Philippe, je devrai aussi écrire la page quatre de couverture du *Funambule*.

– Philippe, n'exagérez pas. Votre ignorance ne passe plus pour de l'humour ! Le roman est paru ! Ce que je viens de dire figure déjà au dos du livre !

– C'est vrai, reconnut l'attaché de presse. Ce texte me semblait familier… Je n'ai pas pu obtenir d'articles pour Dignard : pas encore tout à fait « culte ». Je suis navré.

– Bien, fit Éberlé en se levant. Allez-y, maintenant : je veux des rapports, une lecture rapide. Demain, à quinze heures, nouvelle réunion ici. Ne lésinez pas sur le café ! Le destin de notre maison est en jeu.

***
** **

Il se sentit euphorique après cette réunion avec ses collaborateurs. Il avait l'impression de se comporter comme s'il n'y avait rien eu, comme si Géraldine ne lui avait jamais rendu visite à la ferme, comme si lui-même ne lui avait jamais rendu visite à son appartement – sauf quelques minutes, le temps de prendre la fin de son manuscrit...

Quand le téléphone se mit à sonner, il était à peu près seize heures. C'était le professeur Hummer :

– Monsieur Éberlé, nous serons bientôt prêts à vous recevoir.

– L'interview ? s'enquit Éberlé.

– Bien sûr.

L'éditeur fut sur la défensive.

– J'ai réfléchi. Je ne vois pas très bien l'intérêt de cette intervention. En outre, je ne connais pas la raison sociale de votre firme. Vous produisez des CD, après ? Ou bien des DVD ? Veuillez m'excuser, sur le plan technique, tout cela est un peu mystérieux pour moi.

– Nous allons tester une émission en direct avec le public. Ce que nous ferons ensuite, on l'examinera ensemble, vous et nous. Ce qui est fabuleux, souligna le professeur Hummer, c'est que, selon l'intérêt de vos révélations, le nombre des téléspectateurs augmentera. Si vous êtes ennuyeux, ils partiront sur une autre chaîne.

– Je vous préviens, dit Éberlé d'un ton affable, à Paris je suis quelqu'un d'insignifiant.
– Détrompez-vous. Votre personnalité intrigue…
– Quel jour et à quelle heure voulez-vous venir me chercher ?
– Je crois que vous habitez Paris ?
– Oui, le XVIIe arrondissement.
– Nous passerons vous prendre pour vous conduire au studio. Nous devons garder une certaine discrétion afin qu'on ne copie pas notre formule. Vous serez notre vedette secrète, le soir de l'émission, et une célébrité dès le lendemain. Est-ce que vingt et une heures vous convient ?
– Quand ça ?
– Demain.
– Qui me conduira ?
– Mon assistante et moi. Ou moi seul.
– Où est le studio ?
– À Clichy.
– C'est connu ?
– Un studio formidablement équipé, tout neuf, aménagé par une firme allemande.

Chapitre 29

Quand Eberlé fut prévenu que l'équipe de tournage était sur place et que l'organisateur de ce « pilote » exceptionnel viendrait personnellement le chercher à son domicile, il promit de l'attendre devant la porte d'entrée de son immeuble.

– Je viendrai seul, l'informa le professeur Hummer. 17 *ter*, avenue des Ternes, n'est-ce pas ? Ne m'en veuillez pas si j'ai quelques minutes de retard.

À vingt et une heures cinq, une Volkswagen noire se gara devant la porte. Le conducteur entrouvrit la portière et invita Eberlé à s'asseoir à ses côtés. Il lui tendit la main :

– Hummer. Ravi de vous rencontrer enfin et de vous conduire à votre rendez-vous.

Éberlé regarda le profil de l'homme assis au volant. C'était un aimable quadragénaire au front légèrement dégarni. L'éditeur repéra l'alliance à sa main gauche : le type était marié.

Ils traversèrent le nord de Paris. Hummer expliqua les conditions du tournage :

– Nous allons dans un studio ultramoderne. Le raffinement technique est tel qu'on ne voit même pas les caméras. Vous serez d'autant plus à votre aise, comme chez vous. F.-F. Destreet, votre interlocuteur, sera installé en régie.

– Lui-même ? demanda Éberlé. Quel honneur pour moi et pour notre métier ! Il me fait penser à un confesseur, de ceux à qui *a priori* on dit tout.

– Il est en quelque sorte l'initiateur du grand public à la psychanalyse, dit Hummer. Il n'y avait que lui pour tenter d'enquêter sur l'imagination.

– Je vais enfin le voir de près... Je saurai résister à son regard...

– Non ! le coupa Hummer. Règle absolue de l'émission : un dialogue à distance entre vous et lui. Vous entendrez sa voix, mais vous ne le verrez ni de près ni de loin. Il vous interpellera et vous répondrez. À défaut, vous pourrez vous abstenir de lui fournir une réponse précise. À votre guise !

– Ce qui m'étonne le plus, et je n'en reviens encore pas, c'est que vous vous soyez souvenu d'un article que j'ai écrit il y a des années. Vous êtes venu me chercher et voilà que vous voulez bâtir toute une émission à partir de ces lignes que je trouve assez anodines...

– Vous étiez à la recherche de l'esprit français, monsieur ! Vous avez su établir la différence entre le travail rationnel de l'esprit et l'imagination. Vous vous êtes interrogé sur l'origine de cette faculté. Vous avez même indiqué que vous aviez fait un an de médecine pour avoir accès au cours d'anatomie et à la pratique de l'autopsie...

Ils traversèrent une banlieue industrielle.

– Je n'étais que spectateur... disons simple visiteur, autorisé à regarder. J'ai été désemparé par l'expérience. Quand la conscience ne joue plus son rôle d'animatrice, il ne reste qu'une simple masse de chair... Où sommes-nous ?

– Ce sont les anciens hangars d'un entrepôt qui appartenait à un Allemand. Après plusieurs échecs dans le commerce de gros, il y a créé un superbe studio, qu'il loue. Cet espace est bien connu par les cinéastes qui cherchent à travailler à l'économie.

Ils s'arrêtèrent devant un haut portail. Hummer descendit de la voiture, la contourna et ouvrit la portière à son passager. Deux hommes se tenaient devant l'entrée du studio. Ils se joignirent à eux et escortèrent Éberlé à travers un large hall mal éclairé, jusqu'à une cage d'escalier. Les marches étaient de métal. Il fallut grimper au deuxième étage. Éberlé pénétra dans une vaste pièce grise, examina les lieux et esquissa un petit sourire.

– Personne ne paiera une rançon pour moi !

– Je le reconnais, l'endroit est surprenant, dit Hummer. Nous sommes dans un studio modèle allemand, le plus moderne qui existe. Les murs sont recouverts de carrés d'aluminium allié à un autre métal ultraléger. Ces carrés abritent des récepteurs de sons et d'images. Vous êtes entouré d'objectifs invisibles. Vous aurez l'impression de pouvoir parler à F.-F. Destreet presque en secret...

Vous êtes considéré comme porteur d'un esprit particulier, objet d'admiration pour les générations futures...

Il se reprit vite :

– Pour les actuelles aussi ! Prenez place, monsieur Éberlé. Par ici...

L'éditeur le suivit et se trouva bientôt assis devant une petite table en aluminium. Sa chaise légère était sans doute du même métal.

– Vers quoi je regarde ? demanda-t-il. Si je ne vois pas mon interlocuteur, je vais être désorienté...

– Pas du tout. Vous serez filmé sous différents angles. C'est un procédé allemand qu'on appelle « Totalvision ».

– Qui est le réalisateur ?

– C'est un peu moi, et des amis autour de nous. Il y a un chef opérateur qui suit le manège des caméras...

– Le manège ?

– L'image change en permanence. Les caméras captent chacune de vos expressions.

– Je voudrais parler au cameraman, dit Éberlé.

Quelques secondes plus tard, un jeune homme fit son apparition.

– Vous souhaitiez me dire quelque chose ?

– Expliquez-moi cette installation, s'il vous plaît.

– Elle est basée entièrement sur l'informatique. Vous avez un souhait spécial ?

– Mon profil gauche est meilleur que le droit..., précisa Éberlé.

– Nous en tiendrons compte.

– J'ai mis un pull à col roulé. C'est ce qu'on m'avait recommandé...

Il tapota la zone sous son menton.

– Mon cou, je pense, est encore correct...

Un second jeune homme rappliqua avec une petite éponge.

– Vous permettez ? Juste quelques touches.

– Je ne serai pas maquillé ?

– Du tout.

– Reprenez place. F.-F. Destreet est déjà arrivé.

– Je voudrais lui parler...

– Vous le ferez dans quelques minutes.

– Je suis tout à fait honoré qu'il se dérange pour moi.

À ce moment, la voix de F.-F. Destreet retentit :

– Bienvenue ! Nous avons le plaisir de vous faire participer ce soir à une émission exceptionnelle. Dans le jargon du métier, nous dirions une « émission-pilote ». Nous avons en face de nous un éditeur français qui fait partie de cette petite armée héroïque qui se bat pour la sauvegarde de la littérature. Il dira ce qu'il pense du déclin de l'imagination chez les Français. Applaudissez M. Edmond Éberlé...

Aussitôt, des applaudissements fournis retentirent. Éberlé regarda autour de lui.

– Ils sont où, ces gens qui applaudissent ?

– Dans une salle voisine où ils entourent F.-F. Destreet. À l'écran, les téléspectateurs vous voient en gros plan. L'émission a été annoncée depuis vingt heures ; d'après l'Audimat, il y a déjà à peu près cinq cent mille personnes sur la chaîne... Vous allez entrer dans le vif du sujet, monsieur Éberlé. Installez-vous bien à votre table... Vous pouvez y poser vos coudes... Notre installation nous permettra de vous communiquer certaines remarques, par exemple concernant l'Audimat, mais seules la voix de F.-F. Destreet et la vôtre seront audibles pour le public... Attention... Silence !

Oppressé, Éberlé entendit l'animateur :

– M. Edmond Éberlé, éditeur parisien d'origine lilloise, va répondre à des questions d'une certaine gravité. Bonjour, monsieur Éberlé.

– Bonjour, répondit l'éditeur.

Sa voix était enrouée par l'émotion.

– D'où vous est venu cet intérêt pour l'imagination ?

– C'est simple, répondit Éberlé. C'est que je n'en ai pas. Pendant des années, j'ai espéré en avoir... J'ai fait des efforts, en vain.

F.-F. Destreet ne montrait ni passion ni compassion.

– Comment avez-vous découvert que vous n'aviez pas d'imagination ? Vous êtes-vous trouvé dans une situation de laquelle vous ne pouviez vous dégager ? Cherchiez-vous la possibilité de vous enfuir ou bien de pénétrer dans un endroit donné ?

– À l'âge de seize ans, j'ai voulu écrire un roman. Mon père m'a rapidement fait comprendre que j'étais tout juste capable de décrire ce qui m'arrivait. Je n'ai jamais autant touché du doigt cette frustration qu'en lisant Orwell. Prévoir le futur, se projeter dans le futur... Même mes propres lendemains me prennent souvent au dépourvu... Si j'avais un peu d'imagination, sans doute pourrais-je être d'une certaine aide...

F.-F. Destreet capta l'intention humanitaire.

– Serait-ce pour une bonne cause que vous auriez voulu avoir de l'imagination ?

– Je l'avoue : non. Je voulais avant tout écrire des romans. Mais je n'y arrive pas.

– Vous avez une maison d'édition. Vous êtes témoin des capacités d'invention de vos auteurs...

– Chaque fois que je lisais une histoire que son auteur n'avait pas vécue, je ressentais une profonde jalousie. J'étais à la fois envieux et curieux de découvrir la source de cette faculté. Vous voyez, je suis un éditeur qui ne sait pas créer ce qu'il vend. C'est terrifiant. Imaginez l'inventeur ou le détenteur d'un prototype de sport, un Schumacher dans l'âme qui ne pourrait apprendre à conduire... Je ne peux exprimer mieux ma souffrance...

– Quel a été, dans votre existence, le facteur déclenchant de cette fureur de connaître à n'importe quel prix le fameux secret ?

– Depuis l'adolescence, je cherche, je lis, je me torture. Mais le déclic fatal, je l'ai ressenti aux Pays-Bas. J'ai été alors comme foudroyé...

– Je vous écoute, fit laconiquement F.-F. Destreet.

– Amsterdam est connue pour certaines de ses rues à prostituées. Les femmes sont assises dans des vitrines, sur des piles de coussins dont le nombre correspond à celui de leurs clients de la journée. J'ai observé l'une de ces femmes qui était occupée à écrire. Elle avait de longues jambes. Elle ne portait pas de culotte, mais des bas noirs et des porte-jarretelles. J'étais persuadé qu'elle décrivait ses expériences, que chaque client qui passait chez elle racontait quelque chose de lui-même, des grandeurs ou des misères de sa vie affective et sexuelle, et qu'elle notait leurs aveux, leurs comportements. Je suis entré, elle a refermé son cahier, a tiré le rideau et est passée dans l'arrière-boutique. Elle m'a demandé ce que je souhaitais. Elle portait des chaussures rouges à talons aiguilles comme on en voit chez Almodovar…

Une voix mate intervint :

– L'Audimat monte. Deux millions de personnes. Attention, ce soir, l'intérêt fléchit vite : ils zappent comme des fous. Il y a d'un côté *La Ferme*, de l'autre Sébastien qui promet le numéro du siècle.

– Deux millions de téléspectateurs ? répéta Éberlé.

F.-F. Destreet intervint :

– En effet. Mais, pour les conserver, il faut vous livrer, fournir des détails qui permettent de mieux apprécier votre état d'esprit… Je vous encourage à utiliser des expressions habituellement évitées dans les émissions d'avant minuit. Nous avons incrusté sur l'écran le signe « déconseillé aux moins de seize ans », vous pouvez donc parler sans retenue.

– Elle m'a énuméré tout ce qu'elle pouvait me faire. Je me sentais assez honteux : pour de l'argent, et même pas trop, je pouvais m'acheter cette femme, sa dignité... Puis, après réflexion, je me suis dit que, quoi qu'elle me fasse, elle préserverait son honneur. Elle pratiquait un métier. Si elle avait été pianiste de bar, elle m'aurait demandé quel morceau interpréter... Je l'ai surprise en répondant que j'étais intéressé par ses écrits : j'étais un éditeur français et je pourrais peut-être publier les carnets d'une prostituée d'Amsterdam rencontrée dans une vitrine, un jeudi soir vers vingt-trois heures. « Non, a-t-elle dit. Je ne pense pas que mes écrits puissent vous intéresser, monsieur. Il s'agit d'un roman. » Et elle s'est mise à me parler du contenu de ce roman. La Bavière catholique. Les préparatifs d'un mariage. Un château dont la jeune fille était censée hériter. À la veille de la cérémonie, une révélation empêchait l'union avec le fiancé qu'elle aimait passionnément. Fasciné, je lui ai tendu ma carte de visite, avec le numéro de téléphone de la maison d'édition, celui de mon portable et l'adresse de ma ferme de Senlis...

F.-F. Destreet constata :

– Vous étiez emballé. Vous avez mentionné les lieux, presque les heures où vous trouver. Vous aviez bien un but. Lequel ?

– Je l'ai invitée à me rendre visite à Paris, en lui faisant miroiter une éventuelle publication. Elle a accepté. Trois mois plus tard, elle m'a appelé à mon bureau. Elle était de passage à Paris. Elle m'a dit qu'elle pouvait m'apporter son manuscrit terminé, bien dactylographié. Trois cents pages, a-t-elle précisé.

– Continuez.
– Elle est venue à la maison d'édition. Je m'en souviendrai toujours : quand elle est entrée dans mon bureau, la première chose que j'aie remarquée, ç'a été ses pieds dans des chaussures provocantes. Cette fille grande et mince marchait sur de très hauts talons... Elle n'était pas très belle, mais avait une silhouette agréable. Sortie de son décor, elle semblait déjà marquée, elle devait avoir dans les quarante ans... Je l'ai invitée à la ferme. Je l'y ai conduite en voiture...
– Vous avez invité cette prostituée hollandaise chez vous ? insista F.-F. Destreet.

La voix signala que l'Audimat stagnait.
– Francophone. Elle était en Hollande pour exercer son métier. Il y a là-bas beaucoup d'ethnies différentes. Cette femme, dans cette rue, se réfugiait dans l'écriture de son roman... À Senlis, nous avons dîné. Elle a admiré la ferme... Puis nous sommes revenus à la cuisine. Il fallait qu'elle parle. Elle m'a confié que c'était vers l'âge de onze ans que tout avait commencé...
– Quoi ? demanda F.-F. Destreet.
– Dès l'école primaire, elle inventait des histoires, éblouissant ses enseignants autant que ses parents. Plus grande, elle a eu beaucoup de malheurs dans sa vie. Puis un Hollandais l'a emmenée à Amsterdam où il l'a plaquée. Belle fille, avec ses longues jambes et ses rêves, elle a fini par trouver sa place dans une vitrine. Rien ne comptait dans sa vie que son roman. Elle espérait bien que j'allais la publier...

– Que s'est-il passé ensuite ? insista F.-F. Destreet.

– J'ai voulu qu'elle m'explique comment, presque nue dans une vitrine, elle était capable d'imaginer un château en Bavière... Elle a résisté. Je me suis impatienté... Elle a esquivé, m'a parlé de ses autres projets... J'étais près de la malmener, de la faire souffrir pour lui faire avouer la manière dont naissait sa création...

Il était en sueur, son front luisait.

– L'Audimat grimpe. Nous en sommes à quatre millions...

– J'étais furieux. Malgré mon insistance, son excellent français, je n'arrivais pas à lui arracher son secret... Comment elle donnait le jour à une histoire sans quitter sa vitrine. Comment elle prêtait son corps à des « exercices » déplaisants pour s'en revenir à sa table et écrire... Elle ne connaissait les hommes, a-t-elle raconté, que par les passes avec ses clients et par une cohabitation d'un an et demi avec une espèce de brute. Aucun voyage, aucune expérience humaine n'avaient donc pu l'aider. Dans une sorte d'excitation, j'ai alors pris la décision...

– Quelle décision ? demanda F.-F. Destreet d'une voix pressante.

– De lui ouvrir le crâne.

Chapitre 30

— On frôle les sept millions. Attention : sur la *Deux*, Sébastien arrive avec ses équilibristes chinois. Ils font du vélo sur une corde raide et jonglent avec des tomates...

F.-F. Destreet continua, imperturbable :

— Métaphore ou fantasme ? Vous n'avez pas pu songer à commettre un geste aussi atroce... ouvrir un crâne ?

— Si. Ce qui était décevant, c'est qu'à aucun moment elle n'a imaginé le danger que je représentais. Elle était comme illuminée par son propre récit. Il fallait que je sache ce qui se passait dans son cerveau. Je me suis persuadé qu'en lui ouvrant le crâne, je découvrirais son secret. J'étais confronté à une énigme. Cette femme acceptait, pour quelques euros, de se prêter à n'importe quel acte sexuel, de se faire sodomiser, de se laisser fouetter, mais elle refusait de me livrer les énigmes de son cerveau ? Elle a alors entrepris de me raconter une histoire captivante : une fille devenue parachutiste pour vaincre sa peur du vide ; elle avait quitté mari et bébé pour tenter de se rééduquer en affrontant le danger...

F.-F. Destreet intervint :

– J'espère que ses récits ont sauvé votre invitée !

– Du tout. Elle me parlait comme si cette fille avait existé ou existait. « En écrivant, je me suis identifiée à elle. » Comment prétendre s'identifier à un personnage inventé ? J'ai rencontré le même problème avec une dénommée Géraldine qui se lançait soi-disant dans l'introspection de ses propres personnages... Vous comprenez ? Créer un personnage et entrer dans son fonctionnement mental ? Prétention scandaleuse. La femme de la vitrine m'exaspérait de plus en plus. J'ai glissé un somnifère dans sa coupe de champagne... Je cherchais les modalités pratiques... Affaissée sur sa chaise, elle a glissé par terre. J'ai contemplé son corps étendu. J'ai eu l'impression qu'il grandissait... Il y avait son sac de voyage, un grand cabas que j'avais sorti du coffre de la voiture...

– Audimat : sept et demi. Attention, Sébastien promet une nouvelle surprise.

Éberlé demanda, inquiet :

– Je suis en compétition avec une autre émission ?

– Avec cinq autres émissions, monsieur. Vous pouvez les battre ! Parlez franc, sans honte aucune. Ce sont les détails considérés comme sordides qui vont tenir le public en haleine et l'attacher à vous, donc à nous... Continuez ! Imaginez un corps inerte devant vous, livré à vous, sans défense aucune...

– Je lui ai d'abord transpercé le cœur, répondit Éberlé. J'avais lu la méthode dans un roman anglais. Je voulais m'assurer qu'elle ne sentirait plus rien.

Il voulut s'éponger le front et fut tout étonné quand il sentit quelqu'un glisser dans sa paume ouverte plusieurs Kleenex.

– Le public sait à quel point vous souffrez..., dit Destreet. En ce moment extraordinaire, à la recherche de la source de l'imagination, vous étiez en proie à une folie meurtrière ?

– Attention, l'ex-Miss France a un problème dans *La Ferme*. Elle détourne de nous une partie du public. Si...

Éberlé reprit, comme hypnotisé :

– J'étais lucide, peut-être jamais n'avais-je été aussi calme. La fille de la vitrine était morte depuis quelques heures déjà quand j'ai pu délicatement séparer sa tête du reste du corps. Je l'ai couchée sur une bâche en plastique et j'ai entouré le cou sectionné avec une épaisse serviette éponge. Les yeux clos, j'ai tenu sa tête dans ma main. Je me suis dit : « C'est dans cette tête que gît le secret de l'imagination. Il faut que je sache le comment et le pourquoi... » Le crâne était moins difficile à ouvrir qu'une noix de coco. Je n'ai vu là qu'une masse gluante. J'ai songé à *Hannibal le Cannibale*, mais ce souvenir n'a pas eu l'ombre d'un effet sur moi. Je savais que je n'étais pas dans un film d'horreur, mais dans ma propre réalité...

– Huit millions, dit la voix. Pourtant, les trapézistes ont un panier fixé sur la tête, dans lequel ils doivent attraper les tomates que leur lancent leurs partenaires. Le public en est fou, mais il est tout aussi attaché à notre éditeur. Nous recevons aussi des SMS de protestation. On nous menace de représailles, de recours devant le CSA...

— Vous avez procédé ensuite à l'extraction de la matière cérébrale ?

— Je me suis souvenu d'un monstrueux coquillage qu'un ami africain avait offert à mon père. Il avait recommandé à ma mère de le faire cuire et de le vider avant d'en faire un objet de décoration. Ma mère a mis ce coquillage à bouillir dans un grand faitout. Bientôt il s'en est dégagé une odeur qui a empuanti la maisonnée. Une espèce de matière informe est sortie de la coquille : la bête... Cette tête que je tenais entre mes mains m'y a fait songer quand j'ai entrepris de la nettoyer. Je l'ai passée sous l'eau bouillante...

— Neuf millions à l'Audimat ! s'exclama une voix enthousiaste.

Celle de F.-F. Destreet se fit plus tendue.

— Monsieur Éberlé, êtes-vous bien conscient de l'horreur que vous nous racontez ? Êtes-vous sûr de ne pas souffrir d'un excès d'imagination ?

— Non. Sur le moment, je n'étais que l'explorateur d'un monde inconnu. Il fallait que je sache comment cette femme exposée dans une vitrine pouvait écrire, inventer des histoires... Et ç'a été le même problème, plus tard... Au cours d'une croisière, sur le pont principal du bateau, une Norvégienne écrivait dans une chaise longue, un cahier ouvert sur les genoux. Je suis passé à côté d'elle et je l'ai saluée. Elle a levé la tête et m'a dit : « Je peux faire quelque chose pour vous ? – Madame, j'aimerais juste savoir ce que vous écrivez. Vos impressions sur cette magnifique traversée ? – Oh non ! m'a-t-elle répondu. J'écris une histoire qui se passe dans une bourgade anglaise pratiquement sans soleil. Dans ce roman, un jeune garçon rêve d'un avenir meilleur... »

– Et vous ?

– J'ai décidé de l'inviter.

– Onze millions !

– Pour la seconde fois, le même phénomène venait me provoquer. En pleine mer, sur le pont-promenade d'un paquebot ultra-chic, au lieu d'admirer les bonds des dauphins ou de s'abandonner à une sublime paresse, cette femme écrivait un roman ! Elle possédait donc tout ce qui m'échappait depuis toujours. Je lui ai tendu ma carte. Je lui ai dit qu'étant éditeur, j'étais intéressé par son histoire. Je l'ai invitée à Senlis....

– Onze millions cinq...

Éberlé semblait exténué. F.-F. Destreet tenta de le réactiver :

– On partage votre émotion. On comprend l'horreur qui vous saisit à l'idée de nous raconter ce que vous avez fait de cette dame qui voyageait si paisiblement, en écrivant un roman, sur le pont-promenade de ce paquebot... Vous lui avez fait quoi, à Senlis ?

– Une fois de plus j'ai essayé d'obtenir des détails sur le moment précis où germe l'invention. Ce n'était pas une démarche purement égoïste. Ce n'était assurément pas pour pouvoir écrire moi-même un jour... Écrire, je sais le faire, même si je n'ai rien d'autre à raconter que des choses vécues... Ce que je fais en ce moment même... Non, j'ai pensé que si je trouvais le secret caché de la création d'une fiction, je pourrais venir en aide à ce monde en train de crever. Tout un chacun utilise le mot *tuer* comme si c'était la chose la plus naturelle au monde. « Untel, je vais le tuer ! » « Ma chérie, arrête ou je te tue ! » « Tuer » est devenu aussi banal que faire l'amour ou commander un steak-frites. La barbarie afflue de tous côtés. Ce monde baigne dans le sang. Les gens s'accoutument de plus en plus à l'horreur...

– Douze millions deux, indiqua la voix. Cinq cent mille de plus que *L'Affaire Dominici* !

– J'ai songé atteindre à ce moment miraculeux où je trouverais dans un cerveau le siège de *l'imagination*. Le circonscrire, l'extraire, l'absorber, l'avoir en moi, le dominer. Lui donner des ordres...

– Et alors ? le pressa F.-F. Destreet.

– Je cherchais. Mes mains étaient gluantes de sang... Je vous rassure : elle était morte depuis longtemps quand je lui ai sectionné la tête. Je n'ai rien trouvé. Le deuxième corps a été enterré, comme le premier, dans mon potager, sous les plants de tomates... J'ai découvert à cette occasion que l'imagination n'aide en rien à prévoir ni donc à empêcher une horreur. Ces deux femmes, qui s'embarquaient à bord d'histoires insolites dans leurs écrits, n'ont jamais pressenti le danger immédiat que je pouvais représenter pour elles. La mort devait pourtant se lire dans mon regard. Rien. Leurs instincts ne fonctionnaient plus, tant elles étaient éblouies à l'idée d'être publiées.

– Monsieur Éberlé, dit F.-F. Destreet, avez-vous quelque chose à ajouter sur votre quête de l'horreur absolue ?

– Oui, répondit-il. J'ai éprouvé une troisième fois cette tentation extrême. Sur une Française. Je vous en ai parlé : Géraldine. Elle a écrit un roman de cinq cents pages intitulé *Les Forbans de l'amour*. À vingt-trois ans, elle décrivait la Vienne 1900. Elle évoluait comme une surfeuse sur les vagues de son imagination... Je crois que j'aurais volontiers tué Géraldine Kaufmann si j'avais pu la garder une heure de plus à la ferme. Je n'aurais pas pu m'empêcher de fouiller dans son cerveau... Mais elle a eu peur, une peur épidermique. Pas une peur intellectuelle, une peur rustre. Elle est partie.

– Treize millions ! jubila la voix.

F.-F. Destreet intervint :

– Nous allons clore cette première partie de notre émission-pilote dont la vedette était Edmond Éberlé, le grand éditeur français, qui vient de nous livrer la part d'ombre de sa vie.

Il ajouta :

– Une toute dernière question, monsieur Éberlé. Quand vous les avez commis, n'avez-vous pas songé une minute que vos crimes pourraient se révéler inutiles ?

– Crimes ? se récria Éberlé. Des investigations... Il n'est pas exclu que j'aie quelque peu dévié de la stricte raison. Mais supposons que j'aie été moi-même abusé par une velléité d'imagination, sinon par un désir de domination... Non, ce n'est pas plus criminel que de déclarer une guerre sans motif, de faire sauter un train rempli de passagers innocents... L'énumération serait longue... Vous aussi, vous cherchez des ressorts cachés dans les cerveaux qui s'ouvrent devant vous, n'est-ce pas, monsieur Destreet ? Vous aussi, vous ouvrez des crânes, mais à l'aide de mots...

– Coupez, ordonna une voix. Coupez !

*
* *

Éberlé était harassé. Hummer lui tendit un grand verre d'eau, puis le reconduisit jusqu'à sa voiture. En sortant, Éberlé remarqua d'une voix éteinte :

– Il n'y a plus personne dans ce studio... Et la sortie est déserte...

– Nous avons pris des précautions pour garder secret le lieu où vous êtes. Je vais vous conduire à un hôtel. Demain, vous devrez affronter à la fois la presse et la police. Tenez le coup, monsieur Éberlé...

Hummer lui remit un cachet.

– Prenez ce calmant, il vous fera dormir jusqu'à demain matin. Le temps d'arriver à l'hôtel, vous somnolerez déjà. Monsieur Éberlé, vous êtes devenu ce soir une grande vedette !

Enfin dans sa chambre, affalé sur son lit, sans forces, l'éditeur se répétait cette dernière bribe de phrase : « ... une grande vedette ».

« Il était temps », se dit-il avant de s'endormir.

Chapitre 31

Le lendemain matin, il sommeillait encore quand on frappa. L'esprit vaseux, il ouvrit les yeux. Son regard s'attarda sur le décor inconnu. L'insistance des coups frappés à la porte le tira du lit, trempé de sueur. Il avait dormi avec son slip et son pull à col roulé – celui qu'il portait pour l'émission télévisée. Il enfila son pantalon mais resta pieds nus.

– Entrez, cria-t-il.

Le professeur Hummer venait de franchir le seuil. Il semblait plus rond que la veille. Peut-être à cause de ses lunettes cerclées.

– Bonjour... J'espère que vous êtes tout à fait réveillé. J'ai à vous parler.

– D'abord un café..., quémanda Éberlé.

Il passa ses mains moites sur son crâne lisse.

– Vous attendrez. Ici, on ne monte pas de café dans les chambres.

– Je n'ai pas les idées claires. Sans café, pas un mot. Vous m'avez drogué, hier soir. Vous m'avez isolé de la foule qui était censée m'attendre, mais de là à m'assommer...

- Je ne vous ai pas assommé, vous avez juste eu droit à un somnifère pour vous assurer un sommeil paisible.

« Il a du culot, ce type, pensa Éberlé. Sommeil paisible ? » Il réfléchit. De l'émission de la veille il ne lui restait que de vagues réminiscences. Il ne se rappelait pas avec précision ce qu'il avait pu dire. Avait-il trop parlé ? Avait-il été emporté par cette sorte d'exaltation qu'il n'avait connue que le jour où, sur un ordre maternel, il avait été obligé de se rendre à l'église ? Dans la cage obscure, à genoux, il avait essayé, afin de justifier sa présence, de s'inventer des péchés plus lourds que ceux qu'il avait réellement commis, pour ne pas décevoir l'attente du prêtre.

- Quoi qu'il arrive ce matin, je vous préviens : si vous m'avez extorqué de prétendus souvenirs avec l'aide de F.-F. Destreet...

Hummer s'assit en face de lui, à califourchon sur une chaise, les coudes appuyés sur le dossier. Éberlé hésitait à poursuivre, tassé au bord du lit.

- Voilà, dit Hummer. L'émission...

Il ménagea un silence pour accuser l'effet de son geste, puis tira de sa serviette une cassette.

- Vous voyez ce que c'est ?

- Sans doute l'enregistrement de l'émission, dit Éberlé, soudain lucide. Je la conteste. Vous avez créé une sorte d'hypnose exercée par la voix de F.-F. Destreet, qui attendait de moi des révélations. Je me rappelle les interventions qui renseignaient sur l'Audimat. Cette surenchère a dû m'influencer. Qui dit mieux ? Qui fait mieux ?

Hummer était surpris par la capacité de récupération de l'éditeur.

– Vous souvenez-vous de tout ce que vous avez dit ?

– Quand on fait de vous un animateur malgré soi, quand on vous piège, l'instinct de survie vous rend talentueux. Vous improvisez pour ne pas lasser ceux qui vous écoutent...

– Ah, s'exclama Hummer, vous aimeriez bien vous en tirer ainsi ! Mais une fois cette cassette déposée à la police, vous serez arrêté, gardé à vue, présenté à un juge d'instruction... puis ce seront les assises. Vous avez avoué avoir tué et décapité deux femmes de manière monstrueuse, et avoir déjà choisi une troisième cible... Vous attendiez votre heure... Cette troisième victime aurait été Géraldine Kaufmann.

Éberlé haussa les épaules.

– On peut me faire dire n'importe quoi dès lors que c'est F.-F. Destreet qui interroge. S'il avait été prêtre, il serait déjà enseveli sous les monceaux de péchés qu'on lui aurait avoués. C'est un grand psy qui s'ignore...

– Inutile de vous débattre avec autant d'énergie : vous avez tout reconnu, lâcha Hummer. Ça va être pour vous un sale moment à passer, la prison. Une vraie galère. On dit que les chauves deviennent les souffre-douleur de leurs codétenus...

Éberlé prit peur. Il mesura ses limites.

– Évidemment, une fois mis en examen, n'importe quoi alimente les soupçons. Avec ma maison d'édition à vendre et mon hôtel particulier à céder, je vais avoir l'air d'un looser qui aurait tenté un coup ultime pour faire parler de lui... Vous avez une proposition à me faire ? Le traquenard d'hier doit avoir un prix. Je m'attends à être insulté, cerné de micros, de journalistes, puis arrêté...

– Rien de tout cela pour le moment, lui dit Hummer. L'émission était bidon.

– Comment ça ? Répétez...

– Bidon. Vous avez été reçu dans un décor aménagé pour une émission factice.

Éberlé resta muet, puis reprit ses forces et s'exclama :

– Vous mentez ! Impossible ! F.-F. Destreet n'aurait jamais accepté de participer à une escroquerie de ce genre !

– Lui, certainement pas. La voix que vous entendiez était celle d'un des meilleurs imitateurs français. Paris n'en manque pas... Grâce à son talent et à ses questions adaptées aux circonstances, vous avez avoué vos monstruosités. Vous avez fourni des détails sordides. Il suffirait de rechercher, avec l'aide d'Interpol, le nom des deux disparues : la Norvégienne que vous avez connue sur le bateau de croisière et la prostituée d'Amsterdam... Géraldine et Harold ont fait un tour par chez vous et Géraldine a emporté une chaussure trouvée dans la première sépulture.

– Je ne m'étais donc pas trompé. Je pressentais qu'elle avait caché cette chaussure chez elle, dit Éberlé. Elle découvre un cadavre et prélève sur lui un objet. Vous trouvez ça normal, vous ? C'est la peste et le choléra réunis, cette Mlle Kaufmann !... D'ailleurs, légalement, elle n'avait aucun droit à creuser chez moi. Avec son copain Harold qui marche au sifflet, elle a commis une violation de domicile.

Hummer admira les talents de comédien du personnage.

– Lors de sa visite chez vous, vous lui avez fait peur. Elle s'est enfuie en courant. Elle est tombée sur la terre mouillée, donc molle, dans votre potager. Elle a été intriguée et est revenue creuser avec Harold...

Un spasme contracta le visage d'Éberlé.

– Écoutez-moi, fit-il avec fièvre. Nous sommes citoyens de la patrie des droits de l'homme. D'après les lois en vigueur, je peux accuser, moi. Premier point sur lequel j'insiste : violation de domicile, entrée avec effraction dans une propriété privée. Ils auraient dû me dénoncer, et avec l'aide d'un avocat obtenir un mandat de perquisition. Ensuite, cette garce de Géraldine a volé une chaussure. D'où ? Hein ? Pour l'heure, vous ne disposez d'aucune preuve tangible. Rien. Du vent ! Et si vous sortez la fameuse chaussure, c'est une preuve obtenue sans autorisation. Et la preuve de quoi ? Kleptomane, elle aurait pu la ramasser dans un vestiaire.

Hummer brandit la cassette.

– Vous ne pouvez nier ce que nous avons enregistré...

– La loi, si. Tout individu doit être prévenu que ses propos sont enregistrés. Détail : la prétendue « confession » a été extorquée par un subterfuge : l'imitation de la voix d'une célébrité... Pour le moment, je voudrais me raser et boire un café. Si vous continuez à me menacer, j'appellerai Me Vergès...

Hummer était sidéré. L'homme qu'il croyait réduit à l'état de loque était un battant de première qualité.

– Vous lui direz que vous êtes accusé de quoi ?

– Deux femmes, des pseudo-victimes, ont disparu. On m'accuse de les avoir tuées...

– Décapitées, précisa Hummer.

– Qu'importe ! Combien de fois ne dit-on pas à quelqu'un : « Vous avez perdu la tête ? » Et quand ça arrive, tout le monde râle...

– Vous vous moquez de moi ? grinça Hummer.

– J'avoue me payer votre tête... Mais soyons sérieux : quel intérêt pour vous de me faire coffrer ?

– J'ai le sens de la justice. Mon groupe aussi...

– « Mon groupe » ? Voilà qui fait un peu terroriste... Le sens de la justice, par les temps qui courent ? Vous faites quoi, de tous ces tueurs que nous côtoyons ? Pourquoi serais-je soudain celui qu'on punit ? le bouc émissaire de cette époque pourrie ? J'ai juste voulu redonner un sens au métier d'éditeur, redorer notre blason. Pour mettre en valeur des œuvres de fiction, il fallait que je définisse le rôle de l'imagination. J'ai une proposition à vous faire : vous aimez bien cette Géraldine ? Ne le niez pas, tous les goûts sont dans la nature.

– Je devrais vous remercier de ne pas l'avoir tuée ?

– Presque ! Je vous propose un accord. J'obtiens... j'essaie d'obtenir... je ferai tout pour lui obtenir le Goncourt, et vous ne penserez plus à mon potager. Les premières victimes n'auraient fait que leur devoir. Si ce que vous racontez était vrai, elles auraient rempli leur fonction biologique en redevenant poussière. La terre est grasse, il pleut beaucoup, par là-bas. Jamais mes tomates n'ont été aussi abondantes et charnues... Donc, le Goncourt en échange de ma paix assurée. En cas d'échec, elle aura quand même été publiée. Mais d'abord, confiez-moi un secret : pourquoi vous acharner à ce point contre un éditeur sans défense ?

– Je hais les éditeurs, répondit Hummer.

– Vous devez bien avoir une raison...

– J'ai écrit un roman, voici quatre ans. Il n'a même pas été lu.

Éberlé le considéra avec une infinie tristesse.

– Vous aussi... ? Pourtant, vous êtes belge. Les Belges sont surtout doués pour la poésie... C'était un vrai roman ?

– Un récit historique. Sur la lutte entre Wallons et Flamands. Mais je n'ai pas l'imagination d'un Maeterlinck...

– Quel géant, Maeterlinck ! fit Éberlé, soulagé.

Il ajouta :

– Je vous propose une trêve...

– Après quoi, vous écrirez vos souvenirs…
– Non ! Si j'avais pu une seule fois dans ma vie écrire un chapitre de pure fiction, et non pas l'inventaire de mes jours, j'aurais sans doute été le plus heureux des hommes. C'est l'impuissance créatrice qui a fait de moi, n'est-ce pas, selon vous…
Il se mit à sourire.
– … un horrible personnage ?
– Un horrible personnage, confirma Hummer, désorienté.

*
* *

Dans la soirée, Hummer, Géraldine et Harold tinrent conseil avec les deux techniciens, l'un belge, l'autre allemand, qui avaient été les témoins directs de l'affaire en participant à la mise en scène. N'allaient-ils pas devenir complices des crimes en se taisant ? « Nous sommes d'ailleurs un peu trop nombreux pour garder un secret, constata Hummer. Mais j'ai confiance en vous. Le silence vous préserve aussi ! »

*
* *

L'éditeur quitta l'hôtel et, parvenu à son bureau, contacta aussitôt l'Émissaire, qu'il fit venir.
Il n'avait plus le temps de prendre des précautions. Il attaqua :

– Si vous m'obtenez le Goncourt, pour vous c'est le pactole. En cas de préaccord, vous recevrez le jeu d'épreuves du livre de Géraldine Kaufmann dans les plus brefs délais... Il faut que je trouve d'urgence un correcteur capable de passer au peigne fin ses cinq cents pages. Je suis un maniaque de la virgule et de la concordance des temps...

– Ce n'est pas un handicap, pour le Goncourt. Vous ponctuez au hasard, donc vous êtes un auteur moderne, dit l'Émissaire. Vous devez savoir, Éberlé, que ce qui compte le moins en matière de prix littéraire, c'est la littérature... Mais quel serait mon intérêt dans tout cela ?

– Une somme importante. Au noir.

– Prélevée sur quels droits ?

– Sur ceux de Géraldine... Ou plutôt non, elle n'aura rien à payer. C'est sur ce que rapporteront globalement à la maison les ventes de ce Goncourt que sera pris votre joli paquet. Il ne vous reste plus qu'à travailler au corps Tourbillon.

– Figurez-vous, dit l'Émissaire, que j'ai déjà établi le contact, juste pour m'orienter. Ça a l'air de coller. Les œuvres de jeunesse de Tourbillon plaisent beaucoup, et la Grande Maison n'a pas hésité longtemps quand j'en ai proposé la réédition. On a tout de suite compris pour quelle raison nous – je suis déjà votre associé – cherchions de l'argent... Dans le même temps, j'ai donné la garantie morale que vous leur vendriez votre fonds d'édition. La cession de l'hôtel particulier est une autre paire de manches : je voudrais en avoir aussi ma part...

– Cela va de soi, fit Éberlé.

Il se sentait pour le moment à l'abri. Mais pour combien de temps ? Il fallait faire vite !

*
* *

Géraldine protesta mollement. Le Goncourt contre leur silence ? Au cours d'une réunion restreinte avec Harold et Hummer, elle déclara qu'elle ne désirait pas de lauriers qui cacheraient les deux femmes mortes. Selon elle, il fallait livrer la cassette à la police.

– Certes, lui dit Hummer, c'est un meurtrier, mais nous risquons d'être suspectés... Seule l'ouverture d'une procédure permettrait de fouiller son potager, il faut obtenir une autorisation.

– Mais ce qu'il a avoué, tout ce qui est enregistré ?

– Attaquable ! Un avocat habile pourrait démonter notre affaire. Nous apparaîtrions comme des escrocs, des maîtres chanteurs. Pour le moment, il a peur et fera donc tout son possible pour te publier et transformer ton livre en événement. L'occasion est unique.

Hummer ajouta :

– Combien de fois j'ai entendu que pour réussir, à Paris, il fallait marcher sur des cadavres... C'est fait, constata-t-il sans sourire.

– Il a le manuscrit, conclut Harold. Attendons.

*
* *

La jeune femme connut quelques moments de bonheur. Elle fut contente de rencontrer le correcteur chargé de préparer son manuscrit pour l'impression. M. Margot était un professeur de français à la retraite. Il ne lâchait jamais sa pipe éteinte. Sa barbe de trois jours était soigneusement entretenue. Çà et là, il remit bon ordre à la syntaxe et à la ponctuation, traqua les répétitions de mots et proposa des synonymes. Éberlé n'avait pas même pensé livrer ces pages à Serge Couteau, qui aurait taillé dans la masse. Non, pour sauver sa peau, il allait éditer le livre tel quel. N'empêche, il avait jeté un coup d'œil de-ci, de-là, avait lu encore une trentaine de pages et avait constaté, agacé, que le récit semblait intéressant.

Restait à régler le grand problème de la jaquette. Sans illustration, les hypermarchés ne prendraient pas le livre. Si y figurait une image « à faire le trottoir », les grands libraires ne l'exposeraient pas en vitrine. Avec son seul titre et le nom de l'auteur inconnu, le gros bouquin disparaîtrait des tables et serait remisé en rayon en attendant la prochaine fournée de « retours ». Il fallait attirer l'attention sur le livre, mais pas trop.

Pour la jaquette, Harold suggéra :

– Une chaussure rouge à talon haut, gisant dans l'herbe…

– Quelle idée ! protesta Élise. Ça fait trop sexe.

Éberlé parut morne. Géraldine détendit l'atmosphère :

– Mon nom et quelques feuilles mortes...

– Juste le nom et le titre..., dit Éberlé, mal à l'aise. En tout cas, aux membres des jurys il faut envoyer des exemplaires nus, sous notre couverture classique... Et votre biographie, mademoiselle Kaufmann ? demanda-t-il. Vous nous l'avez remise ?

– Je n'ai rien fait de remarquable jusqu'à l'âge de vingt-trois ans, répondit-elle. Quelques années d'université, du baby-sitting et écrire. Ça n'intéresse personne... J'espère que mes *Forbans*...

– Il faut enrichir ce « rien », fit Éberlé.

Il avait raté cette fille qu'il aurait volontiers enterrée, elle, sous les laitues. Il la haïssait, mais était devenu son otage. Il souhaitait de toutes ses forces que son livre ne marche pas. Pouvoir se prouver à lui-même que Géraldine, en tant qu'écrivain, ne valait rien.

*
* *

Grisée de bonheur, Géraldine signa les exemplaires destinés aux membres des jurys. Elle supposait les manœuvres autour d'elle et de son livre, mais elle était décidée à les ignorer. Elle ne voulait exister que par son roman.

– Laissez-la croire qu'il peut y avoir un miracle dû à son seul talent, dit Harold à l'éditeur.

– Et moi ? s'écria Éberlé. Si je vous disais que je préfère encore la police et la prison plutôt que de servir la cause de cette fille maigre et de son livre obèse ?

Harold ne pensait pas qu'on pût acheter les membres d'un jury. Il le dit.

– Ce n'est pas acheter, précisa Éberlé. C'est les aider à sortir d'une passe difficile. Après quoi ils vous aideront dans votre propre passe difficile. Ce n'est qu'un donnant-donnant fraternel.

– Bien sûr, dit Harold. Avec une bonne dose d'optimisme – le vôtre – en plus... Dites, vous ne faites jamais de cauchemar ?

Éberlé répondit avec grâce :

– Bien sûr que si. Je rêve que je suis un aristocrate sous la Terreur. On me conduit à la guillotine. Au premier rang, une femme tricote... C'est à l'école que j'ai appris que la tête se séparait du corps sans douleur...

*
* *

Éberlé convint avec Géraldine que le jour du prix, elle se tiendrait dans un bistrot, non loin de chez Drouant.

– Je resterai en compagnie de Harold.

– J'ai votre numéro de portable..., dit Éberlé.

– Pour le moment, je me suis mise sur boîte vocale, déclara-t-elle. J'ai à faire face à tant de demandes d'interviews...

« Déjà la grosse tête, songea Éberlé avec une certaine nostalgie. C'est bien la dernière à qui j'aurais souhaité cette gloire. »

Juste pour lui empoisonner son temps d'attente, il lui susurra :

– Cette situation vous plaît, n'est-ce pas ? Je suis en fait tenu par trois femmes : deux sous les plants de tomates, une autre en face de moi. Harold est votre complice… Vous n'en avez peut-être pas conscience, mais si vous me trahissez, vous serez tous deux accusés de complicité…

Géraldine leva sur lui son insondable regard vert et lui dit :

– Vous avez si souvent évoqué l'absurdité de notre siècle…

– Le précédent n'avait rien à lui envier, répliqua l'éditeur.

– Nous sommes, Harold et moi, les produits de ces temps de corruption généralisée. Au moins, je ne tue personne avec mon livre.

– Mais vous profitez de la rentrée littéraire pour couvrir un meurtrier !

– Vous vous considérez enfin comme un criminel ?

– Absolument. Même si vous m'enregistriez, je dirais que ce n'est même pas dans une crise de démence que j'ai décapité ces deux femmes. J'ai agi de sang-froid, parce que je ne supportais pas leur supériorité en matière d'imagination…

*
* *

Quelques jours avant le fameux déjeuner chez Drouant, Tourbillon fut victime de troubles cardiaques consécutifs à une trop forte pression médiatique. Tout Paris était au courant de l'importance de sa voix double et que les suffrages se départageraient entre le roman d'une inconnue, Géraldine quelque chose, un autre roman, *La Girafe*, en deuxième position, et *Le Funambule* sur lequel se bloquait une voix isolée.

Géraldine avait déjà fait des apparitions dans des lieux connus. Élise avait insisté pour que la future lauréate soit relookée. « On peut laisser à ses cheveux leur coupe irrégulière, avait déclaré le coiffeur, lui aussi vedette. Mais il faut la "mécher", cette petite. Ici et là, une touche de mauve. » Elle porterait un tailleur de cuir noir, pantalon cigarette, veste serrée sur la poitrine comme un gant. Une maquilleuse revêche aux airs de Cruella sortie tout droit des *101 Dalmatiens* avait fait des essais à grands traits mauves. « Qui paie tout ça ? » avait demandé Éberlé. « Nous, avait répondu Élise. Mais on nous fait des prix. » Harold avait fini par arracher Géraldine au fameux salon et réussi à la débarrasser de son « look vampire ».

Trente-six heures avant le jour du vote, Tourbillon succomba à une crise cardiaque. Son existence terrestre s'interrompant de manière abrupte, sa deuxième épouse devenait sa veuve et l'héritière de ses droits. La future troisième ne put même pas voir le corps à l'hôpital : on lui demanda si elle était de la famille.

La « fiancée » déçue annonça le même jour à deux éditeurs différents qu'ils écrivaient à deux mains, Tourbillon et elle. Le volume était intitulé : *Maître et Élève*. « Largement inspiré par la figure de Pygmalion, exposa l'assistante, mais, dans cette histoire d'initiation, c'est le sexe qui domine. » Elle déclara vouloir signer seule ce demi-posthume : elle n'aurait pas à partager les droits avec la veuve. Les deux éditeurs contactés firent monter les enchères pour ce petit roman typiquement français.

   Le jour de la délibération chez Drouant, il y eut plusieurs tours incertains. Des voix se portèrent en sourdine sur *Les Forbans de l'amour*. Puis, soudain, trois s'affichèrent pour *Le Funambule*. Larabi intervint alors et déclara que, vu son âge, son passé, et en tant que président du jury par suite du décès de Tourbillon, il accorderait, en cas d'ex æquo, sa voix double au *Funambule*, publié par la courageuse maison d'édition Éberlé, protectrice des œuvres de qualité.

*
* *

   Éberlé attendait le verdict dans son bureau, entouré de son staff. Élise lui servait de temps à autre du sirop de grenadine – c'était sa nouvelle marotte, la grenadine. Ils tendirent l'oreille pour écouter à la radio le secrétaire du jury annoncer : « Le prix Goncourt 2004 a été décerné au *Funambule*, d'Armand Dignard, publié par les éditions Éberlé, par six voix contre trois à... »

   Éberlé en resta pétrifié et son état-major, muet. La Grande Maison avait dû intervenir pour qu'on couronnât un livre, n'importe lequel, pourvu qu'il eût été publié par les éditions Éberlé. Pour le jury, grâce au vieux Larabi, hors complot, le retour au Nouveau Nouveau Roman était amorcé.

Éberlé dut récupérer Dignard, resté chez lui sans imaginer une seconde qu'un prix pourrait lui être décerné. Il n'écoutait même pas la radio. L'éditeur le prit par le bras et courut avec lui jusque chez Drouant. Le président du jury embrassa l'auteur du *Funambule*.

Haletante, Élise commanda en hâte une réimpression à deux cent mille exemplaires et la bande « Prix Goncourt 2004 ». Il n'y avait même pas de matériel disponible pour les journalistes. Stefi, futée, trouva l'ébauche d'un texte de présentation en trois lignes dans l'ordinateur de l'attaché de presse. La photocopieuse essoufflée cracha des copies à demi illisibles :

> « Arma   Dignar,   rix Goncourt 2004, a déjà   une   vre import   derriè lui. Précu ur du Nouveau Nouv   Rom il a sans dout enta le chemi qui le condu   à l'Aca   nçaise. »

« Ils envoient maintenant des SMS par fax, pensa un stagiaire. C'est fou, le progrès, dans ce métier… »

La veuve du regretté Tourbillon saisit le premier micro qui lui était tendu. Elle annonça que, malgré son profond chagrin, elle commencerait le jour même à rédiger un livre consacré au disparu. Elle accorda aussitôt une option sur cette œuvre future à un éditeur intéressé par les carnets intimes du défunt que la veuve allait utiliser.

Éberlé, quant à lui, se voyait déjà arrêté.

Chapitre 32

Dignard fut célébré comme il convient. Bouleversé, il put à peine répondre aux journalistes. L'atmosphère était à la fête. Tout le monde se sentait bonne conscience. Le lauréat était un homme : déjà une victoire sur ces femmes qui envahissaient tout l'horizon littéraire. De surcroît, il écrivait des œuvres qui justifiaient l'extinction de la fiction et sacralisaient le manque général de sujets de roman. Ce prix décerné au *Funambule* emplissait d'espoir tous les auteurs d'invendus et jusqu'à ceux qui cherchaient désespérément à se faire publier. Lors des funérailles de Tourbillon, cinq jours plus tard, Dignard prononça un discours concis mais élégant exprimant sa gratitude à l'éminent juré, grand serviteur de la littérature. Il jeta une rose sur le cercueil, puis dut en jeter trois de plus pour satisfaire les photographes.

*
* *

Le jour du Goncourt, Géraldine, les yeux mal démaquillés, cernés de mauve, était restée terrée dans un coin de la maison d'édition. Harold, la tenant par la main, l'aidait à décompresser. Elle avait été interviewée au journal du soir de TF1. Claire Chazal portait une veste de satin blanc ; Géraldine, vêtue de noir et de mauve, ressemblait à un oiseau de mer mazouté. Le matin favorite du Goncourt, plus qu'entourée, elle se retrouvait le soir au bord de l'oubli. Avec des airs de princesse tenant à son rang et une compassion partagée par les téléspectateurs, Claire Chazal l'avait consolée. Les silences éloquents de Géraldine et ses mots justes l'avaient rendue sympathique. « Je l'aurai peut-être une autre fois, le Goncourt, avait-elle dit, modeste. Déjà, avoir figuré sur la liste est un honneur… »

Le public s'était aussitôt pris de passion pour cette fille chez qui un « certain charme » suppléait la beauté. Elle traînait un peu la jambe, disait-on, elle n'était ni envahissante ni rancunière, et avait la conviction d'être née pour écrire. Dès le lendemain, *Les Forbans* entamait une carrière prometteuse. Sur la couverture, la chaussure rouge, flanquée d'une manière provocante près de jeunes tomates – image inexplicable – faisait jaser. Que représentait-elle, cette chaussure rouge, et pourquoi des tomates ? D'ailleurs, que savait-on des mœurs de Géraldine ? Éberlé avait refusé les explications qu'on lui réclamait. « Le désir de l'auteur a été entendu », avait-il répondu. Bientôt, le livre fut en piles dans les librairies. Les femmes demandaient « le bouquin de la fille qui n'a pas eu le Goncourt », ou bien « le roman avec la chaussure et les tomates ». Malgré la crise, les ventes atteignirent en peu de temps les cent mille exemplaires. Il disparaissait périodiquement des listes de best-sellers, puis y revenait. On l'avait paré d'une bande : « *Presque le Goncourt* ».

Comme pratiquement aucun journaliste n'avait lu son livre du début jusqu'à la fin, on parla avant tout de la vie de Géraldine, bien que son existence n'offrît guère de révélation intéressante. Puis Éberlé lui annonça un jour avec une mine tragique que, selon ses informations, le « Tueur à gages » s'était promis de la démolir. Le milieu désignait sous ce sobriquet un écrivain ambitieux mais sans rien à raconter que son adolescence. D'origine albano-croate, en dépit de tous ses efforts, il n'avait jamais réussi à écrire un livre de pure fiction. Il s'était reconverti dans la critique et avait obtenu une chronique régulière dans un périodique de grande qualité. On se contentait de justifier son emploi en le désignant comme le meilleur démolisseur d'une œuvre. Chauffé par la haine et une jalousie viscérale, il se promenait dans Paris comme une torche que la moindre étincelle risque d'embraser. Faute d'avoir remporté un seul succès dans sa carrière, il s'était spécialisé dans l'assassinat des romans préférés du public. Son éditeur le publiait moyennant services rendus : tantôt il ménageait, tantôt il portait aux nues les auteurs de « sa » maison. Mais gare à ceux qui venaient à quitter son bienfaiteur ! Un écrivain se souvenait d'avoir été menacé en ces termes par l'intermédiaire d'une vieille attachée de presse : « Tant que vous êtes chez nous, vous êtes protégé. Si vous partez, ce sera le carnage ! » Écumant de rage contre le « Presque Goncourt » de Géraldine, « le Tueur » ne manqua pas de se défouler sur le roman de la jeune femme :

« *Dallas* n'est rien à côté de ces aventures rocambolesques qui frôlent parfois les frontières bourbeuses du néo-polar. Géraldine Kaufmann est une jeune arriviste qui n'a pas hésité à calquer son best-seller sur les pires standards anglo-saxons dont le but est : intéresser le public et le divertir au détriment du niveau intellectuel présumé. On se demande quelles raisons ont incité un éditeur comme Éberlé à la publier. Géraldine Kaufmann est une opportuniste qui veut colorer de rose une époque noire et n'hésite pas, pour être dans la note actuelle, à mêler aux flonflons de Strauss les persécutions raciales des années 30 en Autriche, puis ailleurs. »

Il reçut une avalanche de lettres l'accusant de vouloir saboter une œuvre aussi généreuse que passionnante à lire, et d'avoir dévoilé ainsi, un antisémitisme qui ne demandait qu'à se manifester. Ses employeurs croulèrent sous les protestations. « Le Tueur » dut prendre de longues vacances dans son pays d'origine. Il réessaya de se lancer dans un roman à Dubrovnik, sans l'ombre d'un résultat probant. D'après certaines informations, il serait devenu skipper et sillonnerait l'Adriatique sur de petits voiliers de luxe, gagnant sa vie comme larbin de millionnaires italiens.

Le même hebdomadaire déclara aussi, sous une signature estimée par le Tout-Paris :

« Le Goncourt a regagné ses galons de premier prix d'honneur. Dignard est le symbole de la renaissance d'une littérature épurée. Et si ce *Funambule* était l'emblème de la France, éternelle mère des arts et des lettres ? »

Éberlé s'abandonnait à une sensation qui ressemblait au bonheur. Grisé, il augmenta le prix de son fonds. Puis il fit expertiser l'hôtel particulier et ajouta trente pour cent à l'estimation initiale. Il espérait que Géraldine et Harold se tairaient et que le secret de Senlis finirait par tomber dans l'oubli.

Un jour, cependant, Harold se présenta chez lui, accompagné du professeur Hummer.

– Monsieur Éberlé, lui dit le jeune Allemand, nous avons eu, mes amis, Géraldine et moi, une grave crise de conscience. Il est impossible que vous restiez impuni. Nous avons réfléchi. Jusqu'ici, il nous était difficile d'agir.

– Ah ? s'exclama Éberlé. Votre conscience ne commence à se réveiller qu'après avoir vendu cent mille exemplaires du livre de Géraldine ?

– Oui, reconnut Harold. Mais c'est ainsi. Elle voudrait partir pour les États-Unis. Moi, je rentrerai en Allemagne. Je la rejoindrai ensuite. Mais si nous vous laissons en liberté, nous n'aurons jamais plus la conscience tranquille.

Éberlé se tourna vers Hummer :

– Attendez une seconde ! Avant tout, vous, M. Hummer, je vous accuse d'abus de confiance et d'utilisation indue d'un titre universitaire. Vous n'êtes qu'un professeur bidon. Vous m'avez piégé. Vous saviez que la voix de F.-F. Destreet agit sur moi comme un excitant mental... Et vous, Harold, puis-je savoir ce que vous cherchiez dans mon bureau ? Tenez, vous avez perdu quelque chose. Je vous le rends.

Il sortit de sa poche le stylo « bleu-morgue », qu'il tendit au jeune Allemand. Il éprouva un intense plaisir à voir ce dernier rougir jusqu'à la racine des cheveux.

Les deux hommes ne disaient mot. Il s'adressa alors à Géraldine qui, ayant goûté au succès, ne renoncerait pas si aisément à sa carrière, pensait-il.

– Je sais que vous écrivez déjà un autre livre. Ça se passe où ?

– En Alaska, dit-elle.

– Par contrat, vous devez le publier chez moi.

– Non, dit Géraldine. Je n'avais de contrat que pour un seul livre dont le titre provisoire était *L'Enquête*... Et encore, j'ai été bien aimable de faire en sorte que tout se passe ainsi... Monsieur Éberlé, je crois que votre existence paisible doit être interrompue. Vous êtes un tueur.

– Oh là, la romancière à succès, s'écria-t-il ! Vous en seriez où, si je n'avais pas cru en vous ? Qui sont vos amis ? Des aventuriers qualifiés d'honnêtes... Tueur ? Vous n'avez rien prouvé. Tueur ? Et alors ? L'époque banalise n'importe quel acte de ce genre. Rapporté aux massacres qui se commettent de par le monde, je ne suis qu'un insignifiant amateur... Si, pour m'amuser, j'entrais dans votre jeu, je pourrais déclarer que mes meurtres hypothétiques avaient un but scientifique. Je cherchais la source d'un renouveau. En vain.

– Vous permettez, monsieur Éberlé, que je vous interrompe, dit Harold. Malgré votre admirable culot, vous ne pourrez réfuter ça...

Il glissa la cassette dans le magnétoscope d'Éberlé, lequel se vit apparaître, les yeux exorbités, le front brillant de sueur. Il venait de lâcher : « Oui, j'ai tué la Norvégienne, j'ai tué la fille d'Amsterdam. Je leur ai coupé la tête... » Harold arrêta la bande.

– Impossible d'en sortir, monsieur Éberlé...
– Allons-y ! provoqua-t-il. Il ne faut pas hésiter ! Remettez cette cassette à la police. Il n'y a plus de peine de mort, qu'est-ce que je risque ? En prison, on me mettra dans une cellule V.I.P. Je recevrai le soutien psychologique de gens intelligents avec qui je pourrai bavarder aux frais de la Sécu. Élise me fera livrer des repas succulents...

Ses joues étaient rose vif.

– J'aurai un procès extraordinaire ! reprit-il Avec l'aide de Mᵉ Vergès, j'incriminerai à mon tour cette misérable humanité... Depuis que j'exerce ce métier, je suis en quête d'œuvres d'imagination, sans résultat aucun. Et je tomberais, moi, victime de l'imagination maladive d'une fille névrosée ? Même si, par hypothèse, j'étais le tueur que vous dénoncez, je suis présumé innocent...

Il lui fallait ménager son cœur. Aussi ajouta-t-il, calmé :

– Vous évoluez dans un petit milieu gangrené par l'ambition de réussir à Paris. Le coup médiatique : « De jeunes francophones coincent un éditeur parisien » ...? Que savez-vous des vrais secrets de Paris ? Rien !

Harold était gêné, il aurait aimé être ailleurs.

– N'essayez pas de créer une diversion !

– Avant de fabuler à mon sujet, regardez donc le monde qui nous entoure ! s'exclama Éberlé. Comment voulez-vous prouver quoi que ce soit, dans ce bourbier terrestre ? Vous auriez réuni des preuves contre moi ? Vous parlez de perversions ? Allons-y ! Juste un exemple : j'ai entendu sur Europe 1 qu'on discutait de la moralité d'une affiche représentant un homme qui portait à son nez une culotte de femme. « Tendresse ! » plaidaient certains... Et essayez donc de prouver de nos jours à quel endroit se trouvait un criminel lors du meurtre dont on l'accuse : les Anglais ont inventé un téléphone portable équipé de toute une gamme de bruits de fond. Des cabines insonorisées ont aussi été conçues, d'où l'on peut téléphoner sans que l'heure et le lieu puissent être repérés d'après les bruits environnants... Vous avancez des faits dont vous n'avez pas le moindre début de preuve. La seule victoire que vous pourriez en définitive remporter serait ma mort par arrêt cardiaque. Est-ce votre intérêt ?

*
* *

L'un des événements les plus courus à Paris est l'enterrement de première classe d'un homme connu ayant occupé une situation en vue. Les penseurs de service défilent d'un air accablé devant les caméras. Avocats et hommes politiques portent de longues écharpes, toujours en cachemire. Les vedettes sont placées dans les premiers rangs, qu'un carton signale « réservés ». Les femmes avancent, un mouchoir sous le nez ou masquées de larges lunettes noires. La veuve s'appuie sur le bras secourable d'un des amis du défunt. Certains, le regard vague, perdus dans leurs calculs, s'escriment à évaluer le temps qu'il leur faudra pour franchir les obstacles et devenir académicien à la place de l'académicien, sinon membre d'un jury pour remplacer celui qui vient de libérer sa chaise. Les éditeurs songent avec douleur aux avances qu'ils ne récupéreront sans doute jamais d'une pénible succession. Les « ex » feront calculer leur pension au prorata des années passées avec l'homme célèbre. Les nichées d'enfants immatures se mordilleront comme des chiens ; la plupart deviendront de ces charmants ratés dont on dit qu'ils ont du mal à porter un nom célèbre.

Cette même atmosphère d'enterrement, mais sans cercueil à suivre, régnait sur le procès de l'éditeur Edmond Éberlé. Sauf que pas un des hommes politiques publiés par lui ne s'y montra : leur présence dans la salle d'audience aurait fait jaser sur l'intérêt qu'il avait eu à publier leurs écrits.

Éberlé avait amèrement regretté que le procès ne fût pas retransmis à la télévision selon les règles de transparence américaines, mais il avait insisté pour que l'audience soit publique. « Je n'ai rien à cacher, avait-il déclaré. Je ne suis pas le criminel le plus célèbre d'Europe, mais l'innocent qui souffre le plus d'injustice. » Les avocats de la partie civile et de la défense s'étaient refusé pour leur part à toute déclaration.

Ces virtuoses du barreau s'affrontèrent sans complaisance, mais avec élégance. Leur joute oratoire revêtit tant d'éclat qu'Éberlé se sentit lésé : sa personnalité, au lieu d'être décortiquée, reconnue dans toute sa complexité, n'allait-elle pas être étouffée sous cette avalanche de belles formules et de métaphores ? On ne le photographiait pas, on le croquait.

Il y avait une petite trêve dans la guerre larvée que le monde se livrait à lui-même et les journaux étaient bien contents d'avoir l'affaire de Senlis à se mettre sous la dent.

Le Parisien-Aujourd'hui publia en une les portraits des avocats-vedettes et titra en bandeau : « Le procès Éberlé ? Un vrai casse-tête ! »

Marianne laissa sur sa couverture deux carrés vides au-dessus de deux corps de femme et s'exclama : « Elles ont perdu la tête ! Qui est cet Éberlé, présumé innocent ? »

Libération exposa l'affaire sous le titre : « Éberlé, coupeur de têtes ? » : « Supposé coupable mais présumé innocent, l'éditeur Éberlé, dont le père avait racheté la maison d'édition fondée par un présumé collabo vichyssois, comparaît devant ses juges. Deux ténors du barreau s'affrontent. »

Le Figaro mit l'accent sur la qualité des plaidoiries : « De vrais morceaux d'anthologie. » Les deux avocats étaient croqués par le caricaturiste du journal, chacun tenant devant lui la tête d'Éberlé sur un plateau.

Dans *Le Monde* parut le dessin le plus explicite, une tête de Janus avec la légende : « Au boulot ! Deux côtés à ouvrir ! »

L'éditeur, rasé de frais, dans une chemise blanche au col amidonné, attendait de récupérer le premier rôle.

L'avocat de la partie civile représentait la nièce de la Norvégienne et la fille de la prostituée d'Amsterdam. Celui de la défense mettait en doute leurs récits. La fille se souvenait du départ de sa mère pour la France :

– Elle avait été invitée par un éditeur parisien.
– Son nom ?
– Elle ne me l'a pas dit.
– L'adresse ?
– Elle l'avait sur un bout de papier, dans sa poche. Elle n'a plus jamais redonné signe de vie.
– Quel rapport avec le prévenu ?
– Je ne sais pas.

La nièce de la Norvégienne s'était présentée en minijupe. Avec l'aide d'un interprète, elle déclara ne rien connaître des relations de sa tante. Mais, par principe, elle réclamait des dommages et intérêts. La défense jubilait, soulignant l'absence de preuves tangibles.

*
* *

L'instruction n'avait pas été menée avec rigueur et de nombreuses lacunes étaient apparues, notamment pendant la perquisition : aucun crâne n'avait été retrouvé à la ferme. La justice allait donc ordonner un supplément d'information pour faire retourner le potager et sonder la pièce d'eau.

Trois jours avant cette reprise des investigations, Élise obtint un droit de visite à l'infirmerie de la prison où l'éditeur soignait ses faiblesses cardiaques. Elle demanda à l'accompagner pour une petite promenade dans la cour. Elle en profita pour lui proposer délicatement un marché :

– Épousez-moi. Sous le régime de la communauté de biens. Maison d'édition, hôtel particulier, bénéfice net. Plus salaire de directrice générale, avec délégation des pleins pouvoirs.

– Pour quelle raison ?

– J'irai cette nuit déménager les squelettes. Les deux crânes sont déjà entreposés chez moi. Les restes des deux femmes entreront bien dans deux valises.

Éberlé était pâle. Le poids d'Élise dans sa vie lui parut soudain plus écrasant que celui de toute l'affaire.

– Vous allez jeter les restes ? Où ?

– Pas jeter. Ne jamais rien jeter. Les deux valises seront rangées derrière des montagnes de vieux manuscrits auxquels plus personne n'a touché depuis dix ans... Dès demain matin, simulez un début de crise et demandez qu'on nous marie.

*
* *

La partie civile dut reconnaître que les prétendus crânes de Senlis n'avaient pas été retrouvés sur la bibliothèque et qu'aucune trace des squelettes n'avait été décelée sous les plants de tomates. Éberlé se permit de sourire légèrement à Élise, toujours assise au premier rang. Leur union serait bientôt célébrée.

Plus Géraldine insistait sur le fait qu'elle s'était crue en danger de mort, qu'elle avait de ses yeux vu les crânes et les squelettes, plus son livre devenait célèbre. Les ventes étaient enviées par les confrères d'Éberlé. Citée comme témoin à charge par la partie civile, la jeune femme avait annoncé à un jeune avocat stagiaire, devenu son confident, qu'elle allait exhiber la chaussure jadis déterrée. L'assistant s'affola : « Si vous dites un seul mot de cette chaussure, vous serez accusée de vol avec effraction. – C'était une tombe ! protesta-t-elle. – Le pire des cas : vous risquez de surcroît d'être accusée de profanation de sépulture. – Sous des plants de tomates ? – Oui. » Sitôt sortie du tribunal, elle abandonna la chaussure dans une poubelle. Harold la congratula pour ce geste opportun.

Le procès Éberlé quitta les « une » des journaux. Affaibli par le manque de crédibilité des témoins et le peu d'acharnement des familles à réclamer des dommages et intérêts, le ténor de la partie civile lâcha prise. Faute de preuves matérielles, le témoignage de Géraldine fut imputé à son imagination débordante. Elle faillit être inculpée pour diffamation et outrage à magistrats. N'avait-elle pas harcelé et cherché à faire chanter un éditeur sans défense, l'incitant à manœuvrer pour lui faire obtenir le Goncourt ? Mais cet homme juste avait résisté et la vraie littérature l'avait emporté.

*
* *

Élise dirigeait à présent la maison, dont les finances étaient florissantes. *Les Forbans* était en tête des listes, suivi, en cinquième position, par *Le Funambule*. On se heurta à quelques difficultés administratives pour payer son dû à l'Émissaire. Il menaça de dénoncer Éberlé, supposé lui avoir demandé de suborner un défunt juré du Goncourt. On le régla et il partit pour Moscou.

La situation juridique d'Éberlé était difficile à déterminer. Le juge hésitait à prendre des décisions définitives. L'homme était-il un malade, la proie de ses fantasmes, un vrai criminel ? Pour faire une première tentative de réconciliation avec la vérité, on tenta de lui imposer pour une période probatoire des entrevues avec une psychothérapeute bénévole à la disposition des « détenus en détresse ». Sur le conseil d'Élise, Éberlé refusa dignement ce traitement dit de faveur. L'ex-directrice commerciale, dont il dépendait de plus en plus, était violemment hostile à l'apparition d'une nouvelle femme dans la vie recluse de l'éditeur.

Élise avait récupéré dans le bureau d'Éberlé la chaussure et le fameux postiche. Il lui avoua peu après que c'était un reste du scalp de la Norvégienne. « Vous êtes décidément un méchant garçon, le gronda-t-elle. À l'avenir, il faudra vous montrer plus sage. J'y veillerai… »

Ils se marièrent.

En l'absence de preuves, Éberlé, censé avoir été perturbé par le stress de la rentrée littéraire, fit l'objet d'un non-lieu. On l'engagea à poursuivre une psychothérapie remboursée par la Sécurité sociale. Il était en sursis sur tous les plans, et les lenteurs puis la mansuétude de la justice arrangeaient, dans son cas, tout le monde.

Élise réorienta la maison vers les publications de mieux-vivre. *Le Zen chez soi* ainsi qu'une nouvelle méthode d'amaigrissement firent fureur. Mme Éberlé avait su acheter à temps les droits de ce traité californien, *Se nourrir par l'anus*. Les nutriéléments ne transitant plus par l'estomac, le ventre de l'Occident allait fondre. La petite pompe indolore grâce à laquelle s'opérait l'ingestion des solutions coûtait cher mais était vite amortie. Miniaturisée, on pouvait la ranger à côté de son téléphone portable dans un sac.

*
* *

Éberlé reçut avec curiosité sa psychothérapeute à Senlis. Il était content d'expérimenter sur lui-même ce contact étrange. Lui qui ne cessait de vouloir entrer dans les pensées d'autrui devait se livrer à une femme qui venait pour fouiller dans son mental à lui. Il la convia à passer dans la pièce d'où l'on avait vue sur le potager. La femme avait dans les quarante ans et de magnifiques cheveux lui coulaient dans le dos. Platine, les cheveux.

– Vous permettez que je les touche ?
– Bien sûr, acquiesça la femme, frissonnante.

Quel que soit leur niveau d'études et leur perspicacité, certaines femmes perçoivent le danger imminent comme un hommage rendu à leur féminité. Réveiller des pulsions meurtrières chez un déséquilibré mental, quel succès de séduction ! Elle négligea le motif de sa visite et dit :

– Monsieur Éberlé, vous qui êtes un authentique missionnaire...
– De quoi ?
– Des lettres ! Vous avez souffert des élucubrations de cette fille qui a raté le Goncourt, vous avez failli être victime de votre vocation principale, la défense de la langue française, qui vous a valu la victoire au Goncourt avec *Le Funambule*...
– Allons-y, l'interrompit Éberlé, vous venez pour quelle raison précise ?

Il examina d'un regard critique la forme du crâne de la femme, son front bombé, sa bouche assez plate, son cou étonnamment large.

– Vous me troublez..., avoua la psychothérapeute. Je vais être franche avec vous. Si je me suis proposée pour venir à demeure vous seconder psychologiquement, c'était pour vous approcher. J'ai écrit un roman que je tenais à vous remettre en personne.

– Ne me dites pas que vous avez de l'imagination ?

– Si…, dit-elle.

Éberlé ferma les yeux. Élise ne déménagerait pas un troisième cadavre. Il se leva.

– Navré, mais je dois interrompre notre séance. J'ai un rendez-vous d'affaires que j'avais oublié.

La psy eut l'air désemparé.

– Un rendez-vous d'affaires ?

– Un investisseur chinois qui veut planter des tomates autour de Senlis. Il souhaite acheter ma ferme. À prix d'or !

– Je vous reverrai où et quand ?

Éberlé répondit avec une politesse exacerbée :

– Convenez du prochain rendez-vous avec ma femme. Je vous recevrai à la maison d'édition.

– Vous êtes donc marié ? s'exclama la psy.

– Vous n'avez pas vu notre sortie de l'église en couverture de *Gala* ?

– J'ai dû rater ce numéro.

– Dommage. Il faut se tenir au courant de ce qui se passe dans Paris. Sachez que je fais désormais partie des *people* !

*
* *

Le couple marchait main dans la main au bord de la mer. Malgré les gratte-ciel qui se dressaient derrière eux, la promenade avait un petit air provincial. C'était l'Amérique, à la fois ouverte et fermée sur le monde.

Harold cherchait à dire quelque chose à Géraldine, mais hésitait encore. Elle se tourna vers lui :

– Parle. Je t'écoute.

– Je crains ta réaction...

– Depuis le temps que nous sommes ensemble, tu as survécu à toutes mes réponses ! Il est vrai qu'après ce bazar parisien où j'ai failli être condamnée, je n'ai pas à me vanter de la sûreté de mon instinct...

– Il me semble que ta confiance romantique dans la justice s'est effondrée, constata Harold.

– Il y a de quoi ! On avait tout : les aveux sur cassette, les crânes, les squelettes... Nous n'avons pas voulu dénoncer d'emblée Éberlé, et c'est nous qui avons été blousés ! On aurait dû se précipiter au commissariat de Senlis.

– On t'aurait demandé de quel droit tu t'étais mise à fouiller et à creuser.

Géraldine se défendit :

– Je n'étais pas d'accord pour couvrir Éberlé avant le Goncourt.

– J'en reviens au même point : nous ne détenions pas de preuves obtenues légalement.

– Et la chaussure ?

– Tu n'aurais pas dû la ramasser. Avec cette chaussure en ta possession, tu serais devenue complice, voire instigatrice de crimes, psychopathe, profanatrice...

– Arrête ! cria Géraldine. Cette ordure d'Éberlé a été remis en liberté et s'est enrichi grâce à mon livre. Il se dit honteux de ce succès commercial et fier de son *Funambule*... Heureusement que les éditeurs américains ont fait bon accueil à mes *Forbans*...

– Quelles sont les dernières nouvelles ? demanda Harold.

– Deux traducteurs y travaillent. L'éditeur s'est adressé à une agence pour en recruter un troisième, mais on lui a envoyé un spécialiste de l'aztèque ! Ils considèrent déjà le français comme une langue morte... Des producteurs de Hollywood s'intéressent au livre. Un patron de studio a confié à mon père : « Si ce film est tiré du roman de votre fille, sa carrière est assurée. Son type de talent nous convient. » Il ne voulait pas croire que j'étais française de naissance. Papa a ajouté : « De la Creuse. » Il a cru que c'était une ancienne colonie... Bref, ils souhaitent que j'écrive maintenant directement en anglais. Reconvertir mon cerveau dans une autre langue ? Je ne suis pas sûre de réussir.

– Comme je te connais, tu le feras, lui dit Harold. Pour t'amuser, j'ai récolté quelques potins : Stefi m'envoie des nouvelles par e-mail. Élise a ouvert un large secteur de livres de diététique, notamment *Comment maigrir en mangeant plus*... Elle songe à publier le manuscrit d'un

Chinois qui a lancé la cure de tomates séchées...
Ah ! Éberlé, paraît-il, a épousé Élise.
— Elle a de l'estomac !
— Que veux-tu, il a été acquitté... On le considère comme psychiquement atteint, il suit une psychothérapie.
Géraldine réfléchit.
— Ils ont fait quoi des squelettes ?
— Rien de plus facile à déménager. Quelques cartons et sans doute, pour finir, une décharge municipale.
Une mère venait d'en face, poussant une sorte de char d'assaut miniature. La poussette blindée renfermait un bébé emballé dans des rideaux de plastique, car, comme à l'habitude, à Seattle il pleuvait. À cette étrange voiturette ultramoderne, pratique et pliable, était attaché un ballon que le môme, à travers ses rideaux en plastique, était censé contempler. Le ballon rouge flottant ajoutait une jolie touche au tableau.
— Voilà ce que j'aimerais..., dit Harold. Grâce à une filiale de mon oncle et à la carte verte qu'il peut m'obtenir — ses plus belles librairies se trouvant en Californie —, je pourrais devenir libraire dans sa succursale de Santa Monica. Là, tu as le Pacifique à tes pieds. Des plages à l'infini...
— L'eau est froide, remarqua Géraldine.
— Tu ne peux tout avoir, la Californie et une mer chaude. Ou il faut aller de l'autre côté, en Floride, du côté de Miami...
— Pourquoi pas San Francisco ? demanda-t-elle. Tu te souviens de la maison de Beeckstreet ? Du

troisième étage, on apercevait le Golden Gate. Si je pouvais écrire dans cette pièce...

— La maison n'était pas chère, admit Harold. Mais mes attaches sont en Californie. Tenons-nous-en à Santa Monica... Mon offre te plaît ?

— Oui, répondit-elle, parce que je crois que tu es l'homme que j'aime.

— Géraldine...

— Oui ?

— Je suis un type très classique. Je souhaiterais, comme mon père et mon grand-père, me marier. Ce n'est pas à la mode, mais c'est mieux pour les enfants. Je crois que ce genre d'entreprise familiale pourrait correspondre à ton emploi du temps. Tu écris tôt le matin. Le reste de la journée, tu peux aimer un homme, élever des enfants en comptant sur une aide. Tu auras sous la main quelqu'un à qui tu pourras raconter tes histoires, tout ce qui arrive à tes personnages... Je te propose un ménage à plusieurs : toi, moi et tout ton monde. Je te promets solennellement que si tu veux bien lier ta vie à la mienne, j'aurai la patience d'écouter ce qui se passe dans ce que tu écris, parce que...

— Parce que tu sais à quel point j'ai besoin de parler de mes personnages, et comme ils évoluent au gré de l'écoute de l'autre. On ne peut pas vivre enfermé seul avec son monde.

— J'ai bien compris, dit Harold. D'où ma proposition.

— Tu dis souvent que j'ai une vaste imagination...

— Et alors ?

– Tu connais l'expression souvent entendue en France : « La réalité dépasse la fiction » ?
– Bien sûr, dit Harold. Pourquoi ?
– J'ai un aveu à te faire.
– Ah non ! se récria Harold. Pas d'aveu ! Je ne veux rien savoir de plus que ce que je sais déjà…
– Une histoire comme celle d'Éberlé, je n'aurais jamais pu l'inventer.
– Tant mieux, dit-il.
Il la prit dans ses bras. Elle se dégagea.
– Et si Paris vient à me manquer, qu'est-ce qu'on fait ?
– Première étape : notre voyage de noces en France !

*
* *

Personne n'aurait pu deviner les tourments d'Edmond Éberlé, dont la maison marchait très fort. Élise avait pris en main aussi bien le côté éditorial que le côté financier. Malgré tous les livres de régime que sa femme publiait, Éberlé grossissait. Les produits qu'on lui administrait pour dissoudre le surplus de matières grasses qu'il ingérait ne servaient à rien. Se résignant à perdre la ligne, il continuait à dévorer des tablettes de chocolat au lait tout en s'attelant enfin à l'écriture d'un roman. Il regardait la cime des arbres devant sa fenêtre et se concentrait pour y puiser un soupçon d'inspiration. Toujours rien. Il eut envie de décalquer l'intrigue d'un roman anglais publié trente ans auparavant, mais n'osa pas.

Pour se calmer, il partait faire de longues marches en forêt. La propriété de Senlis ayant été vendue à un importateur de tomates chinois, Élise avait trouvé une maison de maître à restaurer près de Rambouillet.

Éberlé passait ainsi des heures parmi les arbres. Dans cette même forêt, un promeneur découvrit un jour une tête humaine. On ne sut pas d'emblée, à cause des cheveux longs, s'il s'agissait d'une tête d'homme ou de femme. Une battue fut organisée, en vain : la gendarmerie ne put retrouver le corps auquel appartenait cette tête. Celle-ci partit au laboratoire de médecine légale pour y subir différents examens. Le mystère s'épaissit. Une orthophoniste examina ce qui restait du palais de l'inconnu. Spécialiste de la correction d'accents, elle expliqua dans son rapport que le palais d'un jeune enfant se modèle au gré des résonances transmises par son oreille. D'après ses déductions, l'inconnu devait rouler les « r » et donc être originaire du Midi. À moins que ce ne fût un étranger. Le plombage des dents orientait plutôt les légistes vers l'Allemagne.

Les ennemis d'Éberlé, choqués par son opulence retrouvée, répandaient sur lui des rumeurs malveillantes. Celui qu'on avait présenté un moment comme un monstre n'habitait-il pas en lisière de la forêt où on avait trouvé la fameuse tête ? Lors des auditions de témoins, promeneurs ou autres, la gendarmerie fut bien obligée d'interroger l'éditeur, puis sa femme. Que savait-elle de l'emploi du temps de son époux à l'époque où l'on situait approximativement la mort de la victime décapitée ?

Les voyants, gourous et médiums qui, excités par l'affaire, s'étaient présentés pour aider à résoudre le mystère déclarèrent que de la tête émanait un certain rayonnement. Quand on pénétrait dans la pièce réfrigérée où elle était conservée dans un caisson en verre épais, on sentait un dégagement de fluide d'origine indéterminée. Si l'esprit continuait de l'illuminer au-delà de la mort physique, n'était-ce pas par hasard le signe d'un message mystique qui cherchait à se faire entendre ? Même Michel Field, à l'écoute des libres opinions d'une France déchaînée, était perplexe. Entre dix-neuf et vingt heures, sur Europe 1, une femme à la voix rauque lui annonça qu'en pleine nuit – cauchemar ou vision – la tête lui était apparue comme appartenant au Christ, ressuscité et remis à mort dans cette forêt.

En vérité, le corps de l'individu dont la tête attirait les scientifiques du monde entier gisait sous les salades d'Éberlé. Lors d'une de ses promenades de santé, l'éditeur avait rencontré l'homme aux cheveux longs. Celui-ci semblait distrait, aimable, plutôt disert. Lorsque Éberlé s'était présenté comme l'un des éditeurs les plus en vue, le promeneur avait expliqué qu'il était écrivain. Il travaillait sur un sujet qui le passionnait : le retour anonyme de Jésus dans le monde actuel. « Que ferait-il parmi les sauvages ? J'ai assez d'imagination pour recréer son chemin dans cette forêt, vers les surprises hideuses que réservent les villes... » Éberlé en fut tellement malade de jalousie qu'il sentit aussitôt monter en lui comme une fièvre. Il avait l'impression que la hantise de toute son existence, la création d'un monde fictif, venait à nouveau le provoquer. L'homme se disait originaire d'Amérique du Sud, francophone par sa mère, fervent admirateur de la littérature française.

Toujours armé à sa manière, Éberlé avait attiré l'homme dans un coin broussailleux et lui avait transpercé le cœur. Le dernier regard du Latino-Américain reflétait une profonde surprise. C'est à cause de ce regard interrogatif qu'Éberlé avait laissé la tête sectionnée en forêt.

En proie à une crise d'angoisse existentielle, il s'était refusé à ouvrir le crâne. Toucher à un cerveau qui portait précisément une histoire autour de Dieu l'avait asphyxié de peur. Et si l'imagination qui voulait amener le Fils sur cette terre, si cette imagination massacrée libérait des forces néfastes pour lui ? Pour la première fois, il s'était plié devant un secret qui devait rester pour toujours un secret.

*
* *

Lors d'un léger dîner qu'Élise avait préparé avec allégresse et sans graisse pour ménager la ligne d'Éberlé, elle lui demanda, tandis qu'il dégustait son fromage blanc zéro pour cent :

– Edmond, vous êtes sûr de n'avoir pas fait de bêtise ? De vilains ragots circulent. Vous avez été blanchi. Nous avons une affaire qui marche admirablement. Je ne suis que tolérance, Edmond, mais n'oubliez pas les deux valises, derrière les piles de manuscrits. Je pourrais toujours dire que c'est vous qui les aviez cachées... Vous n'auriez pas fait une fâcheuse rencontre en forêt ? J'ai confirmé votre alibi, mais, en vérité, vous étiez ce jour-là bel et bien absent. Vous vous êtes changé en rentrant. Qu'avez-vous fait des vêtements que vous portiez ?

Éberlé hocha la tête.

– Quelle question ! J'étais en sueur après un épuisant jogging et j'ai jeté ce survêtement vieux comme Hérode...

Élise sursauta.

– Pourquoi parlez-vous d'Hérode ?

– Comme ça, dit-il en se frottant les paumes contre son pantalon.

*
* *

Un soir, elle eut peur. Éberlé ne la quittait pas des yeux.

– Que cherchez-vous, Edmond ? Pourquoi me regardez-vous ainsi ?

Il répondit :

– Je suis comblé d'avoir une femme aussi belle et intelligente...

Elle l'interrompit sèchement :

– Mais je n'ai aucune imagination. Aucune !

À partir de ce soir-là, elle fit chambre à part et ferma sa porte à clé après avoir dit bonsoir à l'homme qui aurait tant aimé connaître ses pensées.

*
* *

Cette nuit-là, Éberlé descendit dans son jardin. Il constata que les jeunes plants de tomates étaient bien chétifs. « Manque d'engrais naturel », diagnostiqua-t-il. L'éditeur s'agenouilla pour redresser avec délicatesse les plants si frêles. « De l'engrais, répéta-t-il. De l'engrais bio, d'origine féminine. Grâce à l'instinct maternel dont ils sont imprégnés, leurs restes sont plus généreux avec les légumes. » Il se leva et rentra dans la maison. En passant, il appuya sur la poignée de la porte de sa femme. Fermée à double tour, la porte. « Tout cela n'est qu'une question de patience », marmonna-t-il.

Il tenta de s'endormir. Il fallait juste ne plus voir toutes ces têtes qui se penchaient sur lui... Il alla à la cuisine et but un grand verre de lait. C'était le remède que lui offrait sa mère quand, petit, il courait se réfugier auprès d'elle en disant : « Maman, j'ai peur... »

Achevé de composer par
Paris PhotoComposition
75017 Paris

*Impression réalisée sur CAMERON par
BRODARD ET TAUPIN
La Flèche*

*pour le compte des Éditions Fayard
en juillet 2004*

Imprimé en France
Dépôt légal : août 2004
N° d'édition : 48159 – N° d'impression : 24807
ISBN : 2-213-62076-8
35-33-2276-0/01